# 누구 없는가

## 누구 없는가

저자_ 법전
기획·원고진행_ 원철, 박원자

1판 1쇄　발행_ 2009. 12. 5.
1판 18쇄 발행_ 2018. 8. 27.

발행처_ 김영사
발행인_ 고세규

등록번호_ 제406-2003-036호
등록일자_ 1979. 5. 17.

경기도 파주시 문발로 197(문발동)  우편번호 10881
마케팅부 031)955-3100, 편집부 031)955-3200, 팩시밀리 031)955-3111

값은 뒤표지에 있습니다.
ISBN  978-89-349-3619-0  03810

독자의견 전화_ 031) 955-3200
홈페이지_ www.gimmyoung.com　　　블로그_ blog.naver.com/gybook
페이스북_ facebook.com/gybooks　　이메일_ bestbook@gimmyoung.com

좋은 독자가 좋은 책을 만듭니다.
김영사는 독자 여러분의 의견에 항상 귀 기울이고 있습니다.

# 누구 없는가

종정 법전 스님의 수행과
깨달음의 자서전

김영사

행복에 이르는 길이 있는데 사람이 걷지 않을 뿐이다. 행복은 자신이 누구인지 아는 것에 있으며, 그것은 수행을 통해서만 가능하다. 수행이라는 길을 꾸준히 걸어 보라. 오래 하다 보면 틀림없이 들어가는 곳이 있다. 반드시 깨칠 수 있으며 깨치면 부처가 되는 것이다.

# 3장 | 선농일치의 길

# 풀잎 끝의 이슬처럼

어린 시절 동네 할아버지에게
'인생이란 풀잎 끝의 이슬과 같다'는 말씀을 처음 들었다.
그때는 고개를 갸웃갸웃할 수밖에 없었다.
젊었을 때 절집 뒷방 노장님들께 또 그런 말을 듣고서
그때는 긴가민가했다.
내 나이가 팔십하고도 중반에 이르니 이제야
그게 무슨 의미인지 제대로 닿아온다.

가만히 살펴보니 이슬이 맺히는 것도 새벽녘에 잠깐이요,
해 뜨면 사라지는 것도 아침 사이 어느 한순간이었다.
한평생을 뒤돌아보니 참으로 모든 것들이 정말 찰나였다.

얼마 전에 마음에 두고서 늘 아끼던 손상좌를 잃었다.
젊은 날에 다비장의 연기 속에서 한 줌의 재만 남기고

그렇게 허망하게 사라지는 것을 보며 또 다른 이슬을 본 것이다.
단 한 철도 빠지지 않고 열심히 제방의 선원을 다니면서
오로지 수행에만 전념했던 그를 보내버린 애틋함이 유별했지만
마음을 추스르고 가까이 있던 제자들에게 지나가는 소리로 말했다.
태어나는 건 순서가 있지만 죽음에는 순서가 없다고 했지…….

제문祭文에서 늘 읽고 외웠던 것처럼
생生이란 구름처럼 한순간에 만들어진 것이고
사死란 구름처럼 순식간에 없어지는 것이라고 했다.
하지만 하늘이란 넓은 자리에서 살펴보면
생기건 없어지건 크게 개의할 일은 아닌 것이다.

언제 죽을 줄 모르는 것이 인생이니
살아 있는 동안 참으로 열심히 살아야 한다.
그리고 사람 몸을 받았고 이왕 살아야 하는 일이라면
제대로 잘 살아야 할 것이다.
나는 도를 닦는 것이 가장 제대로 사는 길이라고 믿고서
한평생을 살아왔다.
수행을 제대로 하는 것 말고는 모두가 부질없는 짓이라고
확신하며 이 길을 걸어왔다.

한 주먹으로 황학루黃鶴樓를 거꾸러뜨리고
한 번의 발길질로 앵무주鸚鵡洲를 뒤집었다는

임제臨濟 선사의 기개와
찬 서리 속에도 빛나고 빛나던 칼날이라는
법연法演 선사의 반야검般若劍 앞에서
젊은 시절 나 역시 정진의 힘으로 그 선사들만큼 당당했노라고
자부했다.
성철 노사를 비롯하여 늘 좋은 선지식을 가까이 할 수 있는
청복淸福을 누린 것도 참으로 감사할 일이다.

수행자의 자세를 잃지 않고자 평생을 애쓰면서 살다 보니
나도 모르는 새 하세월이 지나가게 되었다.
나이만 먹고 또 그만큼 시줏밥만 축낸 것 같은데
주변에서 나의 입을 통하여 전통적인 선승적禪僧的 삶의 자락을
기록으로 남기자고 권청했다.

허공을 나는 새처럼 흔적을 남기지 않는 것이
선사들의 본래적 삶의 모습인데
그 짓이 가당키나 한 일인가라고 저어하면서
몇 번이나 거절하였으나 결국 인정마저 뿌리칠 수가 없었다.

내키지 않았지만 그래도 구술口述하게 되었고
그걸 문자로 옮긴 탓에 세상에 또 한 점의 땟자국을 남기게 되었다.
불조佛祖께 이 허물을 참회하는 한 줄기의 향을 올린다.

청허淸虛 선사께서 남긴 시가 불현듯 떠오른다.

천계만사량千計萬思量
홍로일점설紅爐一點雪
천만 가지로 생각했던 온갖 것들
화롯불에 떨어진 흰 눈 한 송이.


불기 2553(2009)년 삼동결제일에 해인사 퇴설당에서
서문 삼아 한마디 더하다
법전

# 1

## 출가 出家

나는 하루 24시간 지행합일의 모습을 보여주는 게 스승의 본분이라 믿었고 내가 누군가의 스승이 되면서도 그렇게 생각하고 실천했다. 법상에 올라가 말로 일러주는 것만이 가르침은 아니다. 스승은 부처님 법대로 하루 24시간 사는 것을 보여주면 되고 제자는 그것을 보고 마음으로 배우면 된다. 스승은 일상생활에서 인간이 걸어가야 할 바른 행동을 보여주면 된다.

# 소풍 가듯 떠나온 길

엊그제 집을 나온 것 같은데, 어느덧 출가생활을 한 지 70여 년이 넘었다. 모시고 공부하며 세월을 함께했던 큰스님들께서는 지금 다 가셨다. 나도 이제 갈 시간이 다가오고 있으니, 서산에 지는 해와 같다. 실로 한평생이 잠깐이다.

살아온 나날들을 돌이켜보면 열네 살, 아무것도 모르던 나이로 산문에 들어와 용케도 다른 곳으로 미끄러지지 않고 수좌의 길을 걸어왔다. 그런 가운데서도 훌륭한 스승과 선지식들을 모신 게 내가 누린 청복淸福이 아닐까 싶다. 한편 스스로 출가수행자의 본분에서 벗어나지 않고 평생 선객의 틀을 벗어나지 않았기에 지금 이 자리에 이르렀을 것이다.

일찍이 서산 대사께서 말씀하신 바 있다.

"출가하여 승이 되는 일이 어찌 작은 일이겠는가? 편안하고 한가함을 구함이 아니요, 따뜻한 옷과 잠자리와 배불리 먹기 위함이 아니요, 명예와 이익을 구함도 아니다. 생사를 벗어나기 위함이요,

번뇌를 끊기 위함이요, 부처님의 지혜를 잇기 위함이요, 삼계에서 벗어나 중생을 제도하기 위함이다."

출가 사문의 길을 무상대도無上大道라 한다. 마음을 밝혀 지혜와 복덕을 온전히 지닌 부처가 되는 일에 한 생을 바쳐야 하는 고행의 길이다. 수행자는 출가의 길을 인간이 걸어야 할 세상의 여러 갈래 길 가운데 가장 큰 길, 가장 수승한 길이라고 믿고 그 길을 가는 사람들이다. 나는 하나밖에 할 줄 모르는 바보처럼 한평생 그 길을 믿고 따라왔다.

올해 여든다섯인 내 하루 일과는 언제나 똑같다. 한 산중을 다스리는 총림의 방장으로 있어도, 또 한국 불교의 가장 큰 종단인 조계종 종정이라는 자리에 있어도 단순 담박하기는 마찬가지다. 늘 같은 시간에 일어나서 절을 하고 선정에 든다. 예나 지금이나 변함없이 밤 11시 반쯤 누웠다가 새벽 2시 반에 일어나 108배를 하고 오랜 시간 좌선을 한다. 하루 두 차례 오전과 오후 공양을 한 뒤에 퇴설당 뒤쪽으로 포행을 하는 것도 변함없다. 아직은 건강한 편이어서 하루 두어 시간 그렇게 산길을 걷는다. 사람 만나는 것을 즐기는 편이 아니어서 공적인 일이 아니고는 주로 혼자 수행하며 시간을 보내는 것도 여전하다.

나는, 늘 홀로 있는 이러한 내 생활이 표범이 사는 것과 비슷하다는 생각을 하곤 한다. 시자侍者들도 옆에서 자게 하지 않고 항상 혼자인 내 모습이, 새끼를 키울 때 아니고는 늘 혼자인 표범과 같았다.

생전에 성철 노장께서는 언제나 공부하는 수좌들에게 '돌아다니지 말라'고 당부했다. 성철 노장도 파계사 성전암에 머물면서 10년 동안 동구 밖을 나오지 않으셨고, 나도 태백산 깊은 산골짜기에서 10년 동안 두문불출했다. 해인사에 온 지 25년 동안 마을에 내려가서 밥 한끼 먹은 적이 없다. 옛 스님들은 한 산중에 머물면 보통 30, 40년을 산에서 내려오지 않았다.

잘 것 다 자고 먹을 것 다 먹고 시간 나면 잡담하고 그렇지 않으면 시비하고, 도대체 어느 겨를에 공부하겠는가.

해인사 선원의 수좌 소임을 보면서 정진할 때 후학들이 물은 적이 있다.

"어떻게 하면 스님처럼 미동도 하지 않고 화두를 챙길 수 있습니까?"

내 대답은 간단했다.

"화두 떨어지면 죽는다고 생각하면 졸 수 없지."

그리고 말했다.

"수행자가 사는 방법은 간단하다. 자나 깨나 화두 하나로 살면 되는 것이다. 참선을 하되 30년 동안 한눈팔지 말고 하라. 그렇게 한 생을 걸고 화두를 참구해서도 마음을 밝히지 못한다면 몽둥이로 나를 쳐라."

1946년 해인사 가야총림을 열면서 조실로 추대된 효봉 스님께서 일갈하셨다.

"여기 선禪에 뜻을 둔 사람은 사자의 힘줄과 코끼리의 힘으로 판단하여 지체 없이 한 칼로 두 동강을 내야 한다. 천지를 덮는 기염을 방출하고 부처와 조사를 뛰어넘는 위광威光을 발휘해야 할 것이다. 만약 그렇지 못하고 여울에 거슬러 오르는 고달픈 물고기, 갈대에 깃든 약한 새, 참죽나무에 매인 여윈 말, 말뚝을 지키는 눈먼 나귀 따위가 된다면 그것을 어디에 쓸 것인가."

기상이 펄펄하게 살아 있는 법문이었다.


여기 해인사 결제 중 용맹정진 시간에 장군죽비를 잡고 선방을 오가고 있노라면, 침묵 속에서 솟아나는 젊은 수행자들의 열기를 온 마음으로 느낄 수 있다. 자신의 목숨을 다 바쳐 진리의 길에 들어온 그들의 모습을 바라보고 있노라면, 80여 년의 세월을 훌쩍 넘어선 내 지난날의 삶이, 내 인생의 새로운 출발점이 된 어린 날이 생각난다.

나는 평범하게 성장했으나 어쩐 일인지 커가면서 말하는 데 늘 말끝이 분명하지 않았다. 유년 시절을 벗어나 소년기에 들어서도 마찬가지였다. 동네 어른들은 말끝이 흐린 아이치고 오래 사는 경우가 없다며 걱정했다.

"기남이 저 아이는 명이 짧을 것 같아."

부모님은 그런 막내아들을 걱정하지 않을 수 없었다. 그러잖아도 우리 집안의 남자 어른들 중에서 50세를 넘긴 사람은 거의 없었다. 아버지 형제는 4남 1녀였는데 무슨 까닭인지 모두 단명해서 집안에 어른들이 귀했던 것이다. 그로 인해 나는 할아버지와 큰아버지의 얼굴을 보지 못했다. 작은아버지 한 분과 고모 얼굴만 겨우 기억할 뿐이다.

급기야 '절에 보내지 않으면 스무 살을 넘기기 힘들다'는 한 주역가의 단호한 말에 부모님께선 나를 출가시킬 결심을 하셨다. 출가시키지 않으면 단명한다니 반드시 절로 보내야만 하셨을 것이다.

마침 외가 친척 한 분이 조선 제일의 도인이라고 소문난 묵담 스님에게 다리를 놓아 장성 백양사의 청류암으로 가기로 정해졌다.

"어쨌든 가서 잘 지내야 한다."

마치 잠시 소풍이라도 가듯 어머니의 손을 놓고 집을 나선 게 엊그제 같다. 아마 그때 집을 떠나 절로 들어가지 않았다면 동네 어른들이 예견했던 것이나 주역가의 말처럼 되었을지 모른다. 두 형 모두 서른 살 전후에 일어난 6·25전쟁 와중에 명을 달리했으니 나 역시 그때 속가에 함께 있었더라면 같은 운명이 되었을 것이다.

집안의 그 많은 남자 어른들 중 유일하게 부친이 예순을 넘겼고, 현재 여든이 넘은 내가 집안을 통틀어 가장 장수했으니, 주역가의 예언이 과히 틀린 것 같지는 않다. 절에 들어와 부처님 슬하에 있었기에 지금까지 살아 있지, 마을에 있었다면 이렇게 오래 살 수 없었을 것이다.

# 호된 행자시절

1938년 초봄, 밝은 햇살이 환하게 들어오던 방에서 묵담 스님을 처음 뵈었다.

묵담 스님은 해동율맥 제9대 율사로 열한 살에 백양사로 출가하신 분이다. 선과 율에 밝고 이사理事와 내외內外를 겸전한 당대의 선지식이었다. 근세의 스님 가운데 불교의식에 가장 밝았고 불상에 생명을 불어넣는 점안의식點眼儀式, 천도재 등 의식에 뛰어났다. 의식에 관해서는 누구와도 비견될 수 없을 만큼 일가견을 가진 분이라 의식 집전을 많이 하러 다녔다. 당시 40대의 나이에도 고승법회에 늘 초청되어 다니곤 했다.

묵담 스님은 처음 얼핏 보았을 때는 인자해 보였으나 자세히 보니 엄격하고 무섭게 느껴졌다.

"제 아이입니다. 잘 부탁드립니다."

아버지가 그렇게 나를 소개하는 말을 듣자 갑자기 눈물이 쏟아져 나왔다. 비로소 식구들과 떨어져 혼자 있어야 한다는 게 실감이 났기 때문이다. 어머니 곁을 떠나면서도 흘리지 않은 눈물이었다.

"괜찮다. 승려 노릇 잘하면서 여기서 살자."

묵담 스님이 친절하게 말씀하시고 머리를 쓰다듬어주며 달래었으나 그때부터 내 마음은 가눌 길 없는 슬픔으로 차올랐다.

이튿날 아침이 되었다.

"잘 있거라."

그렇게 말하며 아버지가 어깨에 손을 얹는 순간 다시 울음이 터지고 말았다. 아버지와 헤어져 낯선 절에 홀로 남아야 한다는 사실 앞에, 전날부터 차올라 있던 슬픔이 봇물처럼 터지고 만 것이다. 고개를 떨군 채 흐느껴 우는 내 등을 두드리며 아버진 약속했다.

"울지 마라. 내일 네 어머니와 다시 오마."

먼 길을 가는 분이 '내일 다시 온다'고 했다. 하지만 순진하고 어리석은 나는 그 말을 철썩같이 믿었다. 열네 살의 어린 자식을 두고 아버지는 돌아서 산을 내려갔고, 나는 청류암 봉황대에서 아버지의 모습이 보이지 않을 때까지 서 있었다.

그날 밤, 그곳에 사는 여러 스님들과 함께 선방에서 잠들었다. 잠결에 집에서 하던 대로 손을 뻗어 어머니를 찾았으나 손에 닿은 것은 어머니의 따뜻한 품이 아니었다. 곁에서 자던 스님의 까슬까슬한 머리칼이었다. 집을 떠나 홀로 있다는 서러움이 밀물처럼 가슴에 스며들어 어둠 속에서 베개에 얼굴을 묻고 얼마나 흐느껴 울었는지 스님들이 모두 잠에서 깨 일어나 앉았다. 등잔불을 켜고 스님들이 위로해주었다.

"녀석, 울지 마라. 괜찮다."

다음 날, 하루 종일 어머니와 함께 온다던 아버지를 기다렸다. 아버지와 헤어졌던 봉황대에 서서 아버지가 내려갔던 길을 하염없이 바라보았다. 하지만 부모님은 날이 어두워질 때까지 오지 않았다. 다음 날도, 그다음 날도 하루에 너덧 차례 봉황대에 가서 어머니와 아버지를 기다렸다. 갓을 쓰고 올라오는 사람이 보이면 아버지인가 했고, 머리에 무엇인가 이고 올라오는 사람을 보면 어머니인가 싶어 가슴이 뛰었다. 그러나 번번이 부모님이 아닌 것을 확인하고 땅바닥에 주저앉아 울다가 눈물을 훔치면서 돌아서곤 했다.

부엌에서 일하다가도, 염불을 익히고 공부하다가도 밖에서 인기척이 나면 번개처럼 달려 나갔다.

'내일 오마' 하셨던 아버지는 3년이 지나도록 오지 않았지만 나는 3년 동안 하루도 빠짐없이 봉황대에 올라가 오지 않는 아버지와 어머니를 기다렸다.

새벽 3시부터 시작되는 산사의 생활 속에서 행자의 하루 일과는 쉴 새 없이 바쁘기만 했다. 새벽 2시 30분에 일어나 묵담 스님의 세숫물부터 준비했다. 너무 차지도 뜨겁지도 않게 물을 데워 준비한 다음 칫솔에 치약을 짜놓고 곁에서 수건을 들고 대령했다.

3시에는 행자들과 모든 대중스님들이 나와서 하루의 첫새벽을 여는 의식인 도량석을 한 다음 예불을 마쳤다. 아침저녁으로 대중스님들은 물론 예닐곱 명 되는 행자들이 나와서 함께 뒤따랐다. 목탁소리와 함께 들리는 묵담 스님의 염불은 심산유곡에서 들려오는 바람소리인 듯 깊고 은은했다. 청아한 염불소리는 어린 행자인 내 가슴속에 오랫동안 머물다 지나가곤 했다. 일념이 아니면 나올 수 없는 맑은 염불소리를 들으면서 차츰 절집 생활에 익숙해졌다.

행자생활을 하는 동안 초심자가 익혀야 할 《초발심자경문初發心自警文》을 배웠고 불교의식을 모아놓은 책인 《불자필람佛子必覽》, 《석문의범釋門儀範》 등을 모두 외웠다. 무엇이든 집어넣으면 소화가 되던 어린 시절, 배우는 책의 내용을 전부 외우면서 불교의 모든 의식을 익혔다. 성대가 좋은 묵담 스님께 3년 동안 절집에서 알아야 할 염불과 예식을 배웠다. 예식의 일인자에게 그에 대한 법을 익혔으므로 예법이 정확하고 명료할 수 있었다. 염불소리 또한 차츰 무르익고 단단해져갔다.

묵담 스님을 찾는 신도들 중엔 궁중의 상궁들이 많았다. 언젠가 그들이 직접 절에 머물면서 가사불사를 크게 한 적이 있다. 가사를 짓는 사람들은 일할 때와 평상시, 용변을 보러 갈 때와 잘 때 입는 옷을 다 각기 구별해 입으면서 정성을 다해 불사에 임했다. 그때 묵담 스님이 법문을 하시고 나면 제자들은 법당에서 24시간 동안 염불을 계속했다. 염불 소리가 좋았던 나는 행자였는데도 묵담 스님에게 뽑혀 가사불사 내내 염불을 하고 심부름하느라 눈코 뜰 새가 없었다.

첫인상이 할아버지처럼 자애롭게 보였던 묵담 스님은 어린 행자라 해도 조금도 봐주는 법이 없을 만큼 엄격했다. 나는 예불하는 법을 배우고 글을 익히면서 묵담 스님의 시봉을 들었다. 묵담 스님의 사전엔 '대충'과 '그냥'이라는 말은 존재하지 않았고, 작은 실수도 용납되지 않았다.

스님들은 물론 많은 신도들이 존경하고 따랐으나 어린 행자인 내겐 호랑이보다 무서웠다. '마을에서 아이를 낳다가 묵담 스님 오신다는 이야기를 하면 나오던 아이가 도로 들어간다'는 이야기를 청류암에 다니러 오던 할머니 신도들에게 들은 후엔 더 무섭게만 느껴졌다.

나는 그때 묵담 스님이 문을 열고 나와 신을 신는 소리가 들리면 자다가도 벌떡 일어나 달려 나갈 만큼 긴장된 나날을 보냈다. 청류암엔 행자들이 항상 들락날락했다. 그래도 늘 예닐곱 명의 행자들이 함께 지냈으나 그 가운데 석 달 이상을 견디는 행자가 없었다. 그러므로 행자도반은 언제나 새로운 사람이었고, 3년을 견딘 사람은 나밖에 없었다.

자다가 뺨을 맞는 일도 많았다. 맨 처음 뺨을 맞았을 때는 잠결에 일어나 왜 맞았을까를 생각해보았지만 도무지 알 수 없었다. 이튿날 아침 공양 시간에 묵담 스님이 대중들에게 "저놈이 잠꼬대를 한다"고 하셔서 비로소 얻어맞은 이유를 알았다. 그럴 때면 속가에 계신 부모님이 그리웠으나 감히 내색할 수도 없었다.

묵담 스님은 어린 행자인 나를 데리고 자면서 일렀다.

"불가에 '오른쪽으로 누워 자는 것은 여래 잠이요, 왼쪽으로 누워 자는 것은 축생 잠이요, 엎드려 자는 것은 마구니 잠이요, 바로 누워 자는 것은 송장 잠'이라는 말이 있다. 오른쪽으로 누워 자면 잡스러운 꿈이 적어지고 정신도 맑아지니 그렇게 자도록 해라."

그러나 잠으로 클 나이인 어린 나이에 숙련된 사람처럼 오른쪽으로만 누워 잘 수는 없었다. 한창 성장기에 이리저리 뒤척이다가 철썩 철썩 뺨을 맞고는 했던 것이다. 나중엔 얼마나 긴장을 했던지 새벽에 일어나보면 처음 잘 때의 모습 그대로 누워 있곤 했다.

묵담 스님의 청결한 생활 습관은 그 누구도 따라할 수 없을 정도로 철저했다. 얼마나 깔끔했는지 찬물도 씻어서 자시고 싶다고 했고, 뒷간에 다녀와서 뒷물을 하지 않고 법당에 들어가는 일은 결코 없었다. 처마 밑 도랑에 흘러가는 물에 기름기가 보이는 날에는 그날의 책임자가 불려나갔다.

"오늘 누가 설거지를 했느냐?"

그런 날엔 책임자는 물론 다른 행자들까지 불려나가서 기름이 떠 있는 도랑물을 마셔야 했다. 어쩌다가 분량을 맞추지 못해 밥을 너무 많이 해서 남긴 날엔 아무리 밥을 먹은 직후라도 그날 남은 밥을 행자들이 모두 나누어 먹어야 했으니, 매사에 조심하지 않을 수 없었다. 수챗구멍에 쌀 한 톨 흘러나가지 않도록 조심했고 그날그날의 인원에 맞게 밥을 해야만 했다. 이처럼 고초당초보다 매운 행자 생활을 하는 동안, 모든 일에 정밀하고 미리 계획해서 하는 습관이 몸에 배었다.

청류암엔 감나무가 유난히 많았다. 총총히 매달린 감이 홍시가 되어가던 어느 가을날의 오후였다. 먹음직스럽게 달려 있는 홍시를 바라보다가 돌멩이를 던졌다. 올라가서 딸 수는 없고 한두 개 떨어지면 주워 먹을 요량이었다. 돌멩이에 맞아 툭 떨어진 감 한 개를 주워들고 먹으려는 순간 툇마루에 앉아 계시던 묵담 스님이 불렀다.

"어떤 손으로 돌멩이를 던졌느냐?"

"오른손으로 던졌습니다."

"자, 그러면 이 마룻바닥에 오른손을 올려놓아라."

묵담 스님은 회초리를 들어 내 오른손을 몇 대 내리쳤다.

함께 사는 행자들과 함께 종아리도 무수히 맞았다. 묵담 스님은 행자 중 누구 하나가 잘못하면 모두 불러다가 종아리를 치곤 했다.

"회초리를 꺾어 와라."

꺾어 온 회초리 가운데 가장 실한 다섯 개를 골라 묶어서는 그것이 부러지도록 종아리를 때리셨다. 행자 중 가장 나이가 어렸던 나는 맨 나중에 매를 맞곤 했다. 먼저 맞은 행자들은 아픔을 이기지 못하고 뒷방으로 건너가 울면서 약을 발랐다. 하지만 어려서부터 살이 여물어 맷집이 좋았던 나는 종아리를 맞을 때 입을 꽉 다물었다. 그러면 종아리 살이 더 야물어져 회초리가 톡톡 튀어버리곤 해서 다른 행자들에 비해서 3분의 1쯤만 맞곤 했다. 그럴 때마다 묵담 스님은 회초리를 내려놓으면서 말하곤 했다.

"이놈은 눈이 작아 겁도 없어."

그 기간 나는 수행자가 지녀야 할 가장 큰 덕목 가운데 하나인 인욕을 배우고 익혔다. '적당히'라는 것은 있을 수 없었던 엄한 교육을 통해 어떠한 일이든 철저하고 완벽을 기하는 정신적인 힘을 축적했고, 묵묵히 견뎌내는 힘이 일을 성취하는 데 얼마나 중요한 근간이 되는지를 배웠다.

훗날, 40대 중반에 처음 상좌를 맞아들인 나는 이 어린 행자가 심심할까 봐 연못에 통나무배를 만들어 띄워주거나 산에도 함께 올라가곤 했다. 어려서 부모님 곁을 떠나 엄한 교육 속에서 성장했던 체험으로 인해 아이들의 마음이 잘 헤아려졌기 때문이다. 재워야 할 때는 재웠고 먹여야 할 때는 먹게 했다. 쉬어야 할 때는 적당히 쉬게 했고 칭찬해야 할 때는 칭찬했다.

공부하고 싶어 하는 제자에겐 학비를 지원해주었고, 선방에서 공부하고 싶어 하는 제자들에겐 소임을 맡기지 않고 참선만 할 수 있도록 배려해주었다. 내가 겉 보기에는 말수가 적고 엄격해서 그들이 어려워했을지 모르나 한번 제자로 받아들이면 그들을 신임하고 자율에 맡겼다. 심지어 산문을 떠나겠다고 찾아오는 제자들이 있어도 붙잡거나 구속하지 않았다. 나는 그들의 선택을 존중해주는 스승이고 싶었다.

어린 행자시절, 호된 시집살이를 견디면서 위로받고 희망을 품을 수 있게 한 분들이 있었으니 다름 아닌 청류암 선방에 주석하고 있던 수좌스님들이었다. 청류암에선 하안거와 동안거 두 차례에 걸쳐 10여 명의 스님들이 방부를 들이고 정진을 했다. 묵담 스님은 선방에 소요되는 식량이나 비용을 다 넘겨주고 선방스님들 스스로 원주를 뽑아 살림을 하게 했다.

어린 내 눈엔 다 떨어진 옷을 입고 걸망을 지고 다니는 모습뿐만 아니라 마냥 앉아서 좌선하는 선방스님들의 모습에도 마음이 끌렸다. 그래서였는지 염불이나 불교음악인 어산魚山에는 별로 관심이 가지 않았다. 실제 목청이 좋아 염불과 어산을 열심히 외워 익히고 배웠으나 그리 신명이 나지 않은 것을 보면 뜻도 없었던 것 같다. 이러한 성향이 평생 선객의 길을 걷게 했는지도 모른다.

선방스님들은 선방을 자주 드나들면서 심부름하는 나를 귀여워했다. 인정이 깊었던 구산 스님은 일에 묻혀 살면서 잠이 부족해 보이는 어린 행자를 불러내 때때로 자신의 무릎을 베고 잠을 자게 했다. 한창 클 나이에 잠도 제대로 못 자고 고생하는 게 안쓰러워 보였는지 묵담 스님이 찾으면 "내가 데리고 있었습니다" 하고는 꾸지람을 모면하게 했다.

훗날 송광사 조계총림의 방장으로 효봉 선사의 법을 이었던 구산 스님은 나보다 서너 해 먼저 불가에 입문해서 공부를 하고 있었다. 그런데 어린 행자인 나를 귀여워해서 해제 후 청류암을 떠나며 나를 데리고 가고 싶어 했다. 구산 스님께 정이 들었던 나 또한 따라가고 싶은 마음이 굴뚝같았으나 묵담 스님에 대한 예의로 구산 스님도 나도 그 말을 꺼내지는 못했다. 그 뒤 해인사에서 함께 6·25전쟁을 치르기도 하면서 여러 번 함께 지낼 것을 권유받았으나 봉암사에서 스승 성철 노장을 만난 뒤로는 그분만 섬기느라 함께 지내지 못했다.

구산 스님은 내가 40, 50대에 수도암에서 머물 때도 찾아와서 "성공자거成功者去라 하니, 일을 다 이룬 사람은 떠나야 한다"라고 말씀하시면서 그만 송광사로 와주기를 바라셨다. 구산 스님은 6·25전쟁으로 진주 응석사에서 나와 함께 피난을 가실 때 인민군과 맞닥뜨리자 설법을 하셨다. '일체유심조一切唯心造' 이야기로 인민군을 설득하려 했던 노장의 순수한 모습이 떠오른다. 구산 스님은 사람을 귀하게 여기고 따뜻한 성품에 선지禪旨가 깊은 분이었다.

행자시절에 가끔 심부름을 가서 본 백양사 산내 암자인 운문암 선방의 스님들 또한 내 마음을 사로잡았다. 예부터 선가에 '북 마하연 남 운문암'이란 말이 있는 것처럼 운문암 선방은 금강산 마하연 선방과 함께 당시 선방을 대표하던 곳이었다. 운문암은 각진 국사와 진묵 대사를 비롯해 서산·사명·백파·학명·한영·용성·인곡·석암·남전·운봉·고암 스님 등 조선 중·후기의 선지식들이 다 거쳐간 곳이다. 지금까지도 부안 월명암, 대둔산 태고암과 함께 도인이 많이 나오는 호남 3대 성지로 꼽힌다.

서른두 살에 이미 운문암 조실로 추대된 인곡 스님이 주석하고 있던 그곳엔 20여 명의 수좌들이 여름과 겨울 두 차례 안거를 하고 있었다. 묵담 스님과 도반이었던 인곡 스님은 가끔 선방에서 내려와 말을 건네곤 했다.

"자네, 나 헌옷 한 벌 주시게."

묵담 스님에게 옷 한 벌을 받아들고 말없이 올라가는 인곡 스님은 청빈한 수행자의 참 면목이었다.

그러던 어느 날부터인가 나는 자꾸만 선방 쪽으로 마음이 쏠리기 시작했다. 선방 이야기만 나오면 귀가 번쩍 뜨이고 온 마음이 그리로 향했다.

큰절인 백양사에서 식량을 주면 운문암 수좌들이 지게에 걸머지고 올라가는 모습을 오랫동안 바라보곤 했다. 맑은 기운이 감도는 선방에서 허리를 꼿꼿이 세우고 면벽하고 앉아 있는 스님들을 보면서 어느덧 선방에 대한 동경이 깊어졌다.

그러한 참선에 대한 의지는 계를 받고 강원에서 공부하고 있으면서 금강산에 갈 준비를 하게 했다. 스물한 살 때였다. 이미 금강산 마하연의 명성을 들었던 나는 조선의 도인들이 모여 산다는 그곳에 가서 참선을 해보고 싶었다.

마하연은 신라시대 의상 대사가 창건한 고찰이자 고려시대 나옹 선사 등 고승들의 발길이 끊이지 않았던 선찰이었다. 근세에는 만 공 스님과 석두 스님이 머물며 정진했고, 1940년 무렵엔 마하연에 속한 선방 수좌들이 80여 명이나 될 만큼 명성을 떨치고 있어 선객 이면 누구나 선망하던 고찰이었다.

흰 광목으로 가사를 해 입고, 걸망까지 흰 광목으로 만들어 어깨 에 메고 나니 내 자신이 마치 백의白衣 대사처럼 느껴졌다. 그런데 직접 짚신을 삼아 신고 길을 나서 기차역으로 갔다가 그만 낭패감 에 빠져 발길을 돌려야 했다.

매표소 직원이 "어제부터 북쪽으로 가는 길이 막혔소" 하는 것이 었다. 하루 이틀 먼저 길을 떠나서 금강산으로 갔더라면 돌아오기 어려웠을지도 모른다. 남과 북이 두 동강이 난 채 지금까지 내왕이 자유롭지 못하니 필시 그렇게 되었을 것이다. 훗날, 생사를 넘나들 며 천신만고 끝에 북쪽에서 내려온 수좌들의 이야기를 듣고는 더욱 그런 생각을 하지 않을 수가 없었다.

행자들은 왔다가 묵담 스님의 엄한 교육을 접하고는 기겁을 한 채 사흘이 멀다 하고 떠나갔다. 그러나 묵담 스님의 매서운 교육은 여전했다. 집으로 돌아가는 도반들이 부러워 나 역시 그런 마음이 들었으나 실행에 옮기지는 못했다. 얼마나 숙맥이고 계산을 못 했 는지 집으로 돌아가는 길조차 몰랐던 것이다.

묵담 스님의 시봉을 들면서 행자생활을 보내는 동안 집에선 편지 한 장 없었고 부모님도 한 번 찾아오지 않았다. 어느새 열일곱 살이 되어 있던 어느 날, 고향을 그리워하던 행자도반들과 함께 있을 때였다. 나도 부모님과 형제들이 있는 집이 몹시 그리웠던 터라 도반들에게 "나도 집에 가고 싶다"라고 한마디 했다. 열네 살에 청류암으로 와서는 처음으로 입에 담아본 소리였다. 아무리 집에 가고 싶었어도 내일 다시 오겠다던 아버지의 말을 굳게 믿으며 기다렸고 어느 누구 앞에서도 심중을 드러내지 않고 견뎠는데 하필 처음 해본 그 소리가 묵담 스님의 귀에 들어가고 말았다. 곧 불려가 무릎을 꿇고 앉은 자리에서 묵담 스님이 물었다.

"네가 집으로 가고 싶다는 소리를 했느냐?"

"예."

둘러대거나 거짓말이라곤 할 줄 모르는 성격이라 곧이곧대로 대답했다. 그러자 묵담 스님의 얼굴에 살짝 노기가 드러났다. 종일 합장하고 서 있으라고 하면 합장한 채 서 있고, 가라고 하면 가고, 오라고 하면 오던, 그야말로 재주라고는 피울 줄 모르던 순진한 행자가 누구한테 물들어 그런 소리를 했는가 싶은 표정이 역력했다.

"너 여기 온 지 얼마나 되었느냐?"

"3년 지났습니다."

"그래? 그러면 3년 전 네가 여기 처음 올 때 입고 왔던 옷을 가져와봐라."

나는 영문을 모른 채 나중에 집에 갈 때 입으려고 잘 싸두었던 옷을 가지고 나왔다. 집을 떠나올 때 몸에 꼭 맞게 만들어준 어머니의 손길이 묻어 있는 옷이었다.

"지금 입고 있는 저고리를 벗고 그 옷을 입어봐라."

행자 옷을 벗고 출가하기 전의 옷을 입어보니 그새 키가 자라 팔뚝이 훤히 드러났다. 묵담 스님이 드러난 내 팔뚝을 만지면서 말했다.

"보거라. 여기 이만큼 드러난 팔뚝은 네가 여기 와서 밥 먹고 큰 살이 아니겠느냐? 그러니 집에 가려거든 여기 와서 자란 살을 베어놓고 가거라."

'살을 베어내면 나는 어떻게 되는가?'

"잘못했습니다. 다시는 그런 말을 하지 않겠습니다."

살을 베어놓고 가라는 말을 조금도 의심하지 않은 채 눈앞이 캄캄해서 손이 발이 되도록 용서를 구하는 행자에게 묵담 스님은 다시금 확인했다.

"너, 지금이라도 가고 싶으면 살을 베어놓고 가거라."

그 후로는 두 번 다시 집에 간다는 소리를 입 밖에 내지 않았다. 그런데 정확히 3년이 조금 지나자 아버지가 청류암을 찾아오셨다. 그토록 그리웠던 어머니와 함께 오신 것은 아니었으나 그 기쁨은 이루 말할 수가 없었다. 그날 밤, 혹시나 아버지가 다시 나를 두고 갈까 봐 얼마나 애를 태우며 잠을 이루지 못했던가.

다음 날 아침 일찍, 어린 자식의 마음을 읽은 아버지가 묵담 스님께 완곡한 부탁을 하셨다.

"스님, 저 아이에게 휴가를 좀 주십시오."

묵담 스님은 선선히 허락을 했다. 3년 넘게 집으로 돌아갈 꾀를 내거나 말썽을 피운 일이 한 번도 없었던 행자였으니 믿으신 모양이다.

아버지를 따라 일주문을 나서니 처음 백양사에 들어올 때처럼 산천이 푸르른 봄이었다. 절 밖을 벗어나자 그렇게 홀가분할 수가 없었다. 그러나 그것은 부모님이 너무나 그립고 갇혀 지낸 것에 대한 답답함 때문이었을 뿐이다.

얼마 후 다시 백양사 강원으로 가서 공부를 했고 6·25전쟁 때도 잠시 함께 보냈으나 묵담 스님과는 사제지간의 인연까지 맺어지지 않았다.

훗날 불갑사에서 계를 받고 묵담 스님을 찾아뵙자, 나를 놓친 것을 아깝게 생각하고 이름을 두 번이나 지어주면서 권속이 되라고 하셨다. 하지만 한번 결정한 일을 번복하지 못하는 성격이어서 그분의 제자가 되지는 못했다. 무엇보다 인연이 아니었을 것이다.

나중에 묵담 스님은 태고종 제3, 4세 종정을 거쳐 1982년, 87세를 일기로 담양 용화사에서 입적하셨다.

# 수계

청류암에서 부친을 따라 집으로 돌아갔다가 영광 불갑사로 간 것은 불과 며칠 뒤였다. 감수성이 예민한 나이에 어른들을 모시면서 이미 절도 있고 강도 높은 행자생활을 하면서 출가생활이 몸에 밴 내겐 집에서의 생활은 자연스럽지 않았다.

3년을 하루같이 기다리며 그리워했던 어머니 곁에서 며칠 지내던 어느 날, 동네 사람들과 영광 불갑사로 놀러가게 되었다. 고향 함평에서 50리쯤 떨어진 불갑사엔 대강사로 이름이 나 있던 설호雪浩 스님과 주지 설제雪醍 스님을 비롯해 몇몇 스님들이 머물고 있었다.

백양사 말사인 불갑사는 백제에 불교를 처음 전한 인도의 마라난타가 창건한 고찰로 알려져 있다. 고려시대에 각진 국사가 머물면서 대사찰로 규모가 커졌는데, 한때는 각진 국사의 제자 1천여 명이 몰려들어와 총림을 이룰 정도였다. 많은 사람을 수용하는 게 비좁아 그로부터 중창불사가 시작되어 5백여 칸의 거찰을 이뤘으니 산내 암자가 31개, 누각 높이 90척의 법당엔 수백 명이 앉을 수 있

었다고 한다. 장엄하고 화려한 사찰이었던 불갑사는 '동에는 불국
佛國, 서에는 불갑佛甲'이라는 말로써 가람의 크기가 논해졌고 그 풍
광과 수려함 또한 대단했다. 그 뒤 전쟁 등으로 소실되고 나서 여러
차례의 중수를 거쳐 오늘에 이르고 있다.

조선시대에 불갑사를 거쳐간 훌륭한 스님들이 많았다. 그 가운데
대표적으로 연화·청봉·율봉·용암 스님이 손꼽힌다. 조선 후기에
는 경허 스님이 용암 스님의 법맥을 이었으니 금세의 선지식인 수
월·혜월·만공·한암 스님 등은 그 법손이 되는 셈이다.

불갑사에 놀러간 나는 함께 간 동네사람이 돌아간 뒤에도 며칠
동안 더 머물렀다. 내 행동거지를 본 불갑사 스님들이 "며칠 더 있
다가 가라"고 붙들었기 때문이다.

예로부터 불갑사 터는 노서파전老鼠破田, 늙은 쥐가 밭을 뒤지는
형국이라고 했다. 매일 천 냥이 들어오고 매일 천 냥을 쓴다고 했을
만큼 일이 많았던 절이다. 영광 사람들 가운데 누군가 죽으면 가족
들의 꿈에 나타나서 "불갑사에 가서 천도재를 지내라"고 할 만큼
재가 많았다.

불갑사에 며칠 머무는 동안 내 염불소리와 부지런한 행동이 대중
들의 마음을 끌었던 모양이다. 행자생활로 몸에 밴 절제된 행동과
짜임새 있는 염불소리를 좋게 보셨는지 스님들은 며칠 지나 다시
집으로 가려는 나를 붙들었다.

"여기서 그만 출가해서 같이 살자."

모든 스님들이 나를 좋아했고 같이 살자고 붙들자 순진한 마음에
솔깃해서 눌러앉아버렸다. 불갑사에 며칠 머물면서 예불하고 지내

는 동안 자연스럽게 다시 절로 돌아온 것이다.

백양사 묵담 스님을 시봉하며 행자생활을 했으나 정식으로 출가한 곳은 불갑사인 걸 보면 그렇게 인연은 따로 있는가 보다. 불갑사에 머물며 생활한 지 2개월 후, 당시 불갑사 주지였던 설제 스님을 은사로, 설호 스님을 계사로 사미계를 받았다. 내 나이 열일곱 살이던 1941년 4월 보름이었다. 그때 설호 스님이 법전法傳이란 법명을 내려주셨다.

불갑사에서 사미계를 받은 뒤 백양사 강원으로 갔다. 당시에는 은사가 학비를 대어 제자를 본사 강원으로 보내 교육시키는 제도가 있어서 공비생으로 강원에 가게 된 것이다.

1941년 무렵의 백양사 강원은 전국에서 가장 모범적인 강원으로 꼽히고 있었다. 노장스님 몇 분과 강사스님 네 분이 있었고 학인 수는 80여 명쯤 되었다. 경전을 익히고 난 학인들은 논강과 강의, 법문하는 법을 배웠고 불교의식을 집전하는 법 등 수행자가 지녀야 할 모든 법도를 배웠다. 일본어로 된 중학교 교과서도 익혔다.

그런데 함께 공부했던 학인들 중 끝까지 남아 출가생활을 한 사람은 거의 없었다. 본디 절집이라는 데가 아주 상근기이거나 아니면 나와 같은 제일 하근기만 남게 되는 탓이다. 중간 근기는 전부 마을집으로 간다.

나는 강원생활을 하는 동안에는 절대 장삼을 벗지 않았다. 오후불식午後不食을 실천해서 하루에 아침과 점심 두 끼만 먹고 지냈다. 말이 없고 누구와 어울려 돌아다니지 않으며 혼자 지내는 걸 좋아했던 내 성격은 강원에서도 여전했다. 학인들은 하루 공부를 마친 뒤 마을에 내려가 어울렸으나 나는 그런 일에 기웃거리지 않았다. 누가 가르쳐주지 않아도 그렇게 살아야 한다고 생각했다.

누구를 특별히 좋아하거나 싫어하는 일 없이 조용히 내 일에만 충실한 탓인지 내게는 예나 지금이나 도반이 적다. 그러나 강원의 가장 윗반이 아니었을 때도 선배 스님들이 중요한 일을 함께 의논할 만큼 나에 대한 신임이 두터웠다.

나는 천성적으로 남을 속이는 것을 모른다. 곧이곧대로 어른을 여법하게 모시고 규칙을 잘 지키며 살아왔다. 이런 태도 때문에 어른 스님들에게 사랑을 받고 선배들에게도 신임을 받았던 것 같다.

그 시절의 나는 늘, 어릴 적 서당에서 《맹자》를 읽을 때 훈장님에게 배운 맹자의 대장부론을 마음에 새겼다.

"이 세상에서 가장 넓은 데서 살아가고 이 세상에서 가장 바른 자리에서 서며 이 세상에서 가장 큰 도를 행하라. 뜻을 얻으면 다른 이들과 함께하고 뜻을 얻지 못해도 혼자서 옳은 길을 가야 한다. 부귀와 음란함에 빠지지 않으며 가난하고 천해도 마음을 바꾸지 않고 부당한 힘 앞에서도 굴복하지 않으면 이것이 바로 대장부 아닌가?"

# 큰 어른 만암 스님

강원講院 시절에 내게 가장 정신적으로 영향을 많이 준 스승은 만암曼庵 스님이었다. 만암 스님은 인품이 넉넉하고 덕이 높은 선지식이었다. 지금까지 70여 년 절집에 살면서 일곱 분의 종정을 모실 만큼 많은 선지식들을 접했으나 그중에서도 만암 스님이 가장 덕이 있고 원만한 분으로 기억된다.

백양사 취운 스님 문하로 출가한 만암 스님은 고불총림 백양사의 근세 중흥조로 알려져 있다. 지금 동국대학교의 전신인 중앙불교전문학교 초대 교장을 지낸 만암 스님은 교육 사업에 일가견을 보인, 근래에 보기 드문 교육자이기도 했다. 또한 백양사 전체 역사를 통해 가장 돋보이는 불사를 일구어낸 선지식이셨다.

백양사를 거점으로 불교교육 분야에 심혈을 기울였고 백양사 운문암과 청류암에서 경전을 가르치기도 했다. 서른두 살에 해인사 강사를 지내셨는데, 내가 훗날 해인사 주지로 있으면서 강원 자리에 관음전을 새로 지으려고 뜯을 때 나온 상량문에 만암 스님이 강사로 계셨다는 기록이 발견되었다. 이래저래 내게는 인연이 깊은 분이다.

나는 사람을 귀하게 다룰 줄 알고 교육적인 만암 스님에게 마음이 끌렸고 만암 스님도 나를 무척 아껴주었다.

"승려는 행行을 기본으로 삼아야 한다. 자기 공부가 먼저 이뤄진 뒤에야 다른 이를 위해 헌신할 수 있다. '승僧' 자가 무슨 뜻이더냐? 승려가 되기 전에 먼저 인간이 되어야 한다는 뜻이다. 그전엔 부처를 운운하지 말거라. 머리를 깎았다고 다 승려가 아니요, 먹물 옷을 입었다고 모두 승려일 수 없다."

당시 60대 중후반이셨던 만암 스님은 매일 새벽 3시에 대중들과 함께 예불을 올렸고 선방에 앉아 입선하고 공양도 함께했다.

만암 스님은 내가 염불을 할 때마다 지켜보시다가 틀린 곳을 지적해서 올바르게 가르쳐주셨다. 백양사에 큰 행사가 있을 때면 음성이 좋고 염불을 잘하는 내게 축원을 시켰다. 체구는 작았지만 내 염불소리는 법당을 꽉 채우곤 했다 한다. 그리고 행사가 끝나면 만암 스님이 자상하게 잘못된 부분을 수정해주시곤 했다.

"이 부분은 이렇게 해봐라."

이미 만암 스님은 1900년대 초반에 백양사 청류암에 광성의숙을 설립하고 종래의 강원제도를 혁신한 불교교육을 전개해나갔다. 당시 스님은 1백여 명의 학인들을 모아 선과 교, 율 등을 공부시키면서 국어, 국사, 수리학 등 불전 이외에 대한 교육도 병행했다. 그만큼 당시 불교계 상황 속에서 매우 혁신적이었던 만암 스님은 타고 난 교육자였다.

그러한 만암 스님의 지도를 받고 나는 더욱 염불이나 의식에 능숙해졌다. 내 염불이 법다워질수록 만암 스님을 비롯한 대중스님들은 물론 신도들에게 칭찬을 받곤 했다. 아침 공양을 끝내고 나면 온 대중이 모여서 으레 차 공양을 했다. 그럴 때마다 만암 스님이 한 말씀하시곤 했는데 그 자체가 법문이고 법도였다. 차 공양을 하는 자리에서 만암 스님은 나를 자주 칭찬하셨다.

"아주 선지식이야."

만암 스님은 성정이 따뜻하고 폭이 넓은 도인이셨다. 세밀하고 직설적인 방법으로 엄하게 아랫사람을 교육시킨 묵담 스님과는 달리 만암 스님은 꾸지람보다는 칭찬을 아끼지 않았고 청소년 시기의 무한한 가능성을 발휘할 수 있도록 이끌어주셨다. 사람을 차별하지 않으며 누구나 지니고 있는 존엄성을 독려해줄 때 큰 힘이 나온다는 것을 아는 선지식이셨다. 혁신적인 교육 사업을 펼치며 인물을 길러내고자 했으니 참으로 교육자다웠다.

출가자의 법도를 벗어나지 않는 내 일상과 염불소리가 신심을 북돋웠는지 여러 사람이 나를 양자로 삼고 싶어 했다. 부유하나 자식이 없던 분들이 나를 눈여겨보다가 양자로 들어오라고 권했지만 그럴 때마다 나는 단호히 거절했다. 어려서 출가한 이래 그런 쪽으로 흐른 선후배들이 출가의 길을 제대로 가지 못하는 것을 곁에서 많이 보아왔기 때문이다. 사람은 나이에 관계없이 취하고 버릴 것을 구별할 줄 아는 힘과 그것을 실천할 줄 아는 지혜를 지니고 있어야 자기 길을 제대로 갈 수 있다.

만암 스님은 스스로 당신을 사판승이라고 하면서 자신을 낮추었다. 산중의 가장 큰 어른이라 말 한마디가 법으로 통했는데도 불구하고 법당에 들어오면 가장 윗자리인 어간을 비워놓고 가장 아랫자리에 앉으셨다. 윗자리에는 청정비구승들이 앉도록 권하셨다. 그런 행동에서도 나는 자신을 낮추는 자세가 모든 일을 관통하게 하는 큰 힘이라는 것을 배웠다.

스무 살이 넘어 강원에서 공부하던 시절 나는 징병 대상자가 되어 있었다. 일제 강점기 말엽인 그때 전쟁의 막바지에서 혈안이 되어있던 일본은 출가자라고 하여 그냥 놓아두지 않았다. 무기를 만들기 위해 백성의 솥단지며 숟가락을 몰수해가고 절의 종까지 떼어가는 일도 서슴지 않던 시절이었다.

그런 침략자들을 위해 군인이 될 수는 없었다. 걸핏하면 군사 훈련을 받으러 나오라고 강요할 때마다 모욕감을 떨치기 어려웠다. 경찰서장이 오는 날이면 새벽부터 절 문 앞으로 나가 인사를 해야 하는 일도 견디기 힘들었다. 강원 수업을 제대로 들을 수 없을 만큼 혼란한 시기였다.

'이대로는 안 되겠다'고 생각한 나는 간단하게 짐을 꾸려 백양사 산내 암자인 약사암 옆의 영천굴로 올라갔다. 혼자 기도를 해볼 생각이었다. 그런데 올라가자마자 학인들이 올라왔다.

"만암 스님께서 당장 내려오라십니다."

만암 스님은 나를 보자 크게 꾸짖었다.

"나이 지긋한 사람도 혼자 있기 힘든 곳인데, 어린아이가 혼자 그런 곳에서 지내겠다니 당돌하구나."

영천굴은 인적조차 없는 외진 곳으로 사람이 살지 않다 보니 음습하고 괴기한 기운이 감돌아 웬만큼 담이 크지 않으면 견디기 힘든 장소였다.

"당장 내려오너라."

진노하신 만암 스님께 사정을 했다.

"스님, 징병을 당하고 싶지 않습니다. 며칠만이라도 기도해보고 싶으니 허락해주십시오."

내 진심이 전해졌는지 만암 스님은 한 발 뒤로 물러섰다.

"그럼 낮에만 기도를 하고 잠은 약사암에서 자도록 해라."

가벼운 발걸음으로 바로 다시 영천굴로 올라가 깨끗이 청소하고 기도를 시작했다.

"침략자 일본을 위해 절대로 군대에 갈 수 없습니다."

그런 심정으로 7일 동안 간절하게 '관세음보살'을 불렀다. 가지고 올라간 쌀로는 밥을 지어 부처님께 올리고 굴 곁에 떨어진 밤을 주워 먹으면서 지극정성으로 기도를 올렸다.

기도를 마치는 날이었다. 백양사 종각 아래에 택시 한 대가 놓여 있는 꿈을 꾸었다. 당시의 택시는 지금 비행기보다 더 귀한 물건이었다. 나는 운전대를 잡고 훤하게 뚫린 길을 한없이 달렸다.

노장스님들이 내 꿈 이야기를 듣고 "기도를 성취했구나" 하셨으나 당시는 그 의미를 이해하지 못했다. 아마 그때 징병에 끌려갔으면 돌아오지 못했을지도 모른다.

그 뒤에도 일제의 극성은 그치지 않아 고향집으로 피신할 수밖에 없었다. 마침 아버지 친구 중 지서주임을 지내던 분이 동네 뒷산 초당에 숨어 있으라고 일러주었다. 그곳에 동네 친구들과 함께 숨어 있다가 일제의 감시가 잠시 소홀한 틈에 다시 백양사로 돌아갔다. 당시는 자식이 징병을 피해 몸을 숨기면 부모를 잡아 가둘 때였다. 많은 도반들이 징병으로 끌려가 돌아오지 못하던 혼란하고 가슴 아픈 시절이었다.

그런 시절을 직접 겪어내서인지 훗날 좋은 환경과 훌륭한 스승 밑에서도 게으름을 피우며 공부하지 않는 후학들을 보면 탄식부터 나온다.

"궁궐 같은 곳에서 재워주고 이렇듯 좋은 음식을 주는데 왜 공부하지 못하는가?"

집으로 피신했다가 강원으로 돌아가자 묵담 스님이 청류암에 와 있으라고 하셨다. 그 명을 따라 한 해 정도 청류암에서 살림을 하며 지냈다. 세상이 어수선한 나머지 강원에서 공부에 전념할 수 없는 분위기가 계속되었다.

청류암에서 지낼 때 마침내 해방을 맞았는데 그때부터 내게는 선방으로 가고 싶은 마음이 간절해졌다. 때마침 만암 스님이 백양사에 호남 고불총림을 세운다는 소식이 전해졌다. 옛날에 번창했던 선수행을 회생시켜 부처님과 고사석덕高師碩德의 정신을 계승하겠다는 의지를 나타낸 것이었다. 1947년 초반, 만암 스님은 자신이 구상한 독자적인 불교정화를 선언하고 고불총림을 출발시켰다. 식민지 불교 아래에서 불교정화를 모색하다가 해방공간에서 다시 불교정화의 깃발을 올린 것이다.

만암 스님은 왜색에 물든 종단을 탈바꿈하기 위해서는 식민지 불교를 청산하고 선풍을 일으켜야 한다며 이를 위해 총림을 설립하고자 했다. 백양사를 거점으로 추진된 고불총림은 그 뒤 6·25전쟁으로 무산되었다가 반세기가 지난 1996년 3월에야 다시 설립되었다.

만암 스님은 "살림만 하는 말사 스님들도 참선해서 깨쳐야 한다"고 하시며 당신도 초발심의 자세로 참여하겠다고 선언했다. 총림을 세운 뒤 만암 스님은 대중들을 이끌고 불갑사로 가셨다. 말사의 스님들도 참선할 수 있도록 말사를 순회하며 선풍을 일으키려고 했던 것이다.

그런데 불갑사 산내 암자인 해불암 밑에 숨어 있던 빨치산들에게 한 스님이 총에 맞는 사건이 일어났다. 그 일로 더 이상 불갑사에 머물 수 없게 되어 고창 문수사로 옮겨갔다. 나는 총 맞은 스님을 입원시킨 뒤 문수사로 갔는데, 만암 스님은 나를 보자 "선지식이 도로 왔구먼" 하며 반가워하셨다.

문수사에서 한 달 동안 지내면서 대중 모두 하루 10시간씩 정진했다. 나는 당시 '시심마(是甚麼, 이뭣고)'를 화두로 들었는데 그 화두에 완전히 몰입했던 것 같다. 잠을 자다가도 눈을 뜨면 화두에 들어 있는 나 자신을 발견하곤 했다. 한 달 후 백양사로 돌아와 두 달 동안 정진하고 해제를 했다.

그러나 고불총림에 동참한 지 1년 뒤 나는 백양사를 떠났다. 총림을 설립할 초기여서 어수선했고 청류암 살림에 매여 있었기 때문이다. 앞날을 고민하다가 수행에만 전념하기 위해 해인사로 길을 서둘렀다.

당시 만암 스님은 백양사 포교당인 목포 정혜원을 맡은 서옹 스님에게 나를 묶어놓으려고 유도하셨다. 하지만 나는 해인사에 총림이 설립되었다는 소식을 듣고는 망설임 없이 해인사를 택했다.

백양사 시절 앞날을 많이 고민했다.

'늘 이렇게 조석예불을 올리고 경전을 읽으며 사는 것이 출가의 길인가. 이렇게 한평생을 살아야 하나?'

오후불식을 실천하며 정진했고 어른 스님들께 칭찬을 받을 만큼 바르게 살았지만 가슴 한편은 늘 허전하고 답답했던 것이다. 출가 후 10여 년의 세월이 흘렀으나 망망대해와도 같은 그 길에서 어디로 어떻게 가야 할지 고민이 많았다. 고민의 시간과 비례해 꿈도 많아졌다. 잠만 들면 꿈이었다. 앉아 있다가 눈만 감아도 꿈에 시달렸다. 신경쇠약 증세에 시달릴 정도로 심리적 불안을 겪을 무렵, 해인사에 가야총림이 생겼다는 소식이 들렸다. 귀가 번쩍 뜨였다.

가야총림은 일제 패망 직후인 1945년 9월, 식민지 불교의 극복과 불교계의 새로운 노선을 천명하기 위해 개최된 전국승려대회에서 결의해 설립한 모범 총림이었다. 1946년 10월경 효봉 스님을 방장으로 추대하고 개설되었다.

나는 종단에 의해 설립된 최초의 총림에서 선지식들과 함께 공부하고 싶은 마음이 간절해졌다. 그때부터 마음이 온통 가야총림으로 쏠렸으나 어떻게 가야 할지 몰라 애를 태웠다. 그런데 마침 선방스님 한 사람이 백양사에 들렀기에 "해인사 총림으로 가고 싶은데 어떻게 가야 합니까?" 하고 물었다. 그랬더니 그가 "나도 그곳으로 가려고 하니 같이 갑시다" 했다. 그 소리에 천군만마라도 만난 듯

반가워서 신도들이 만들어준 복주머니를 그에게 주었다. 금으로 만든 자그마한 물건과 돈이 들어 있는 주머니였다. 얼마나 해인사로 가고 싶었던지 신도들로부터 시주받은 전 재산을 준 것이었다.

그날 밤, 해인사 총림으로 가서 본격적으로 공부한다는 생각에 잠을 이루지 못했다. 이리저리 뒤척이다가 잠시 눈을 붙였는데 수십 년이 지난 지금까지도 선명하게 기억되는 꿈을 꾸었다. 목선木船을 타고 좁은 골짜기에서 한참 고생을 하다가 이윽고 골짜기를 벗어나 태평양 한가운데의 넓은 바다로 나와 한없이 노를 저어가는 꿈이었다.

동행이 되어준 선방스님을 따라 나는 걸망에 가사장삼을 넣어 걸머지고 해인사로 향했다. 실로 10년 만에 백양사를 벗어나는 셈이었다. 백양사에서 나와 광주의 한 절에서 하룻밤을 자고 떠나려고 하는데 그만 그곳에서 우연히 만암 스님을 만나게 되었다. 만암 스님은 나를 놓아주려 하지 않으셨다. 천성적으로 둘러댈 줄 몰랐던 나로서는 붙잡으려고 설득하는 만암 스님의 곁을 떠나는 게 쉽지 않았다. 하지만 동행했던 선방스님이 총림에서 공부하고자 하는 내 간절한 심중을 대변해주자 만암 스님은 아쉬워하며 내 뜻을 받아들여주셨다. 내 인생이 그만 바뀌는 순간이었다.

젊은 날 이사理事를 아우르는 법을 배우면서 따랐던 만암 스님과는 그렇게 헤어졌다. 그 후 만암 스님은 정화 이전 조계종 제4대 종정, 승단정화운동의 과도기인 조계종 비구승단 초대 종정을 지내고 1956년에 입적하셨다.

하지만 어렵사리 백양사를 떠나 해인사로 가던 길에 잠시 봉암사에 들렀다가 그곳에서 성철 노장을 만나 결사 대열에 합류했다. 나중에 들으니 노장도 해인사 총림에 참여하러 가셨다가 뜻이 맞지 않아 나와서 봉암사 결사를 추진하게 되었다고 한다. 결국 노장도 나도 1967년 해인총림이 다시 결성되었을 때 해인사로 들어가, 노장께서는 입적하실 때까지 25년여를 계셨고, 나는 1969년에 해인사를 나와 수도암으로 갔다가 1984년에 다시 들어와 지금까지 25년을 머물고 있으니 시절인연은 그렇게 흐르는 모양이다. 어린 학인 시절 해인사가 그렇게도 그리웠으니 전생의 인연 때문이었을 것이다.

2

수행 修行

공부하는 수좌에게 공부의 진척이 느껴지지 않는다는 것은
죽음보다 더한 고통이었다. '마음을 밝히지 못한 채 오늘
호흡이 끊긴다면 이 몸뚱이는 어디로 갈 것인가? 자성을
깨치지 못하고 죽으면 지옥행이다.' 더딘 수행의 성취를 자
책하며 통한의 눈물을 흘렸다. 가슴에서 뭉쳐 나오는 눈물
이었다.

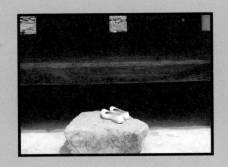

# 평생의 스승, 성철 선사

누구나 살다 보면 인생에서 가장 행복한 시기가 있을 것이다. 그저 화두 하나 붙들고 담박하게 살아왔던 출가자에게 행복한 시기가 따로 있을 리 없다. 그런데도 살아오면서 가장 행복한 시기를 꼽으라고 한다면 저 스물네 살에 스승을 만나 훌륭한 선지식들의 회상에서 공부했던 봉암사 시절이었을 것이다. 무엇보다 오늘날의 나를 있게 한 결정적 시기였다.

해인사에 총림이 생겼다는 소문을 듣고 10여 년간 머물렀던 백양사를 떠났던 1948년 가을, 내가 성철 노장을 만난 것은 참으로 다행한 일이고 복된 일이었다.

내 수행자로서의 삶은 해인사로 가던 길에 잠시 들렀던 봉암사에서 성철 스님을 만난 뒤에야 비로소 시작된 것이라 할 수 있다. 그러니 봉암사는 마음에 변화가 일어난 출발점이 되었던 장소요 시기였다.

객실에서 며칠 묵으면서 느꼈던 봉암사는 다른 곳과 달리 강렬한 기운을 품고 있었다. 절은 초라하고 쇠락해 있었으나 그 안에서 정진하고 있는 수좌들이 뿜어내는 열기는 산세만큼이나 힘이 있었다. 조용한 가운데 수행의 열기로 가득했던 봉암사가 마음을 사로잡았다. 의식儀式과 사중寺中 생활이 중심이던 백양사에서 볼 수 없었던 수행 중심의 봉암사 대중들의 모습은 신선한 느낌으로 다가왔다. 그토록 가야총림에 들어가 사는 것에 뜻을 두고 떠나온 길이었으나 반듯하게 살아가는 수좌스님들을 대하자 그만 봉암사에 눌러앉고 싶어졌다.

무엇보다 조실의 역할을 하고 있는 듯한 젊은 수좌 한 분이 마음 속으로 들어왔다. 한눈에 머리가 밝아 보이고 아는 게 무궁무진해 보였다. 그분은 여러 대중들 가운데 홀로 생식을 했으며 8년 동안 장좌불와를 하고 있었다. 금강산에서 내려온 그 도인의 법명은 성철性徹이었다.

하루 이틀 지내면서 자연스레 '아! 참된 수행자는 저렇게 사는구나. 저런 분을 스승으로 모시며 살고 싶다'는 생각이 들었다. 같이 간 사람에게 "나는 여기서 살고 싶은데, 스님도 여기서 삽시다" 하고 제의했더니 "너무 규칙이 까다로워서 못 살 것 같소" 하고는 바로 해인사로 떠났다.

결국 혼자 봉암사에 남게 된 나는 지체하지 않고 지객知客스님을 찾았다. 지금의 조계종 원로의원이신 성수 스님이 손님을 맞는 지객 소임을 맡고 있었다.

"방부를 들이고 싶습니다."

성수 스님은 친절하게 "성철 스님에게 가보세요" 하며 안내해주었다. 그때 성철 스님은 봉암사 극락전 옆 노전채에 머물고 계셨다. 정중히 삼배를 올린 뒤 여쭈었다.

"여기서 정진하고 싶습니다."

"여긴 일 많구 규칙도 엄하데이. 용변 볼 때와 잠잘 때를 제외하고는 가사장삼을 입고 지내는데, 그래두 살구 싶나?"

"대중이 하는 대로 따라하겠습니다."

평소 말이 없고 할 말이 있을 때만 이야기를 하던 노장과 나였다. 첫 만남에서도 예외는 아니었다. 군더더기 없이 짧게 심중을 전하는 내게 노장은 방부를 허락했고, 그날 이후 나는 성철 노장이 입적하는 날까지 스승으로 극진히 받들었다. 노장은 그때 서른일곱이셨고 나는 스물넷이었다. 노장님과 나는 열세 살 차이다.

노장을 처음 대했을 때 천재적인 두뇌와 민첩함이 느껴졌다. 그렇듯 조리 있고 체계적인 법문을 하는 선지식은 처음이었다. 태산을 만난 듯했다. 확실히 도를 깨친 분이라는 믿음이 갔고 그분이 내 스승이라는 것을 철저히 믿었다. 전적으로 그분에게 의지해버렸으니 가야총림 해인사로 가려던 내 발걸음은 그렇게 해서 봉암사에 머물렀다.

선가에서 은사는 출가자가 되는 승가의 절차를 밟아 승僧이 되게 하고 법사는 그분 밑에서 모든 것을 배워 깨침을 받는 스승이다. 그러므로 선가에서의 진정한 스승은 법사이다.

"수행자의 생명은 화두 참구에 있는 기라. 수행자의 과제는 마음을 깨쳐 대자유인이 되는 것이란 말이다."

성철 스님의 깨침에 대한 일목요연한 논리와 신념은 20대의 젊은 내게 사무치게 휘몰아쳐 들어왔다.

중국 고전인 사서삼경, 독일의 철학자 칸트의 《순수이성비판》 등 수많은 동서고금의 고전 속에서 '영원한 진리'를 찾다가 중국 영가 스님의 《증도가證道歌》를 읽고 발심해 스물다섯에 출가한 도인이었다. 삭발하기 전 지리산 대원사로 구도의 길을 떠나면서 누구도 흉내낼 수 없는 강렬한 출가시出家詩를 남겼다.

> 彌天大業紅爐雪
> 跨海雄基赫日露
> 誰人甘死片時夢
> 超然獨步萬古眞
> 하늘에 넘치는 큰 일들은 붉은 화롯불에 한 점의 눈송이요
> 바다를 덮는 큰 기틀이라도 밝은 햇볕에 한 방울 이슬일세
> 그 누가 잠깐의 꿈속 세상에 꿈을 꾸며 살다가 죽어가랴
> 만고의 진리를 향해 모든 것을 버리고 초연히 내 홀로 걸어가리라

언제 보아도 수행자의 기상이 넘치는 글이다. 결코 범상치 않은 출가시를 남기고 입산해서 지리산 대원사 탑전에서 장좌불와를 하며 끼니때를 제외하고는 좌복에 앉아 용맹정진한 지 42일 만에 동정일여動靜一如의 경지를 이룬 도인이었다.

입산하자마자 홀로 그렇듯 격렬한 수행을 거친 노장은 해인사 동산 스님을 은사로 수계 득도한 이후 장좌불와로 일관하며 선방에서 정진, 스물아홉에 오도송悟道頌을 읊었다. 출가 후 범어사 내원암에

서 동산 스님의 은사이자 자신의 노스님인 용성 스님을 시봉하며 안거했고 금강산 마하연, 송광사, 덕숭산 정혜사, 선산 도리사, 문경 대승사 등에서 공부했다. 통도사 내원암에서 하안거를 마치고 봉암사에 들어온 것이 1947년 동안거 때였다.

출가한 지 12년 남짓이며 30대 후반의 나이였으나 노장의 기상은 하늘을 찌르는 듯했다.

나는 노장을 만난 이후, 수행자는 화두 해서 깨쳐야 한다는 생각 밖에는 없었다. 화두를 참구하는 것이 수행자의 생명이며 견성성불 見性成佛하는 가장 수승한 길이라는 스승의 신념을 한 점 추호도 없이 받아들였고 한평생 일로매진했다. 스승은 진리를 위해 일체를 희생하라고 가르쳤고, 나는 그 가르침을 평생 동안 실천하는 삶을 살았다.

출가해 도의 길에 들어와서도 목숨을 던질 만한 올바른 스승을 만나기란 쉽지 않다. 깨달음을 목표로 하는 불교의 신앙체계는 먼저 법을 믿고, 그다음에 법을 이해하며, 그 법에 의지해 행을 닦아 깨달음을 이루는, 신해행증 信解行證에 있다. 따라서 믿음이 바탕을 이루지 않고는 이해와 수행을 거쳐 깨달음으로 가기란 어렵다. 도의 길에 있어 교리에 대한 믿음 못지않게 스승에 대한 믿음 또한 절대적이다.

이조 二祖 혜가 스님은 스승인 달마 대사에 대한 믿음으로 자신의 팔을 하나 끊어 스승의 법을 이었고 자신을 믿고 문둥병을 치료한 승찬 스님에게 법을 주었다. 선가에선 수행에 자신의 온몸을 던지게 하는 것은 스승에 대한 믿음이었던 것이다. 그래서 경전에도

'믿음은 도道의 근본이요 공덕의 어머니이며, 갖가지 선한 법을 자라나게 하며 갖가지 의혹을 모두 소멸케 하여 위없는 도를 열어 보인다'고 했다.

내 나이 예순이 넘었을 때, 공부를 위해 애쓰던 한 제자가 단도직입적으로 물었다.

"스님께선 스승을 철저히 믿습니까?"

그때 단호하게 대답했다.

"저 어른 아니면 어디 가서 여쭐 데가 있겠느냐?"

노장이 건강의 악화로 입적을 앞두고 있을 때 나는 곁에서 시봉하던 제자에게 탄식했다.

"저 어른 가시면 참 허전할 거야. 어디 저 어른만큼 철저히 공부한 스승이 계신가?"

실오라기만큼도 의심 없이 스승을 철저히 믿는다는 것은 공부에 대한 확신, 성불에 대한 확신과 다르지 않다.

인생난득人生難得 불법난봉佛法難逢이라는 말이 있다. 사람 몸 받기도 힘들고 불법 만나기는 더 어렵다는 뜻이다. 선인들께서 법을 위해 몸을 잊어버린 위법망구爲法忘軀의 정신으로 살아온 까닭에 오늘 우리가 이렇게 불법을 만날 수 있는 것이다. 고인들의 이러한 정신을 늘 마음 깊이 새겨 귀감으로 삼아 닮아가기를 애써야 한다. 우리는 제대로 된 법을 만나기 위해 늘 발원과 정진을 하는 것이다.

나는 비록 출가하지 않으면 단명한다고 해서 절에 들어왔지만 큰스님들의 치열한 구도 정신에 감화를 받아서 '출가자에게는 오직 수행정진밖에 없다'는 생각에 생애를 걸었다.

선방에서 공부하던 한 손상좌가 물었다.

"노스님, 저는 공부가 되지 않는 것 말고는 여쭐 게 없는데 곁에서 자꾸 노스님을 찾아가서 여쭤보라고 합니다."

그때 나는 이렇게 답했다.

"아는 것조차 묻는 데서 신심이 살아나는 것 아니냐? 선지식에게 널리 묻고 배운 것을 세밀히 실천하는 게 도의 시작이다."

선가禪家에서 스승은 생명과도 같은 존재이다. 배우는 사람이 투철한 발심을 하면 스스로 스승을 찾게 된다. 스승을 찾으면 스승의 좋은 점만을 보고 배워야 한다. 그런데 요즘 사람들은 장점을 무시해버리고 단점만 찾아내 분별을 일삼는다. 그러면 이미 공부와는 거리가 멀어진다. 인물이 나오지 않는다면 그건 스승과 제자 모두에게 허물이 있기 때문이다.

요즘 사람들은 스승을 도외시하는데, 자신의 선근善根이 아주 뛰어났거나 금생에 피나는 노력을 하지 않으면 스승을 도외시하고 공부를 성취하긴 어렵다. 똑같은 공부를 해도 바른 스승을 만나서 스승을 굳게 믿고 올바른 지도를 받으면 10년 동안 공부할 것을 1년에 할 수도 있고 몇 달 만에 할 수도 있다.

스승을 불신하면 같이 살아봐야 아무 도움이 되지 않는다.

'참선공부를 해야겠다, 내가 누구인지를 알아야겠다'는 생각이 들었을 때 가장 급선무가 스승을 찾는 일이다. 공부하는 사람이라면 어떤 스승에게 올바로 지도를 받아서 성과를 얻을 것인가를 생각하고 스승을 정해 지도를 받아야 한다.

법을 위해 눈 속에서 용맹정진하고 제 팔까지 끊는 입설단비立雪

斷臂의 신심으로 초조 달마 대사의 법을 이은 이조 혜가의 이야기는, 공부 길이 얼마나 힘들고 스승을 만나기가 얼마나 어려운지를 우리에게 몸소 보여주고 있다.

혜가 선사가 법을 얻은 것은 지극한 신심으로 말미암은 것이다. 인연이 이미 익어 바늘 끝으로 겨자씨를 뚫은 것이지 반드시 팔을 끊었기 때문은 아니다. 어리석은 사람들은 겉모습만 흉내 내면서 칼 가는 데만 힘을 쏟는다. 법을 전하는 데 반드시 팔을 끊어야 한다면 모든 조사들은 온전한 팔이 없었을 것이다. 부처를 이루는 데 반드시 몸을 태워야 한다면 모든 성인들은 살아서 밥을 먹지 못했을 것이다. 수행자에게는 번뇌의 팔을 끊고 무명無明의 몸을 태워야 할 필요가 있다.

참선 수행을 하려면 반드시 스승에게 화두를 받고 점검을 받아야 한다. 배를 타고 망망대해를 건널 때 선장을 잘 만나야 제대로 항해할 수 있는 것처럼 밝은 스승을 만나야 올바른 견성성불의 길을 갈 수 있다.

# 한국 불교의 일대혁신, 봉암사 결사

봉암사가 있는 희양산은 문경새재에서 속리산 쪽으로 이어가는 백두대간 단전 부분에 우뚝 솟아 있다. 해발 998미터의 거대한 바위산으로 솟아 있는 희양산은 멀리서 봐도 단단하고 날카로우며 맑은 기운이 느껴진다.

봉암사가 희양산에 들어선 것은 신라말 구산선문 희양산파의 개산조인 지증 대사에 의해서다. 지증 대사는 희양산 남쪽 터에 봉암사를 창건하면서 스님들의 거처가 되지 못하면 도적의 소굴이 될 것이라고 예언했다. 지증 대사는 사방으로 산들이 병풍처럼 둘러쳐져 있어 마치 봉황의 날개가 구름을 치며 올라가는 듯하고 계곡물은 백 겹으로 띠처럼 되어 있으니 용의 허리가 돌에 엎드려 있는 듯하다며 경탄했다. 봉암사는 희양산의 가장 넓고 깊은 터에 자리를 잡았다. 879년(신라 헌강왕 5)에 창건되어 구산선문 가운데 하나인 희양산문을 이뤘다.

봉암사 결사는 1947년 동안거부터 시작되어 1950년 3월까지 이

루어졌다. 내가 1948년 가을에 갔으니까 결사가 시작된 지 한 해가
지나서였다.

한국 불교사를 보면 어떤 문제와 위기에 직면할 때마다 불교 혁
신을 주도하는 결사운동이 전개되었다. 봉암사 결사도 일제 강점기
의 왜색 불교로 인해 계율이 땅에 떨어졌고 선禪이 몰락할 지경에
이른 것을 바로잡기 위해 시작되었다. 1945년 해방 이후 국가의 모
든 분야에서 자정운동이 이뤄지고 있던 상황에서 불교계도 왜색 불
교를 벗으려는 운동이 시작되었다.

한국 불교사에 큰 족적을 남긴 성철 스님을 비롯해 청담·자운 스
님 등이 주도한 봉암사 결사는 선풍을 지키고 '부처님 법대로 살
자'는 기치를 내걸고 시작되었다. 출가자는 수행을 전제로 출가한
다. 그러므로 봉암사 결사는 출가자들이 결국 수행정신으로 돌아가
부처님 법대로 살아가자는 결사운동이었다.

한국 불교사에서 가장 유명한 결사는 고려시대 보조지눌 국사가
주도했던 정혜결사定慧結社이다. 당시 불교가 왕실과 결탁해 차츰
세속화하자 보조 국사는 수행을 위주로 하는 정혜결사를 조직한
것이다. 정혜결사는 선정과 지혜를 함께 닦자는 수심결사修心結社
였다. 타락한 불교를 정법으로 바로 세우기 위해서는 마음 닦는 일
이 무엇보다 필요한 것으로 여겨 개경의 보제사에서 열린 담선談禪
법회를 계기로 도반 10여 명과 함께 명리를 버리고 산림에 은둔해
수행할 것을 약속하고 출발한 것이다. 시대는 달랐어도 수행을 철
저히 해서 위기를 극복하려는 생각은 정혜결사나 봉암사 결사나
같았다.

봉암사 결사에 참여한 수좌들이 제정하고 실천에 옮긴 공주규약 共住規約 18개 항은 당시 봉암사 결사가 추구했던 결사의 목적을 잘 말해주고 있다.

나도 봉암사에 들어가 이 규약들을 읽었다.

- 엄중한 부처님의 계율과 숭고한 조사들의 가르침을 온 힘을 다해 수행하여 우리가 바라는 궁극의 목적을 빨리 이룰 수 있기를 바란다.
- 어떤 사상과 제도를 막론하고 부처님과 조사의 가르침 이외의 개인적인 의견은 배제한다.
- 일상에 필요한 물품은 스스로 해결한다는 목표 아래 물 긷고 나무하고 밭일하고 탁발하는 등 어떠한 힘든 일도 마다하지 않는다.
- 소작인의 세금과 신도의 보시에 의존하는 생활은 완전히 청산한다.
- 신도가 불전에 공양하는 일은 재齋를 지낼 때의 현물과 지성으로 드리는 예배에 그친다.
- 용변 볼 때와 잠잘 때를 제외하고는 늘 오조가사를 입는다.
- 사찰을 벗어날 때는 삿갓을 쓰고 죽장을 짚으며 반드시 함께 다닌다.
- 가사는 마麻나 면으로 한정하고 이것을 괴색으로 한다.
- 발우는 와발우 이외의 사용을 금한다.
- 매일 한 번 능엄주를 독송한다.
- 매일 2시간 이상의 노동을 한다.
- 초하루와 보름에 보살대계를 읽고 외운다.
- 공양은 정오가 넘으면 할 수 없으며 아침은 죽으로 한다.
- 앉는 순서는 법랍으로 한다.

- 방사 안에서는 반드시 벽을 보고 앉으며 서로 잡담은 절대 금한다.
- 정해진 시각 이외에 누워 자는 일은 허용되지 않는다.
- 필요한 모든 물건은 스스로 해결한다.
- 그 밖의 규칙은 선원의 청규와 대소승의 계율 체제에 의거한다.
- 이상과 같은 일의 실천궁행을 거부하는 사람은 함께 살 수 없다.

당시 불교는 토속신앙과 도교신앙이 혼용되어 있는 조선조 5백여 년의 습관에서 벗어나지 못하고 있었다. 더구나 일제 강점기에는 청정독신이어야 할 승려를 강제 결혼시키는 등 계율이 무너져 출가자의 위상이 땅에 떨어진 때였다. 그러한 60년 전의 상황에서 엄한 규약을 내걸고 그대로 철저히 실천하고자 했던 봉암사 결사는 한국 불교의 일대 혁신을 일으켰다.

결사 대중들은 법당의 각종 신상을 모두 없애고 불보살상만 남겼다. 가사와 발우마저 바꿨다.

성철 노장은 부처님 율장에는 목발우를 쓰지 못하게 되어 있다면서 쓰고 있던 목발우를 망치로 부숴 불살랐다. 내가 가지고 간 가사에는 은고리 장식이 달려 있었는데 그것을 떼어서 두들겨 없애고 노장이 지니고 있던 담요도 불살라버렸다. 그때까지 입고 있던 붉은색 가사를 모두 불사르고 대신 오조 괴색 가사를 두르게 된 것이다. 한마디로 일대 혁신을 주도한 것이다.

그리고 '하루 일하지 않으면 하루 먹지 않는다'는 옛 총림의 청규淸規정신으로 돌아가 나무하고 일하고 탁발 동냥해가며 자주적으로 절 살림을 꾸려나갔다.

'선불교를 부처님의 바른 가르침으로 삼자'는 것을 강조하면서 선종의 전통을 확립하려 했던 것이다. 결사에 참여한 봉암사 대중은 이 규약을 철저히 지켰다.

보름마다 한 번씩 한곳에 모여 계율의 조목을 읽으면서 그동안 자신이 저지른 잘못을 참회하는 포살布薩도 봉암사에서 처음 시작되었다. 또한 재가신도는 육재일六齋日에 하루 낮 하루 밤 동안 몸과 마음을 깨끗이 하고 언행을 삼가며 정오가 지나면 음식을 먹지 않음으로써 계를 지키도록 했다.

포살을 할 때는 자운 스님이 계를 설했고, 청담 스님은 늘 대중과 함께 절을 했다. 공양주와 부목 등 절에서 일하던 재가자를 모두 내보내고 모든 살림살이와 일은 대중이 도맡아했다.

선원, 강원, 율원을 갖춘 총림은 본래 공부하고 농사지으면서 단순하게 살아가는 곳이다. 전통적으로 밖의 사람을 고용하지 않는 곳이기 때문에 봉암사에서도 옛 전통을 따라 대중들이 곡식을 찧고 땔감도 손수 마련했으며 밭도 맸다. 봉암사가 비록 단일 사찰이었으나 총림과 같은 생활을 했던 것이다. 이와 같은 봉암사에서의 대중생활은 일하기 좋아하는 내 기질과 잘 맞았다.

수좌들은 음식도 직접 담백하게 만들어 먹었다. 나는 봉암사에서 경상도식 김치 담는 것을 처음 보았다. 김장을 담글 때 보니 무를 한꺼번에 큰 수각에 넣어 그냥 흔들어서 씻었다. 몇 번씩 행구어도 흙이 다 씻기지 않았지만 그것으로 그만이었다. 큰 무를 네 쪽 내고 배추도 썰어서 고춧가루에 소금을 넣어서 간단하게 담갔다. 이렇게 간소하게 하니까 김장하기가 아주 쉬웠다. 전라도식 김장에 비해

양념은 적게 들어갔지만 맛은 좋았다.

내가 봉암사 결사에 참여했을 당시는 성철 스님을 비롯해 청담·
자운·향곡·종수·청안·응산·성수·혜정·혜연·혜명·도우·보
안·지관 스님 등 20여 명의 수좌들이 있었다. 많을 때는 40여 명이
넘었으나 까다로운 규칙과 건강상의 이유 등으로 떠난 뒤였다. 훗
날 종정을 지낸 혜암 스님도 이미 다른 곳으로 공부를 하러 떠난 상
태여서 그곳에서 함께 공부하진 못했다.

20여 명의 수좌가 한 방에 앉아 벽을 마주하고 선정에 들면 태고
의 정적만 감돌았다. 발우공양을 할 때도 밖에서 보면 무엇을 하고
있는지 모를 정도로 엄숙하고 법다웠다. 좌선하다가 행여 졸기라도
하면 성철 노장이 고함을 지르고 주장자로 내리쳐서 감히 졸 생각
을 하지 못했다.

다른 것에 기웃대지 않고 하나만 파고드는 내 성격은 참선에만
몰두할 수 있는 봉암사의 수행 분위기에 어울려 활기를 띠어갔다.
나무를 하면서도 신심이 일어나 능엄주를 단숨에 외우며 봉암사 분
위기에 젖어들었다.

하루에 한 번 아침 공양을 하기 전에 반드시 마당을 쓸고 살았다.
오후에는 1시간 반 정도 밭을 매는 울력을 하고 산에 올라가 나무
를 하는 게 하루 일과의 규칙이었다. 참선정진을 하고 나와서 밭을
매거나 땔감을 마련할 때는 비로소 수행자의 길로 들어섰다는 안도
감으로 발걸음이 가벼웠다.

가끔 배급 쌀을 받아오기 위해 대중 모두 지게를 지고 문경 가은
읍으로 나가 30리 길을 왕복하기도 했다. 화두와 일념이 되지 않으

면 배겨날 재간이 없을 만큼 일이 많았으나 공부는 공부대로 엄했던 긴장된 분위기 속에서 나는 오히려 살아 숨 쉬는 생동감을 얻었다. 수승한 선지식들을 모시고 함께 공부에 진력하는 기쁨이 수시로 올라왔던 것이다.

自從今身至佛身
堅持禁戒不毁犯
唯願諸佛作證明
寧捨身命終不退
지금 중생의 몸으로부터 부처의 지위에 이르도록
굳게 금계를 지켜서 훼범하지 않겠사오니
오직 원컨대 모든 부처님은 증명을 지으소서
차라리 신명을 버릴지라도 결코 물러나지 않으리라

새벽예불 때마다 저 게송을 외우고 절을 하며 발심을 거듭했던 봉암사 시절이었다.

1948년 음력 10월 보름, 봉암사 결사에 동참한 후 첫 결제에 들었다. 그때 내가 들었던 화두는 '무엇이 네 송장을 끌고 왔느냐'는 뜻의 '타사시구자 拖死屍句子'였다.

얼마 지나지 않아 매 순간 화두와 일념이 되는 것을 느꼈다. 봉암사에 오기 전 그토록 괴롭히고 소란스러운 꿈도 어느덧 사라지고 꿈을 꾸어도 선지식들에게 법문을 듣는 꿈을 꾸었다. 몸도 거뜬해졌다. 백양사에서의 내가 완전히 바뀐 것이다.

나는 성격이 굉장히 단순한 사람이다. 잡생각을 모르고 일을 도모하는 것은 전연 모른다. 누가 무엇을 하라고 하면 그것만 하는 사람이다.

그래서 꿈에도 화두를 놓치지 않았다. 남이 흉을 봐도 들리지 않았고 남의 흉도 보이지 않았다. 그만큼 몰입했다. 앉으나 서나 화두가 성성하게 들리는 나날이 계속되었다.

동안거에 들어간 지 얼마 후, 초겨울 햇살이 부엌으로 스며들던 어느 날이었다. 찬을 장만하고 있는데 캄캄한 방 안에 전기불이 켜지듯 앞이 환해졌다. 한 번도 경험해본 적이 없는 아주 강렬하고 환한 빛이었다.

'드디어 깨쳤구나.'

섬광처럼 그런 생각이 스치자 나는 옆에서 공양을 준비하던 원주 스님을 가만히 불렀다. 당시 웅산 스님이 원주 소임을 보고 있었다.

"원주스님!"

조리질을 하던 원주스님이 돌아봤다.

"왜 그래요?"

"견성하면 어떻게 되는 겁니까?"

웅산 스님은 갑자기 심각한 얼굴로 묻고 있는 나를 바라볼 뿐 말이 없었다. 견성이 틀림없다고 여긴 내가 진지하게 말했다.

"내가 지금 견성했소."

웅산 스님은 조용히 웃더니, 다시 아무 말 없이 조리질을 계속했다.

공부해서 깨친다는 것이 어떤 것인지 몰랐던 순박할 때의 일이다. 그만큼 어리석었고 재주라고는 조금도 없는 나였다.

그날 저녁, 설거지를 하고 나오는데 원주스님이 전했다.

"성철 스님께서 찾으십니다. 가보세요."

웅산 스님은 정진에 여념이 없던 내가 가끔 소견이 보이는 소리를 하는 것을 눈여겨보았던 모양이다. 그래서 그날 부엌에서 있었던 이야기를 노장에게 전했던 것이다.

노장께 삼배를 드리고 나자 대뜸 물으셨다.

"송장을 끌고 다니는 이놈이 어떤 놈이고?"

내가 들고 있는 화두에 대해 물은 것이었다. 전광석화와도 같은 대답이 필요할 뿐, 무슨 다른 설명이 필요하겠는가. 기탄없이 오른쪽 주먹을 썩 내밀었다.

"주먹을 내려놓고 얘기해봐라."

이번엔 왼쪽 주먹을 내밀었다.

"주먹을 내놓지 말고 얘기를 하란 말이다."

그때 내가 소리를 질렀다.

"아이고, 아이고!"

성철 스님이 소리쳤다.

"다시 한 번 일러봐라."

뭐라 한마디도 말할 수 없었다. 앞뒤가 꽉 막힌 은산철벽과 같은 순간이었다. 더 이상 아무 말도 하지 못하고 앉아 있자, 갑자기 성철 스님이 달려들어 멱살을 거머잡았다. 그러곤 밖으로 끌고 나와 물이 담겨 있던 세숫대야를 들어 머리 위에 덮어씌웠다. 순식간의 일이었다. 초겨울이라 살짝 얼어 있던 물이 온몸으로 흘러내렸다.

큰방에서 정진하고 있던 스님들은 밖에서 벌어지는 심상치 않은 일에 무슨 일인가 싶었으나 누구 하나 감히 문을 열어보지 못했다.

젖은 옷을 갈아입을 새도 없이 수건으로 물기만 닦고 선방에 들어가 앉아 있는데, 잠시 뒤 노장이 문을 휘익 열어젖히고 들어오셨다. 단 한 번도 문을 조용히 연 적이 없는 노장이었다.

노장은 여느 때처럼 자리에 앉지 않고 방 안을 오가면서 서성거렸다. 발소리가 온 방에 가득했다. 대중이 앉아서 졸거나 흐트러진 모습을 보이면 고함을 지르거나 몽둥이를 내리치는 게 다반사라 온 대중이 바짝 긴장했다.

얼마쯤 시간이 흘렀을까. 태풍 전야의 고요함을 깨뜨리는 고함이 터져 나왔다.

"밥값 내놓거라, 이놈들아!"

벼락 치는 듯한 일성─聲이 방에서 사라지기도 전, 곧 난리가 나고 말았다. 노장이 그만 대중들이 다음 날 아침에 세수하려고 가져다 놓은 양철통의 물을 한 수좌의 머리 위에 부어버렸다. 영문도 모른 채 물세례를 받은 수좌가 '어이쿠!' 하고 소리를 질렀다. 때마침 입승 소임을 보고 있던 종수 스님이 옆에 앉아 있다가 함께 물벼락을 맞고 벽 쪽에 섰다. 노장은 종수 스님에게 "이놈아, 밥값 내놓으란 말이다" 하면서 뺨을 후려쳤다. 그러곤 불상 앞에 놓여 있던 놋쇠 향로를 집어 성수 스님의 머리에 들씌워버렸다. 얼굴이 재투성이가 되어 눈도 뜨지 못하는 성수 스님을 보곤 안 되겠다 싶었는지, 대중스님들도 급히 일어나 문밖으로 피해 나갔다. 그 와중에 청담 스님은 뒷마루에서 넘어져 허리를 다치시고 말았다.

잠깐 사이에 재로 뒤엉켜 물바다가 된 방에는 나만 홀로 서 있을 뿐, 이미 혼비백산한 대중들과 성철 스님은 방을 나가고 없었다.

훗날 내가 노장에게 "그날 왜 그러셨습니까?" 하고 여쭤보았다. 노장은 "나이도 제일 어리고 결사에 가장 늦게 참여한 니가 그렇게 밤낮을 가리지 않고 공부하는데, 일찍 와 있는 수좌들은 무얼 하고 있느냐는 경책이었든 기라" 하셨다.

노장은 곧잘 "공부하지 않는다"라고 경책하시며 대중들을 밖으로 끌어냈다. 그런 다음 당신은 앞에서 대중들의 멱살을 잡고 내게는 뒤에서 밀라고 하셨다. 그렇게 해서 봉암사 계곡에 대중들을 밀어 넣곤 했다. 그래도 누구 하나 불평하는 사람은 없었다.

맹렬하게 정진하는 선지식들의 분위기에 압도되어서 화두 드는 것 말고는 다른 생각을 전혀 할 수 없던 때였다.

# 선지식들의 회상에서

스승과 도반은 도를 공부하는 데 있어 거의 절대적인 존재이다. 불가에 '공부의 전부를 도반이 시켜준다'는 말이 있을 만큼, 동일한 가치를 추구하며 한 길을 가는 도반은 서로를 격려하고 의지하고 경책하면서 공부해가는 데 필수적인 존재다.

봉암사 대중들은 서로에게 그러한 의미를 지닌 도반이요, 선지식이었다. 그 가운데 성철 노장에게 있어 청담 스님과 자운 스님, 향곡 스님은 서로의 공부를 탁마해준 우정 깊은 도반이자 선지식이었다. 특히 성철 스님과 자운 스님, 향곡 스님은 비슷한 연배로 서로에게 막역한 도반이었다.

대중방에서 아침 공양을 끝내고 죽비를 치기 전의 어느 날 아침, 향곡 스님이 불쑥 이렇게 말을 했다.

"내가 한마디 하겠소."

대중들이 긴장을 하며 다시 정좌했다. 그즈음 향곡 스님은 기이한 행동을 많이 하고 있었다.

"봉암사에 사자 새끼 한 마리가 있는데, 눈이 멀었소."

그러고는 벽력같이 소리를 지르는 것이었다.

"아악!"

성철 노장은 봉암사 결사를 시작하면서 부산 월내 묘관음사에서 정진하고 있던 향곡 스님을 불러 동참시켰다.

"우리가 봉암사에서 살면서 공부하고 있으니 공부하러 온나."

향곡 스님은 당장 달려왔다. 어느 한 시대에 인물이 한 사람 나기 위해서 좋은 인연들이 모인다면, 저 선지식들의 인연이 그러했을 것이다. 봉암사에서 여러 도반들과 함께 정진하던 중 성철 노장이 향곡 스님에게 물었다.

"죽은 사람을 죽여라 하면 바야흐로 산 사람을 볼 것이요, 또 죽은 사람을 살려라 하면 바야흐로 죽은 사람을 볼 것이라 했는데 그게 무신 뜻이고?"

성철 스님의 예리한 질문에 한 발짝도 나아가지 못하자, 향곡 스님은 그날로부터 정진에 들어갔다. 성철 노장의 양해를 받고 규칙적인 대중생활에서 벗어나 며칠 동안 바위 위에 앉아 참선을 하기도 했고 쩌렁쩌렁 산천이 울리도록 고함을 지르기도 했다. 침식을 잊은 채 정진에 정진을 거듭한 끝에 삼매에 빠져 개울을 건너다가 문득 자신의 몸에 매달려 앞뒤로 흔들리는 양손을 발견하고는 활연대오했다.

도반 성철 스님의 경책으로 인해 정진을 거듭한 끝에 견처見處를 얻은 향곡 스님은 "이제 성철이가 아는 불법은 아무것도 아니다. 내가 바른 법을 알았다"고 하면서 매일 성철 노장과 싸움을 벌였고 그 일로 봉암사 산골짜기는 두 분의 고함으로 한동안 시끄러웠다. 도에 대한 의견충돌이 유난했던 두 분이다. 언젠가 두 분과 내가 어느 절에 가는 길이었는데 두 분이 다시 언쟁을 벌였다. 그러다가 갑자기 성철 노장이 내게 의견을 물으셨다.

"니는 어찌 생각하나?"

향곡 스님의 할이 있고 나서 며칠 후, 봉암사에서 보살계가 열리는 날이었다. 보살계가 있는 날엔 신도들도 함께 와서 의식에 참여했다.

며칠 동안 비가 와서 봉암사 계곡물이 한껏 불어나 있던 날이었다. 한적하던 봉암사 경내가 많은 신도들로 북적이던 그 시간, 향곡 스님은 콧노래를 부르고 게송을 읊으며 도량을 거닐고 있었다.

도량을 거닐던 향곡 스님의 발걸음이 갑자기 바빠지는가 싶었는데 갑자기 성철 노장의 거처로 뛰어 들어갔다. 잠시 법거량이 오가는 듯하더니, 마침 객승과 이야기를 나누고 있던 노장의 멱살을 끌고 나왔다. 공안公案에 대해 묻고 답하다가 일어난 일이었다.

8년 동안 장좌불와를 하며 정진을 거듭하고 있던 성철 노장의 진노는 대단했다. 파불破佛이 모셔져 있던 자그만 법당 밑 탑 주위에 가시 넝쿨이 깔려 있었다. 그 앞을 오가면서 맨발에 가시가 박히는 줄도 모른 채 한 시간쯤 지났을 때였다.

두 분은 다시 서로 멱살을 잡은 채 곧장 노장의 방으로 들어가 문을 닫았다. 한참 동안 두런두런 이야기를 나누는 소리가 밖으로 새어나왔으나 무슨 이야기인지 통 알 수가 없었다.

성철 노장과 함께. "밥값 내놓아라!" 벼락 치는 듯한
노장의 목소리가 들리는 듯하다. 태산처럼 의지하고
존경했으며 내 생을 던졌던 스승이다.

눈을 뜨지 못했을 때니까, 들어도 무슨 말인지 알아듣지 못했을 것이다. 그런데 그때 두 분이 무슨 이야길 하는지 참, 그렇게 궁금할 수가 없었다. 밖에서 지켜보던 나는 살며시 봉창 옆으로 갔다가 발각되면 혼쭐이 날까 봐 도로 나오고 말았다.

얼마쯤 시간이 흘렀을까, 문이 벌컥 열리면서 두 분이 방에서 나왔다.

"사자 새끼가 눈을 떴다."

향곡 스님이 큰 소리로 외치자, 성철 노장이 산이 쩌렁쩌렁 울리도록 손뼉을 치며 웃었다. 그렇게 두 분은 서로의 공부를 경책하고 탁마해주는 보기 드문 광경을 대중들에게 보여주셨다. 거기엔 우열이 없었다. 서로 신뢰하고 격려해주는 도반들이 모여 호쾌하고 자유롭게, 진지하게 공부하는 모습만 있을 뿐이었다.

마음 통하는 도반이 별반 없어 수행자로서는 외로운 한평생을 살아온 내게는 지금까지도 부러운 모습으로 남아 있다.

지금 생각하면 어떻게든 후학들을 공부시키려고 노력했던 선지식들과 함께 공부하던 그때 생명을 걸고 정진했어야 하는데 잘못했구나 하는 후회가 든다. 생각이 올바른 선지식들과 같이 공부할 수 있었던 회상을 그 후 다시는 만나지 못했기 때문이다.

# 발우 하나로 천하가 내 집이던 시절

봉암사 시절의 탁발도 잊을 수 없는 추억으로 남아 있다. 지금은 탁발이 거의 사라져 요즘 사람들에겐 먼 옛날이야기로 들릴 것이다.

봉암사 결사에 참여한 수좌들은 신도들에게 일체의 공양을 받지 않았다. 그래서 대중 수십 명이 살고 있는 봉암사의 살림은 늘 어려웠다. 그 어려운 살림은 대중의 탁발로 어느 정도 충당해나갔다. 봉암사 탁발엔 부처님의 걸식 사상을 실현해보려는 뜻과 함께 절 살림을 보태려는 의도를 내포하고 있었다.

보통 절에서는 49재나 천도재 등으로 어려운 살림을 꾸려갔지만 봉암사에선 그런 걸 금지했다.

"부처님께 정성을 드리고 싶다면 직접 공양물을 가져다 놓고 절해라. 봉암사 수좌들은 중간에서 삯꾼 노릇은 하지 않는다."

이것이 봉암사 결사 시기의 한 가지 원칙이었다. 재를 지내지 않자 불공을 하러 오는 사람들의 발길이 뚝 끊겼다. 당시에는 수명장수와 득남을 위한 칠성기도가 많았는데 봉암사에선 그런 기도를 해주지 않았을 뿐만 아니라 축원도 해주지 않았으니 그만 신도들의 내왕이 끊긴 것이다.

하루는 성철 노장이 49재를 지내려고 찾아온 신도들에게 말씀하셨다.

"부처님 말씀에 재를 지낼 때는 경을 읽어주라고 하셨지 염불이나 목탁을 치라고 하지는 않았소. 여러분들이 재를 꼭 지내달라면 경은 읽어드리겠지만 그 밖의 의식은 해줄 수 없소."

그러자 한 신도가 물었다.

"저희들이야 다른 절에서 재를 지내도 됩니다. 하지만 봉암사에서 재를 안 지내면 스님들은 어떻게 살지요?"

"우리 사는 것은 걱정 마시오. 산에 가면 소나무 솔잎 꼭 찼고, 개울가에 물 출출 흘러내리고 있고 하니, 우리 사는 것 걱정하지 말고 당신들이나 잘하시오."

그렇게 성철 노장은 불공이나 재를 금하고는 탁발로 절 살림을 꾸려가게 하신 것이다. 동냥을 해서 먹고 살지언정 삯꾼 노릇으로 살지는 않겠다는 봉암사 결사 정신을 그렇게 지켜나갔다. 성철 노장은 대중들에게 말씀하곤 하셨다.

"먹고살 길 없으면 밖으로 나가 빌어먹고 살지언정 저 천추만고의 거룩한 부처님을 팔아서야 되겠나?"

수행자의 시퍼런 자존심을 드러낸 일갈이었다.

나는 봉암사에 살던 첫해 가을, 음력 10월 보름의 동안거 결제를 앞두고 탁발을 하러 나갔다. 한 번 나갈 때마다 짧으면 며칠, 길면 보름 이상 걸리는 탁발은 봉암사 대중이라면 누구나 지켜야 할 규칙 중 하나였다.

두세 명씩 짝을 지어 탁발을 나갔는데, 나는 자운 스님과 함께 절 문을 나섰다. 가까운 동네에서부터 멀리 괴산, 수안보 등 충청도 지방까지 다녔다. 집집마다 들러 염불을 해주고 나면 쌀 등 곡식을 가지고 나와 걸망에 부어주었다. 탁발을 하다가 시장기가 돌면 점심기미가 보이는 집에 가서 먹을 것을 청하기도 했다. 그러면 마치 마당가에 어사또 밥상 차려주듯 상을 내오곤 했다.

처음 탁발을 나섰을 때는 얼굴이 후끈거려 염불은커녕 고개도 들지 못했으나, 하루 이틀 지나자 바로 익숙해져서 마치 오랫동안 해온 것처럼 동네를 누비고 다녔다. 시대가 1940년대 말이었으므로 세간과 출세간을 막론하고 살기 어려울 때였으나, 동냥하러 다니는 스님들을 그리 박대하지는 않았다.

탁발을 다니다가 가난한 집을 보면 동냥한 쌀을 맡겼다가 찾지 않고 동네를 떠나기도 했다. 이 동네 저 동네 다니면서 탁발을 하는 일은 하심下心하지 않으면 하기 어려운 일이었다. 종일 찬밥 한 덩이 얻어먹고 돌아다니면서 염불 한 자락을 해주고 동냥 받은 쌀을 걸머지고 다녀야 했다.

잠자리도 불편했다. 동네 사랑방에서 주로 잤는데, 마을 사람들이 저녁을 먹고 나면 사랑방으로 와서 대나무 자리를 깔고 앉아 새끼를 꼬거나 짚신을 만들면서 이야기꽃을 피우곤 했다. 으레 10여 명 남짓한 마을 남자들이 싸구려 담배를 종이에 말아 피워대기 시작하면 방 안은 마치 굴뚝 속처럼 담배 연기로 가득했다.

그런 방에서 잠을 자려면 여간 곤혹스럽지 않았다. 내가 담배 연기 속에서 잠을 이루지 못하자 자운 노장이 당신 뒤에서 나를 자게 하고는 늦게까지 마을 사람들의 이야기를 듣고 그들에게 필요한 말을 해주곤 했다. 자운 스님은 참으로 인정이 많은 어른이셨다.

자운 스님은 성철 노장과 막역한 도반으로 한국적인 율풍의 진작은 물론 율장에 의거한 교단정비 토대를 구축한 율사였다. 성품이 시퍼렇고 뚝뚝했던 성철 노장과는 달리 따스하고 조용했던 선지식이었다. 사중생활의 어려움을 대중을 대신해서 전하기도 했다.

밭을 직접 매고 나무를 하루에 석 짐씩 하다 보니까 대중스님들이 힘들어했다. 성철 노장이 며칠 봉암사를 비웠을 때 원주스님이 사람을 사서 밭을 매었다. 노장이 돌아와 보니 밭이 훤해졌다. 즉시 원주스님이 불려갔다.

"우리 원주스님이 보살이데이. 밭고랑 밑에 개미가 보일 만하고 떡이 떨어지면 주워 먹을 만큼 밭이 훤해졌어. 대중 데리고 밭을 매느라고 혼났데이. 그동안 어찌 저 넓은 밭을 다 맸노?"

이러저러 변명을 하는 원주스님을 그냥 놓아둘 노장이 아니었다.

"이 도둑놈! 누가 삯꾼 대라고 했나? 왜 우리 규율을 깨버렸느냔 말이다. 그만 당장 나가!"

이튿날 새벽, 원주스님은 봉암사를 떠나버렸다. 성철 노장의 철저한 규율 수칙은 이에 그치지 않았다. 나무를 하는 데 쓸 지게를 대중 수대로 스무 개 남짓 만들어 하루에 석 짐씩 하게 했다. 나무하는 것이 고되다는 이유로 몇 사람이 도망가버리자 자운 스님이 넌지시 말했다.

"이러다간 대중 다 없어져. 나뭇짐 수를 내려야 해, 두 짐씩 하도록 하지."

"뭐라카노? 그라믄 우리가 우째 사노? 사람 하나 나가면 한 짐씩 더 올릴란다. 지금 하루 석 짐씩 하지만 사람 하나 도망가면 넉 짐씩 하고 둘 도망가면 다섯 짐씩 하며 살 거란 말이다."

자운 스님이 칼칼한 성품의 노장을 다독였다.

"그러면 안 돼. 다 도망가버려."

"그러면 자운 스님하고 나하고 둘만 남을 거 아이가?"

"그땐 나도 갈 참이야."

이런 자운 스님을 두고 성철 노장은 봉암사 시절을 회상하며 이렇게 말했다.

"자운 스님은 정말이지 처음부터 끝까지 참으로 고생 많은 도반이었어."

훗날, 자운 스님은 교단 정화 이후 초대 해인사 주지를 맡았다. 1967년 해인총림이 결성되면서 성철 스님이 총림의 방장으로 추대되어 해인사 백련암으로 간 데엔 자운 스님의 배려가 컸다.

자운 스님은 탁발을 다닐 때도 인정스러웠다. 아침에 일어나 사랑방을 나서면 언제나 내게 길을 양보하시며 등을 떠밀었다.

"스님이 가고 싶은 곳으로 먼저 가."

그러면 내가 다시 양보하곤 했다.

"스님께서 먼저 가세요."

그러나 자운 스님은 내가 먼저 길을 나서야 다른 길로 가곤 했다. 하루 종일 돌아다니다가 저녁 어스름이 되면 다시 만났다. 주로 공동묘지 앞에서 만났는데 시주 받은 돈은 잘 세어서 바랑에 넣어두고 쌀은 한데 모아놓은 뒤 얻어온 떡과 과일을 먹고는 나란히 앉아 이를 잡곤 했다. 내의 속에 하얗게 서캐까지 깔아놓으며 종횡무진 하는 이를 잡지 않으면 스멀스멀 온몸이 가려워 밤에 잠을 자기 어려웠다. 사랑방에서 여러 사람들과 함께 자면서 옮아 온 이였다.

탁발을 다니면 우린 다른 사람들보다 몇 곱절 더 얻었던 기억이 난다. 얼마 전까지 총무원장을 지냈던 지관 스님과 포항 홍해라는 곳에 갔을 때도 그랬다. 당시 탁발승들을 붙들고 집안 사정까지 말해가면서 삿된 쪽으로 다가오는 사람들도 있었으나, 우린 일절 그런 것을 받아주지 않고 가풍대로 염불하고 밥을 얻어먹었는데도 얻는 게 많았다.

발우 하나 들고 밥을 얻으러 다니면 천하가 내 집인 것 같았다. 걱정할 것 하나 없이 마음이 편했다.

본래 비구란 '걸식乞食하는 자'란 뜻인데 내 경우에도 천성적으로 빌어먹을 팔자였는지 몸이 시원찮다가도 탁발하러 나가면 몸이 좋아졌다.

# 해체된 봉암사 결사

1950년으로 접어들면서도 결사 대중들이 나날이 가행정진을 하고 있을 무렵, 봉암사 주변에는 공비들이 속출했다. 성철 노장은 그해 6월에 일어난 동족상잔을 예견하고 다른 곳으로 거처를 옮겼다. 성철 노장이 대중들에게 양해를 구하고 떠나가신 뒤로는 청담 스님이 대중을 통솔하고 있었다.

청담 스님의 성철 노장에 대한 믿음과 존경은 누구보다 깊었다. 성철 노장보다 10년 연상이며 10년 먼저 출가한 청담 스님은 당시 생불生佛로 불리면서 대중들에게 존경을 받았다. 그런 청담 노장이 대중들에게 가끔 말씀하셨다.

"성철 스님은 석가의 화현이다. 세세생생 철 수좌와 함께 공부하고 싶구나."

드러내놓고 그런 이야기를 할 만큼 성철 노장에 대한 청담 스님의 신뢰는 깊었다. 성철 노장 또한, '청담 스님과는 도반이며 고불고조古佛古祖의 유훈을 탁마하는 관계였다'고 하실 만큼 우정이 철

벽처럼 단단한 두 분이었다. 그 누구보다 이론적으로 잘 통했던 두 분이 언젠가 문경 대승사에서 함께 정진할 때였다. 아침 공양을 한 뒤 버드나무 가지로 양치를 하면서 두 스님이 이야기하는 것을 보았는데, 점심 공양을 알리는 목탁소리가 들릴 때까지 대화가 그치지 않았다. 수행자에게 가장 외로운 일은 마음에 맞는 도반이 없는 것이다. 그런 면에서 두 선지식의 우정은 대중들에게 부러움의 대상이요, 귀감이었다.

점잖고 대중들을 따뜻이 보살폈던 청담 스님은 어른이라고 해서 자신을 내세우는 법 없이 늘 겸손했고 청빈하게 사신 분이었다. 봉암사에선 신도가 바늘 한 개를 가져와도 개개인 앞으로 들여오는 걸 허락하지 않았다. 그런데 그 사정을 모르던 마산 사는 한 신도가 사람을 시켜 청담 스님께 걸망을 하나 만들어 보냈다.

봉암사 대중이 그 심부름꾼에게 말했다.

"우리는 개인적으로 지정한 공양은 받지 않기로 했으니 도로 가져가시오."

그러자 심부름꾼이 대꾸했다.

"그러면 대중 앞으로 들여놓으면 되지 않습니까?"

그때 봉암사 대중은 "이게 당신 걸망도 아닌데 그런 소리를 하는가?" 하고 호통을 쳤다. 결국 그 걸망은 마산으로 돌아갔다가 '대중 앞으로 들여놓는다'는 전갈과 함께 봉암사로 다시 들어왔다.

받은 걸망은 하나인데 여러 대중이 있었으므로 각자 지니고 있는 걸망을 모두 조사했다. 가장 떨어진 걸망을 가진 사람에게 대중 앞으로 들어온 걸망을 주기 위해서였다. 그런데 공교롭게도 가장 낡고 해진 걸망을 가진 분은 바로 청담 스님이었다.

"이 걸망은 애초에 청담 스님이 주인인가 봅니다."

청담 스님은 그렇게 청빈하게 사신 분이었다. 청담 스님은 따로 방을 쓰지 않았으며 대중과 함께 정진하고 선방에서 대중과 함께 주무셨다. 보살대계를 하면서 대중과 신도들이 천 배를 할 때도 한 번도 빠짐없이 동참하신 분이었다. 나이 어린 상좌가 잠을 험하게 자면서 다리를 당신의 가슴이나 얼굴에 올려놓기라도 하면 가만히 들어 가지런히 해주었다. 6·25전쟁 직전 봉암사 결사가 해체될 때까지 봉암사에 남아 수좌들과 함께 정진했던 인욕보살이었다.

한번은 정진 중에 내가 죽비를 들고 경책을 했는데, 사정없이 스님의 어깨를 내리쳐서 죽비가 부러져나간 적이 있다. 그래서인지 청담 스님께선, "법전 수좌가 경책을 하면 졸음이 안 와!"라는 말씀을 하시곤 했다.

성철 노장이 질풍노도와도 같은 격렬함으로, 혹은 서릿발보다 차가운 냉정함으로 후학들을 접하고 경책했다면, 청담 스님은 새싹을 틔워주는 봄바람 같은 따뜻함으로 대중들의 마음을 다독인 수행자였다.

1950년대 중반부터 시작된 불교정화운동의 선봉에 있으면서 정화불사의 야전사령관 역할을 담당했던 청담 스님은 그 후 조계종 총무원장과 종정을 지내셨다. 청담 스님은 정화가 끝나자 내게 화엄사 주지를 권할 만큼 나를 아끼고 신뢰했다. 청담 스님은 못난 자식까지도 다 품어주고 기다려주는 자비로운 어머니 같은 선지식이셨다.

날이 갈수록 봉암사의 분위기는 어수선해졌다. 하루는 원주 소임을 보고 있던 자운 스님의 상좌가 경찰서에 공비가 있다는 신고를 했다. 얼마 후 선방에서 대중들과 함께 정진하고 있던 내 앞에 갑자기 군홧발이 보였다. 올 것이 왔구나 싶어 고개를 들어보니 총을 멘 빨치산 병사가 서 있었다. 잘 훈련된 군대의 훈련병처럼 아무 소리 없이 바람처럼 들어와 서 있었던 것이다.

그들은 대중을 모조리 선방으로 몰아넣고 살림살이를 뒤지기 시작했다. 밖을 내다보니 한 여자가 망연히 서 있는 게 보였다. 굴속에 있다가 나와서인지 얼굴이 창백했고 다 떨어진 옷에 몹시 초라한 모습이었다.

한 사람은 총을 들고 대중을 지켰고, 한 사람은 살림을 샅샅이 뒤지기 시작했다. 곶감과 남아 있던 쌀 몇 말을 모두 자신들의 짐 꾸러미에 넣었다. 어떻게 알았는지 농사를 짓기 위해 키우던 송아지를 팔아 깊이 넣어둔 돈까지 찾아내 빼앗아갔다.

그들은 우리를 '대사 선생님'이라 부르면서 함부로 대하지 않았으나, 자신들을 밀고했다는 이유로 원주스님을 끌고 가려고 했다. 대중은 빨치산이 식량과 돈을 빼앗아가는 것까지는 참았지만 원주스님을 끌고 가려는 것은 참지 못했다. 만약 그들의 손에 끌려간다면 그길로 총살을 당할 게 분명했으니 그냥 두고 볼 수는 없었다.

청담 스님을 비롯해서 대중 모두가 빨치산들을 만류하며 설득했지만 소용없었다.

"그렇다면 우리 모두 당신들을 따라나서리다."

대중 모두가 함께 따라나서려고 하자 다행히 그들이 한 발 물러

서며 물건만 가지고 사라졌다.

그 사건이 있은 뒤 대중은 더 이상 수행을 할 수 없을 정도로 불안해했다. 그런 분위기가 계속 이어지자 청담 스님은 대중공사大衆公事를 열었다. 결국 '흩어져야 한다'는 다수 의견에 따라 봉암사 결사는 막을 내리고 말았다. 6·25전쟁이 일어나기 몇 달 전의 일이었다.

'부처님 법대로 돌아가자'는 기치를 내걸고 진정한 불교 개혁을 위해 출발했던 봉암사 결사는 한국 현대사가 끌어안을 수밖에 없었던 전쟁으로 인해 그렇게 미완의 막을 내리고 말았다. 내가 결사에 참여한 지 1년 6개월이 조금 넘어서였고, 봉암사 결사가 처음 시작된 지 3년 만이었다.

그러나 봉암사 결사 정신은 이후, 승단 정화운동과 조계종단 재건으로 이어졌고 승가공동체 정신 회복, 화두참선과 포살법회의 정례화, 대중원융살림 등의 수행 종풍을 복원하는 역사적인 계기가 되었다.

한편 봉암사 결사는 불교계의 걸출한 지도자들을 배출하기도 했으니 네 명의 종정(청담, 성철, 혜암, 법전)과 여섯 명의 총무원장(청담, 월산, 자운, 성수, 법전, 지관), 네 명의 원로의장(월산, 자운, 혜암, 법전)이 나왔던 것이다.

미완으로 끝났지만 내게 있어서 봉암사 결사의 시기는 큰 의미를 갖는다. 수행의 방향을 참선으로 돌리면서 출가자로서 커다란 전기를 맞은 시절이었고, 많은 선지식들과 함께 수행하면서 공부에 진전을 본 시기였다. 무엇보다 태산처럼 의지하고 존경했으며 나의 생을 던졌던 스승 성철 노장을 만났다는 점에서 행복한 시기였다.

그리고 봉암사에서 지낸 경험은 이후 내 출가생활에 많은 영향을 끼쳤다. 수행만을 중심에 두고 나머지 분야는 모두 변방에 두는 생활방식을 택하면서 그대로 실천했고 신도들의 시주에 의존하지 않고 자급자족하는 생활을 했다. 하루에 한 짐 이상 나무를 하고 밭을 가는 것 등의 생활방식도 봉암사 시절 익혔던 그대로 실천하면서 살았다. 이후 30여 년 뒤, 김천 수도암에서 선원을 열고 6년 결사를 할 때에도 나는 봉암사 결사를 모범으로 삼아 회상을 이끌었다.

1950년 3월에 봉암사를 떠나 청담 스님이 계시던 고성 문수암에서 몇몇 대중과 함께 수행하고 있을 때 전쟁이 일어났다. 해방을 맞은 지 5년 만에 동족상잔이 일어난 것은 스물여섯 살이던 당시의 내게 깊은 상처를 주었다.

북한의 남침으로 인해 문수암에서 함께 살던 대중은 다시 헤어졌다. 각자 알아서 피난을 해야 했던 것이다. 나는 지리산 깊은 곳에 들어가고 싶었다. 먹을 것이 없으면 솔잎을 따서 먹고 감자 농사나 지으며 살 작정이었다. 하지만 당시의 격렬한 전쟁 상황에서는 불가능한 일이었다. 빨치산들의 근거지인 지리산에 머무는 것은 더욱 위험했다.

해인사를 거쳐 김천 수도암으로 발길을 옮겼으나 전쟁 속에 오래 머물기엔 모두 적당하지 않은 장소였다. 내가 마지막으로 발길을 옮긴 곳은 묵담 스님께서 머물고 계시던 담양이었다. 전쟁이 나자 백양사 청류암을 떠난 묵담 스님이 담양 읍내에 있는 우성선원에 주석했던 것이다.

# 안정사 천제굴에서

무고한 국민 수백만 명이 목숨을 잃은 6·25전쟁은 내게 인간이란 존재에 대한 화두를 뜨겁게 가슴에 품게 했고, 수행자 이전에한 인간으로서 '생명의 참모습'에 대한 물음을 가슴 깊이 새기게했다.

전쟁 중이던 군인들의 눈에는 살기가 등등했다. 조금만 수가 틀려도 방아쇠를 당겼고 그로 인해 수없이 많은 사람이 애매하게 죽어나갔다. 방공호에 피해 있다가 총소리가 멎어 나가보면 마당에탄피가 수북하게 쌓여 있었다. 대나무들이 뿌리째 뽑혀 있었고, 문짝과 담장에도 탄알이 박혀 있곤 했다. 박격포 한 발에 수십 명이죽거나 부상을 당하기도 했다.

그처럼 사람 목숨이 파리 목숨보다 가볍게 죽어나가는 참혹함을보면서 전쟁에 대한 비애는 물론 삶과 죽음에 대해서까지 깊이 생각하지 않을 수 없었다.

서울이 수복되어 어느 정도 통행이 자유로워지자 나는 성철 노장이 계신 통영 안정사로 발길을 돌렸다.

벽방산(일명 벽발산)이 짙푸른 남해를 바라보고 있는 곳에 위치한 안정사는 신라 때 원효 대사가 창건한 고찰이다. 안정사에서 대처 승 아들의 시봉을 받던 성철 노장은 나와 문일조 스님, 법응 스님 등의 시봉을 받았다.

문일조 스님은 안정사 뒤쪽 평평한 언덕에 천제굴闡提窟을 지었 다. 덕분에 우리는 성철 노장을 모시고 그곳에 머물게 되었다. 나중 엔 두 사람이 가고 나서 나 혼자 노장을 모시다가 천제굴을 떠나올 무렵, 노장의 맞상좌가 된 천제가 왔기에 그에게 시봉을 맡기고 나 왔다.

천제굴 주변에는 밭이 꽤 많았다. 그 밭을 다 갈고 세끼 밥을 짓 고 청소와 빨래하며, 노장이 주무시는 방에 장작불을 땠다. 약을 달 여드리고 과일즙을 내드렸으며 손님이 오면 선별해서 만나도록 해 드리고, 고성 읍내까지 가서 장을 봐오는 등 날마다 바빴다. 그렇게 약 3년 동안 노장을 시봉하면서 살았는데 노장은 하나같이 혼을 낼 뿐 누구를 칭찬하는 법이 없었다. 그 와중에도 나는 "둔하다. 네가 잘못했다"라는 꾸중을 들어보지 못했으니 시봉을 제법 잘했던 모양 이다.

성철 노장은 참으로 규칙적인 생활을 하셨다. 모든 것에 철저하 고 분명했으며 조금도 흐트러진 모습을 보이지 않았다. 그때 노장 이 내게 하신 말씀은 화두를 제대로 들라는 것이었다.

"공부를 제대로 이루기 전에는 공부란 이름도 붙이지 못한데이. 적어도 하루 20시간 이상 화두가 한결같게 들려야 비로소 화두공부한다고 할 수 있단 말이다."

전쟁의 와중에서 정진에 몰두하지 못했던 나는 오랜만에 안정을 되찾고 공부할 수 있었다. 그러면서 나무하고 밭을 매고 장을 봐 나르면서 혼자서 살림을 맡아했다.

더운 날씨에도 남이 보면 미련하다고 할 만큼 광목으로 된 장삼을 입고 재가 높은 벽방산을 넘어 고성으로 장을 보러 다녔다. 장을 봐서 걸망을 북통같이 한 짐 짊어지고는 재를 넘어 절에 오면 옷이고 장삼이고 푹 젖어 있었다. 장을 보러 갈 때조차 가사장삼을 차려입고 나서는 게 어렵지 않을 정도로 신심이 솟구쳤고, 여법하게 살고자 하는 마음이 강렬한 때였다.

도인으로 소문난 성철 노장을 만나기 위해 전국 방방곡곡에서 많은 사람들이 천제굴을 찾아왔다. 나는 그들을 먼저 만나서 사정을 들어보고 만나야 할 사람은 만나게 하고 돌려보낼 사람은 돌려보냈다.

성질이 급하고 다혈질적인 노장이었으나 내게는 단 한 번도 꾸중을 하지 않으셨다. 나는 말이 없고, 인물이 훤한 것도 아니었지만 사리에 밝은 편이고 민첩했다. 지금 퇴설당에서 몇 명의 시자들이 나를 시봉하는 게 바빠서 쩔쩔매는데, 당시에는 그 모든 일을 나 혼자 말끔히 해냈다.

철썩같이 믿고 중요한 시절을 함께한 스승의 말씀이라 해도 '아니다' 라는 생각이 들면 그 뜻을 분명히 말씀드렸다. 그런 내 성격 때문에 처음에는 노장이 "니가 어른 말을 반대하노?" 하시며 화를 내셨다. 그러다가도 "말을 듣고 보니 니 말이 옳다"며 내 뜻을 받아들여주셨다. 노장이 천제굴을 잠시 떠나 마산 성주사에서 총림을 결성하려 했을 때, 천제굴을 지키던 내가 뒤에 가서 상황을 보고는 마음에 내키지 않아 며칠 만에 돌아와버린 게 그 한 예다.

나는 정성을 다해 노장을 시봉했다. 풀을 해서 빨래를 널고 군불을 때고 청소하면서 하루 종일 눈코 뜰 새 없이 분주했어도, 약 한 번 태우는 일 없이 스승을 받들었다. 그즈음 내가 고안해낸 '저울추 약탕기' 이야기는 노장이 여러 차례 상좌들에게 말씀하셔서 오랫동안 회자되기도 했다.

몸이 약하셨던 노장을 위해 항상 한약을 달여드리는 게 일과 중 하나였다. 하지만 여러 가지 일을 한꺼번에 하다 보면 시간을 제때 맞추지 못해 약의 양이 들쭉날쭉했다. 그때 한 가지 방법을 고안해냈다. 숯불을 화로에 담아 재로 잘 덮어 화기를 조절하고, 약단지를 공중에 매달고 나뭇가지를 비스듬히 하여 저울대처럼 만들어 추를 달았다. 약이 불에 졸아 추 무게와 같아지면 수평이 되도록 만든 것이다. 약이 달여져 원하는 양이 되면 평행이 되는 것을 멀리서도 볼 수 있어 다른 일을 하면서도 안심하고 약을 달일 수 있었다.

언제나 같은 농도, 같은 양으로 가져온 약을 드셨던 노장은 훗날, 다른 상좌들의 약 시봉을 받을 때마다 "법전 수좌 발뒤꿈치만큼이라도 따라가라"고 하실 만큼 흡족해하셨다. 방에 불을 땔 때도 항상 온도를 일정하게 맞췄다. 나중에 노장이 해인총림 방장으로 계실 때 시자들은 군불의 온도를 맞추지 못해 갈팡질팡하는 일이 많았다. 그러면 당장 불호령이 떨어졌다.

"이놈들아! 날 얼카 죽일래 뿌까 죽일래?"

나는 음식 솜씨가 좋았다. 행자시절, 묵담 스님을 시봉할 때 익혀 둔 솜씨였다. 그땐 궁중에 살았던 상궁나인들이 와서 음식을 만들 어 대중공양을 하곤 했는데, 그런 걸 곁눈질로 보아 익히기도 했다. 무슨 일이든 완벽하게 하려는 성격이라 밥도 잘했고 무슨 국이라도 맛있게 끓였다.

노장은 내가 끓인 국을 맛있게 드신 뒤 흡족한 얼굴로 말씀하시 곤 했다.

"내가 어데서 이런 음식을 먹어보겠나?"

한번은 객승이 왔다가 표고버섯으로 국을 끓이는 내 모습을 묵묵 히 바라보았다. 표고버섯으로 국을 끓일 때는 찬물로 버섯의 먼지 를 씻어내고 미지근한 물에 담가놓는다. 공기가 나가지 않도록 뚜 껑을 닫아놓고 표고가 불어나면 손으로 꼭 짰다. 그런 다음 칼 대신 대꼬챙이로 찢어서 냄비에 들기름을 조금 넣고 버섯을 볶았다. 기 름을 잘 빨아들일 만큼 볶은 다음 채소와 간장을 알맞게 넣고 다시 볶다가 표고를 담갔던 물을 넣어 적당히 끓여냈던 것이다. 국 한 그 릇을 끓이는 데도 이렇듯 정성을 다하니 노장은 얼굴 한번 찡그리 는 법이 없었다.

부엌 바닥에 깔개를 깔아놓고 상을 차려 스승과 단둘이 공양을 했던 단출한 시간들은 전쟁의 상처가 아물지 않았던 속세에서는 좀 체 볼 수 없는 고요함과 평화로움이 함께한 세월이었다.

나는 평생 스승을 부처님처럼 모시려고 노력했다. 곁에서 그림자 처럼 시봉하면서 마음이 한 번도 떠나지 않았다.

노장은 늘 "영원한 진리를 위해 일체를 희생하라"고 가르치셨다.

그런 정신은 노장의 생활에서도 그대로 드러났다.

잠이 많은 수행자가 눈에 띄면 곡괭이로 방을 찍어버렸던 노장은 구도자들이 사사로운 인정이나 감정에 얽매이는 것을 극히 경계하셨다. 그런 태도는 수행자뿐만 아니라 재가신도들에게도 마찬가지였다.

"돈은 비상과 같데이. 거저 얻게 되는 돈을 뿌리치는 사람이 가장 용기 있고 청정한 사람인 기라."

이런 말씀으로 수행자가 반드시 지녀야 할 무욕의 정신을 가르쳤다.

평생 동안 자신의 모든 일에 그렇듯 철저한 어른은 보지 못했다.

# 법호를 받다

방문객 하나 없이 천제굴이 조용하던 어느 날이었다. 저녁예불을 마친 뒤 방으로 건너가셨던 성철 노장이 내 방으로 왔다. 그런 일은 가끔 있었는데 그날은《증도가證道歌》가 담긴 신수대장경을 들고 오셨다. 노장은 내 앞으로 책을 쑥 내밀며 말씀하셨다.

"이거 공책에 베껴 써봐라."

《증도가》는 중국 영가永嘉 스님의 시집이다. 육조 혜능 대사로부터 선의 요체를 듣고 난 영가 스님은 하룻밤에 증오證悟를 얻고는 그 심경을《증도가》에 담았다. 성철 노장이 동서양의 서적을 보며 영원한 진리의 문제를 풀기 위해 고뇌하던 시절, 홀연히 출가를 결심하게 만들었다는 책이기도 하다.

노장은 이렇게 말씀하신 적이 있다.

"내가 젊어서는 다독을 했데이. 그런데 다 신통치 않았지만《신심명信心銘》과《증도가》를 읽은 뒤로는 캄캄한 밤중에 횃불을 만난 것 같고 한밤중에 해가 뜨는 것 같았던 기라."

노장은 당신이 감명 깊게 읽었던 《증도가》를 내게 가르치고 싶었던 것이다. 《증도가》를 받아든 나는 그날 밤부터 내용을 공책에 또박또박 써내려갔다. 《증도가》를 배우기로 한 전날 밤, 다시 노장이 건너와 물으셨다.

"군불견君不見가? 이 말이 무슨 뜻이고?"

'군불견'은 '군불견君不見 절학무위한도인絕學無爲閑道人 부제망상불구진不除妄想不求眞, 즉 그대는 보지 못하는가. 배움이 끊어진 한가한 도인은 망상도 없애지 않고 진리도 구하지 않으니'로 시작되는 《증도가》의 첫 글귀였다.

그 말을 듣는 순간, 노장의 등가죽을 차버리고 싶은 마음이 솟구쳤다. 말없이 가만히 앉아 있자 노장이 다시 물었다.

"군불견가, 이게 무슨 뜻이냔 말이다."

이번엔 물러서지 않고 분명한 목소리로 대답했다.

"노장님께서 '군불견가'를 물으시면 제 발로 노장님의 등가죽을 차버리겠습니다."

잠시 침묵이 흘렀다. 노장이 뒷짐을 지고 서서 내 눈을 뚫어지게 바라보셨다. 나도 물러서지 않고 노장의 눈을 똑바로 응시했다. 은은한 등잔불 아래서 말없이 서로의 눈을 응시한 채 10여 분이 흘렀다.

노장이 침묵을 깨고 말씀하셨다.

"머리가 맑구나!"

훗날, 뚫어지게 나를 바라보았던 노장의 그 눈길이 바로 '선지禪旨'를 가르친 것임을 알았다.

그 일이 있은 뒤로 노장은 내게 글을 배우라는 말을 하지 않았다. 그러니까 노장 밑에 있을 때 그러한 선지를 배우고 영향을 받은 것이지 글을 배운 것이 아니었다. 그러나 그렇게 배우지 않았던 《증도가》를 뒷날 태백산에서 홀로 토굴살이를 하며 비로소 마음으로 읽었다. 대승사 묘적암에서 목숨을 바쳐 공부를 하고 난 다음인 30대 중반일 때였다.

수행으로 인해 마음이 열리지 않으면 문자란 그저 제 분상分相으로만 이해될 뿐, 깨침에는 조금도 도움이 안 되는 방해물일 뿐이었다. 노장도 그렇게 일렀고, 나 역시 체험으로 인해 그것을 이해한 뒤 지금까지 그 믿음에 변함이 없다.

얼마 후 노장은 내게 도림道林이라는 법호를 내리셨다. 정식으로 법제자로 인가를 하신 것이다. 당시 법응 스님과 함께 있을 때였는데, 그에겐 도우道雨라는 법호를 주었다.

화두가 여일한 속에서 노장을 시봉하며 살았던 안정사 천제굴 시절은, 저 양기楊岐 스님이 묵묵히 살림을 하면서 자명慈明 스님을 모시고 살았던 모습과 같았을 것이다.

중국 송대의 한 총림에 주석했던 자명 선사는 그에게 법을 배우려는 사람이 3천 명이나 되었던 아주 고명한 스님이었다. 당시 양기 스님은 자명 스님 곁에서 많은 대중들이 공부할 수 있도록 뒷받침해주고 살림을 하는 주지였다. 총림의 주지라는 소임은 많은 일들을 처리하지 않으면 안 되는 아주 복잡한 자리였다. 스승에 대한 믿음이 없으면 주지를 맡아 대중들의 뒤치다꺼리를 할 수가 없다. 자신의 공부를 할 수 없기 때문이다.

양기 스님은 40년 동안 자명 스님 밑에서 주지 생활을 했다. 그는 방장을 모시고 대중들을 뒷바라지하면서 하루도 빠짐없이 새벽에 일어나 자명 스님에게 문안인사를 드렸다. 삼배를 올리고 언제나 법문을 청했다. 40년 동안 한결같은 생활이었다.

"방장스님! 법문을 해주십시오."

"이 사람아! 자네, 주지나 잘하게."

자명 스님은 그렇게 40년 동안 똑같은 말을 되풀이할 뿐이었다. 그러던 어느 날, 양기 스님이 항의를 했다.

"제가 이렇게 복잡한 총림에서 주지를 맡아하는 것은 오직 스님께 법을 배우기 위해서입니다. 살림을 잘하기 위해서가 아닙니다. 그런데 스님께선 법문은 해주지 않고 어째서 매일 주지나 잘하라고 하십니까?"

그 말을 듣자마자 자명 선사가 물었다.

"나는 날마다 자네에게 분명히 법문을 했는데 자네는 듣지 못했는가?"

양기 스님은 그 한마디에 마음이 열렸고 훗날 자명 스님의 법을 이어 총림의 주인이 되었다.

성철 노장을 시봉하면서 생활하는 것 모두가 그대로 참선이던 시절이었다. 나는 어떤 설명이 아닌 수행자로서 철두철미하게 사시는 스승을 보며 그대로 배우고 실천하기 위해 노력했다. 내 자신이 평생을 살면서 상좌들이나 후학들에게 보여주고자 한 것도 그러한 모습이었다. 진정한 스승은 생활 전체가 그대로 법문이다. 스물네 살에 봉암사에서 노장을 첫 대면한 이후, 나를 이끌어주실 스승이라는 믿음을 가진 이후 그것에 대해 한 번도 의심해본 적이 없었다. 허물조차 법인가 보다 했다.

선가에서 스승은 생명과 같은 존재이다. 노장은 자주 다른 상좌들에게 "니, 날 안 믿제?" 하고 물으셨다. 이는 상좌들의 정신 자세를 확인하는 경책이었다. 스승에 대한 믿음은 공부하겠다는 결연한 의지이자 생명과도 같은 영역이기 때문이다.

나는 노장을 절대적인 스승으로 섬겼으나 노장에게 글을 배워본 적은 없다. 노장께선 그렇게 많은 지식을 가졌으면서도 "공부하는 사람은 책을 보면 안 된다"고 늘 강조하셨다. 이런 노장을 두고, 사람들은 "당신은 그렇게 많은 책을 읽었으면서 다른 사람들에겐 책을 보지 말라고 하시는가?" 하고 궁금해했다. 그런데 실제로는 노장의 경책이 맞는 말씀이다. 팔만대장경은 불교로 이끄는 광고문이지 실제의 진리 자체는 아니기 때문이다.

나는 봉암사 시절, '참선해서 마음을 깨치는 것이 진정한 수행자다'라는 생각을 완전히 굳혔다. 마음을 깨친다는 것은 불교 외에 어떤 종교나 철학에도 없다. 지금 현재로는 불교보다 더 독창적인 것은 없다. 불교보다 나은 해탈법을 발견했다는 말을 나는 아직 들어보지 못했다.

깨친다는 것은, 예를 들어 어떤 공안을 참구하다가 그것을 안다는 것은 그냥 의식으로 아는 게 아니라 내 몸뚱이로 가서 실감하는 것을 뜻한다. 한 잔의 물을 마실 때 그 물이 덥고 찬 것은 본인밖에 모르는 것처럼, 참 불법은 마음을 깨치는 데서 얻어지는 것이다.

천제굴에서 노장을 시봉하고 지내면서 나는 노장에게 공부하는 법을 배우고 묻지 않았다. 스스로 알아서 공부했을 뿐이다. 그날 하루하루 세밀히 화두와 함께한 자신을 살펴보면서 법대로 투철하게 사는 것, 그게 나의 수행이었다.

선禪은 직관이자 자신이 직접 체험하는 것이다. 말이나 문자로는 전하지 못하는 것이다. 함께 살면서도 시봉하고 살림하며 말없이 참선 공부만 하고 사는 나를 보면서, 오히려 노장이 궁금해서 가끔 물어보셨다. 노장은 때가 아니면 말을 하지 않는 분이었고 나 역시 할 말만 간단히 하고 마는 성격이었다.

방문하는 사람이 아무도 없는 날엔 저녁예불 뒤에 노장이 방으로 들어와 이런저런 이야기를 하고 난 다음, 공부를 어떻게 하고 있나 슬며시 물어보시기도 했다. 묻지도 않고 알아서 공부하는 내가 과연 공부를 어떻게 하고 있나 궁금했던 것이다.

"공부는 어찌 하누?"

그러면 나는 공부하고 있는 내면 경계를 이야기했고, 노장은 고개를 끄덕였다.

"그래, 올바로 하고 있구나."

나는 하루 24시간 지행합일知行合一의 모습을 보여주는 게 스승의 본분이라 믿었고 내가 누군가의 스승이 되면서도 그렇게 생각하고 실천했다. 법상에 올라가 말로 일러주는 것만이 가르침은 아니다. 스승은 부처님 법대로 하루 24시간 사는 것을 보여주면 되고 제자는 그것을 보고 마음으로 배우면 된다. 스승은 일상생활에서 인간이 걸어가야 할 바른 행동을 보여주면 된다.

'마음을 밝혀 깨달으면 만 가지가 구비된다(若明了心 萬有具備)'고

했다. 화두 하나를 꿰뚫으면 모든 게 다 갖추어진다. 스승도 제자도 끊임없는 정진 하나면 나머지는 저절로 통한다.

이러한 생각은 1950년대 후반, 1차 불교정화가 끝나자 총무원에서 대처승을 은사로 둔 승려들에게 승적을 바꿀 기회를 주었을 때, 내 은사인 설제 스님이 대처승이었는데도 불구하고 승적을 그대로 둔 것에서도 드러난다. 대처승을 은사로 둔 승려들이 모두 은사를 바꾸는 상황에서 나도 선배 스님들에게 성철 스님 앞으로 승적을 바꾸라는 조언을 듣고 총무원으로 올라갔다. 그런데 조계사에 도착하자 당시 성철 노장이 이미 대선지식으로 알려져 있어서 마치 내가 출세나 하려고 승적을 바꾸려는 것처럼 보이지나 않을까 싶었다. 그래서 나는 조계사 법당을 몇 바퀴 돌고는 그냥 내려오고 말았다. 법호를 받을 때도 함께 있던 법웅 스님이 "성철 스님의 상좌 안 하시렵니까?" 하고 물었는데, 그 소리가 군더더기로 들려 대답하지 않았다.

그 뒤에도 여러 차례 직간접으로 성철 스님 앞으로 승적을 옮기라는 권유를 받았지만 형식보다는 마음으로 스승을 모시고 공부하는 게 중요하다는 생각 때문에 응하지 않았다. 나의 이러한 칼칼한 성품 때문에 때로는 노장이 섭섭해했다.

노장은 그 시절 이렇게 가르쳤다.

"화두가 움직일 때나 가만히 있을 때나 한결같은 동정일여動靜一如, 화두가 꿈에서도 한결같은 몽중일여夢中一如, 화두가 잠잘 때도 한결같은 숙면일여熟眠一如의 경지가 되어야 하는 기라. 이 세 관문을 뚫어야만 화두를 깨칠 수 있고 비로소 만근의 짐을 내려놓은 공부인이 되는 기라. 그러나 실제로 오매일여를 넘어 내외가 명철한 구경묘각究竟妙覺을 얻어야 견성한데이. 오매일여가 되었다 해도 구경에 이르지 못하는 수가 있으니 꼭 본분종사를 찾아가서 인가를 받아야 하는 기라. 오매일여의 경지에 이르렀는지를 스스로 점검하고 양심을 속이지 말거래이."

노장은 봉암사에서나 안정사에서나 물으셨다.

"하루 중 아무리 바쁠 때나 꿈속에서라도 화두가 끊어지질 않고 밝고 밝아 한결같아도, 깊은 잠이 들었을 때 문득 화두가 막연해진 다카믄 다겁으로 내려오는 생사고生死苦를 어쩔래?"

노장의 이 같은 질문은 내 자신의 수행을 가늠하는 척도였으며 일평생 그것에서 벗어나지 않았다. 즉, 내 가풍이 된 사상이자 후학을 지도하는 공부 방법이 되었다.

안정사 시절, 나는 늘 스스로를 살폈다.

'움직일 때나 멈추었을 때나, 앉을 때나 누울 때나, 말을 할 때나 침묵할 때의 모든 행동 가운데, 즉 행주좌와行住坐臥 어묵동정語默動靜 속에서도 화두가 여일한가? 꿈속에서도, 깊은 잠 속에서도 화두가 한결같은가?'

이런 질문을 염두에 두고 참선에 묻혀 살았을 뿐 다른 것에는 곁눈질하지 않았다. 그것은 내가 회상을 이루고 살 때 공부의 경계를 묻는 수좌들에게 항시 대답한 것과 같다.

"깊은 잠 속에서도 화두가 여일한가?"

안정사 천제굴에서의 3년 동안은 스승을 정성껏 모시고 화두참구에 일로정진하며 공부의 깊이를 더해갔던 시기였다.

한편 천제굴에 적을 두고는 범어사 조실 동산 노사의 회상에서 두어 차례 방부를 들이고 공부를 했다. 동산 노사는 성철 노장의 은사로, 공부하러 오는 수좌들을 한없이 아끼며 좋아하셨다. 한 철 동안만 공부하고 돌아가겠다는 수좌들을 싫어할 정도로, 그들이 당신의 회상을 떠나는 것을 아쉬워했던 분이다. 노장도 때때로 범어사에 주석하고 있던 은사를 방문했다.

동산 노사는 결제 때 대중이 모여 선방에서 입제를 하면 내게 죽비 치는 것을 넘겨줄 만큼 나를 아끼셨다. 아랫사람을 아우르는 덕을 갖추었던 동산 노사는 조석예불에 참석하는 것을 한 번도 거르지 않았고, 공양을 할 때도 늘 빠지지 않고 참석하셨다. 신심이 지극하셔서 대중보다 항상 일찍 예불에 나와 조왕단을 시작으로 선방이며 관음전, 비로전, 탑 등 모든 전각을 참배했다. 그럴 때 지극한 공경심으로 정성스럽게 예배하는 모습은 무정물인 돌이라도 마음이 움직일 것 같았다. 누구라도 발원을 들어주지 않고는 못 배길 것 같은 간절하고 정성스러운 예배의 모습은 후학들에게도 귀감이 되었다.

수행자의 내면의 활기와 기쁨이 신심에서 비롯됨을 보여주었던 동산 노사는 모든 공덕의 근원이 되는 신심을 무엇보다 강조했다.

"퍼 쓰고 또 퍼 써도 올라오는 샘물처럼 수행자의 신심도 그렇게 올라와야 한다."

동산 노사는 입적하는 당일까지도 청소하실 만큼 도량을 항상 청정히 하는 것을 통해 마음의 청정함을 가르치셨다. 추운 겨울에 밤새 바람이 불어 도량에 떨어진 나뭇잎이 말끔히 날아갔어도 비질을 하신 분이었다. 한 점 흐트러짐 없이 깨끗한 도량 속의 적요와 청정함을 보게 했던 것이다.

"도량이 청정해야 천룡天龍이 강림한다는 것을 모르는가?"

동산 노사가 앞장을 서시니 온 대중이 뒤따라 비질을 하지 않을 수 없었다.

한편 노사께서 상추쌈을 유난히 좋아하셨던 것도 기억난다. 노사는 대중들이 함께 공양을 할 때 한쪽 손엔 상추에 밥을 싸서 들고, 한쪽 손엔 죽비를 들고 있다가 대중 모두 반찬 돌리는 게 끝나면 상추쌈을 입에 먼저 넣으시고 죽비를 쳤던 분이다.

그 천진한 모습이 얼마나 우습고 재미있었는지 곧잘 내가 흉내를 내었다. 선방 대중들이 울력을 나가 떡방아를 찧고 있는 동안 몇몇 도반들과 함께 반석에 앉아 동산 노사께서 법문하는 모습이라든지 상추쌈 드시는 모습을 그대로 흉내내보곤 했다. 젊은 시절의 내겐 그렇게 장난스러운 구석도 있었다.

# 누구 없는가

천제굴에 성철 스님이 계신다는 소문을 듣고 수많은 신도들이 찾아왔다. 성철 노장은 그들에게 늘 참선공부와 불법을 바르게 공부하라는 법문을 해주셨다. 특히 기도를 하러 오는 사람에게는 본인이 직접 기도할 것을 권했고, 무엇보다 참회의 절을 많이 시켰다. 신도들에게 업장소멸을 위한 참회의 3천 배를 처음 시작한 곳이 천제굴이었다.

노장은 봉암사 결사에서 했던 것처럼 천제굴에서도 신도들을 위한 축원을 하지 못하게 했다. 자신의 죄업을 참회하고 수행 정진하는 것으로 불공을 해야지, 복을 달라는 것으로 불공을 해서는 안 된다는 말씀이었다. 신도들이 예불하는 것 외에는 "아무 곳에 사는 아무개에게 복을 달라"는 식의 축원은 절대 하지 못하게 하셨다.

"중생이 본래 부처임을 자각하자. 우리들 전체가 그대로 광명이다. 이것이 본지풍광本地風光이다. 그래서 모든 대상을 부처님으로, 부모로, 스승으로 섬기자. 이것이 참된 불공이다."

이러한 사상은 훗날 내가 회상을 이뤄 살 때도 철저히 실천했음은 물론이다. 나는 가족들을 위해 축원 한번 하지 않은 채 오로지 정진으로 매진해 한평생을 살았다. 옳은 것에 대해선 우직하게 실천할 뿐 다른 것엔 곁눈질하지 않으려고 평생을 애써왔다.

성철 노장은 또 신도들의 스승으로서 부처님 법을 전하고 보시를 받되, 그 밖의 다른 보시는 일절 받지 못하게 하셨다. '신도들에게 돈을 받는 것은 날아오는 화살을 받는 것(受施如箭)'이라는 노장의 가르침은 지금까지도 내게 수행자의 신념으로 남아 있다.

노장과 단둘이 하는 예불은 언제나 지극하고 장엄했다. 살을 에일 듯 추운 새벽에도, 더운 여름날의 저녁에도 정성을 다해 예불을 올리면서 일체 생명 있는 모든 존재의 행복을 축원했다.

저녁예불 뒤에는 노장과 함께 꼭 108배를 했다. 어느 날 노장이 매일 108배를 하자고 제안하신 게 동기가 되었다.

"우리 날마다 108배 하자."

"예, 좋습니다."

"죄업이 멸하면 그 자리에서 복이 생기는 기라. 그러니 참회 정진으로 복을 구해야지. 참회란 무량겁토록 계속해야 해. 자신뿐 아니라 일체 중생을 대신해서 모든 죄를 참회하고, 일체 중생이 모두 불법을 깨달아 참된 삶을 살도록 기원해야 한데이."

그날 이후로 나는 지금까지 매일같이 반드시 108배를 하고 있다. 절을 하고 나면 고요한 환희심이 솟아남을 느낀다. 무엇을 이루고자 하는 발원은 참회와 감사에서 비롯된다. 참회는 발원에 앞서 선행되어야 할 수행이었다.

108배는 참선 말고 내가 실행하고 있는 유일한 수행인 셈인데 볼일이 있어 산문 밖에 머물 때에도 꼭 108배를 빠뜨리지 않고 있다. 성철 노장도 생전에 몸을 움직일 수 있을 때까지 매일 108배를 거르지 않았고 상좌들에게도 하루에 반드시 3백 배 이상의 절을 하게 했다.

사십 즈음이었을 것이다. 하루 천 배씩 하면서 살아야겠다는 마음을 먹고 절을 하기 시작했는데, 며칠이 지나자 엉덩이에 종기가 나서 아파오기 시작했다. 아무리 아파도 무시하고 계속했는데, 나중에 곪은 데서 고름이 나고 피가 터져 나왔다. 그래도 계속했더니 저절로 나아버린 적이 있다.

해인사 주지 시절, 장경각 뒤를 따라 운동장이 내려다보이는 오솔길에서 땀을 뻘뻘 흘리며 반바지에 반소매 차림으로 공을 차는 학인들을 볼 때마다 '저런 기운이 있으면 법당에 가서 3천 배, 만 배를 하면서 대예참 참회기도를 하면 좋을 텐데' 하고 생각하곤 했다.

여든이 넘은 내가 지금도 새벽에 일어나서 가장 먼저 하는 것이 108배이다. 얼마 전엔 계단에서 넘어지는 바람에 얼굴을 다쳤는데도 108배는 거르지 않았다. 나는 내가 정해놓은 원칙에서 물러난 적이 별로 없다.

나는 상좌들에게도 자신이 사는 절에서는 물론, 다른 절에 객으로 가 있을 때에도 새벽예불과 사시예불, 그리고 저녁예불에 꼭 참여하라고 가르쳤다. 그게 수행자의 기본 생활이다. 별로 중요해 보이지 않는 원칙도 지속적으로 지키지 않으면 힘을 잃게 된다. 그렇게 되면 자신은 물론 남에게도 떳떳할 수 없다.

요즘은 절에 살면서도 예불에 들어가지 않는 소임자들이 많다는데, 깊이 생각해봐야 할 일이다. 사람은 기본 원칙에 충실할 때 떳떳해지고 힘을 갖는 법이다.

나는 지금 살고 있는 해인사 주지에게도 "총림의 대중 모두 세끼 공양하게 하고 하루 세 번의 예불에 빠지지 말게 하라"고 일러놓았다. 그런 원칙을 지키면서 살아야 절이 절다운 것이다.

나는 재가불자들에게도 108배를 권하고 있으며, 화두를 배우러 오는 수행자들에게도 화두를 주기 전에 3천 배를 시킨다. 천제굴에서 스승에게 배운 가풍이다.

"절을 해보면 신심도 나고 자신도 모르게 환희심이라는 게 생깁니다. 일주일씩 3천 배를 서너 번만 해보면 사소한 병이 다 없어져버립니다. 녹슨 것처럼 찝찝해 있던 기계에 기름칠을 하면 원활하게 돌아가듯 활기가 생기고 건강해집니다."

요즘 재가불자들에게 절을 권유하면서 내가 전해주는 말이다.

성철 노장은 천제굴에 계시면서 사미, 사미니들에게도 화두를 주기 전에 반드시 절을 시켰다. 그전에도 더러 절을 시켰으나 본격적으로 3천 배를 시킨 것은 안정사 천제굴에 있을 때부터였다. 마산에서 고성까지, 또 고성에서 벽방산 재를 넘어 천제굴까지 수백 리를 걸어서 화두를 받으러 오는 사미니들도 있었다. 그들이 와서 "화두를 받으러 왔습니다" 하면 노장은 일언지하에 돌려보내곤 했다.

"하루 네 시간 이상 자지 말고 3만 배를 마치고 다시 온나."

이렇게 오랜 시간 자신이 쌓아온 수없는 업장을 소멸시키고 수행을 하게 했던 것이다. 그들은 돌아가서 열흘 만에 혹은 이레 만에 절을 다 하곤 다시 왔다. 그들이 와서 삼배를 올리고 앉으면 노장은 짐짓 이렇게 말씀하신다.

"손을 내놓아봐라."

어린 사미니가 손을 내놓으면 목침을 들이대고 손가락을 탁 끊은 시늉을 하면서 물으신다.

"이걸 끊어도 화두를 받고 싶나?"

"예."

"하늘과 땅, 해와 달이 서로 바뀌어도 화두공부하려는 마음이 바뀌지 않겠나?"

"변치 않겠습니다."

3만 배를 하고 화두를 받기 위해 수백 리 길을 걸어왔던 그때의 마음, 천지가 무너져도 화두만 하겠다고 맹세했던 그 초발심의 마음으로 꾸준하게 정진한다면 3년 안에 결단이 날 것이다. 승속을 막론하고 말이다.

성철 노장이 천제굴에 있을 때 찾아온 많은 사람들 가운데 마산 성주사를 거쳐 태백산 홍제사에서 비구니 대중을 이끌고 결사를 하던 인홍 스님과 그의 제자들이 있었다. 결제에 들어가기 전과 해제 전날이면 인홍 스님은 몇몇 제자와 신도를 데리고 천제굴을 찾아 노장의 법문을 듣곤 했다.

인홍 스님은 훗날, 통도사 말사인 울산 석남사에 비구니 회상을 열어 후학들을 이끌었으며 일평생 성철 스님을 법사로 모시면서 정진한 한국 비구니계의 선지식이다.

내가 천제굴에 머문 지 얼마 되지 않았던 해제 전날이었다. 인홍 스님을 비롯해 상좌들과 신도들 20여 명이 천제굴을 찾았다. 저녁 공양을 한 뒤 성주사에서 온 대중들은 큰 방과 작은 방으로 나누어 정진을 시작했다.

그런데 혹시 먼 길을 걸어오느라 힘들어서 잠이라도 자는 대중이 눈에 뜨이는 날엔 노장의 주장자가 그냥 있지 않았다. 천제굴에 오면 밤새 정진을 하고 다음 날 새벽예불 뒤 해제 법문을 듣는 게 규칙처럼 되어 있었다.

그날도 밤새워 정진한 다음, 정진 대중 모두 참석해 새벽예불이 끝나자 노장이 법당으로 들어왔다. 노장이 어간에 앉자 내가 왼쪽에, 도우 스님이 오른쪽에 앉았다. 노장은 주장자를 들어 대중들에게 휘두르면서 "누구 없는가?" 하고 일갈하셨다. 모두 꿀 먹은 벙어리처럼 아무 말도 하지 못하자 노장은 법당에서 나가버렸다.

"누구 없는가?" 하는 그 단 한마디는 실로 뜻 깊은 법문이었다. 오랜 세월이 흐른 지금도 가끔씩 그 말씀이 떠오른다.

성철 노장은 당신을 찾아오는 사람들을 향해 화를 자주 내셨다. 쓸데없이 당신을 찾아다니지 말고 부지런히 공부하라는 뜻이었다. '아무도 의지하지 말고 철저히 화두일념으로 공부하라'는 전언이었으니, 공부라는 게 그저 가르침을 받아서 이뤄지는 게 아니라 스스로 철저히 정진하는 것임을 가르치기 위한 경책이었다. 그래도 그들은 먼발치에서라도 노장을 보고 가면 신심이 서릿발처럼 일어나 다음 결제와 해제 때에도 다시 찾아오곤 했다. 스승이란 그런 존재이다.

익히 알려진 것처럼 성철 노장은 별나신 분이었다. 일반인들이 이해하지 못할 행동을 많이 하셨다. 무섭게 공부를 시켰으므로 옆에 오면 긴장되고 두렵기도 해서 공부하게 되었다. 노장은 화가 나면 장독도 깨고 온 집 안을 아수라장으로 만들어놓아 늘 시끄러웠다. 화를 자주 내고 소리를 지르고 이따금은 땅도 파고 무엇을 부수고 하니까, 움직이시면 알았다. 언덕 위로 뿔이 나타나면 소가 오는 줄 알게 되듯 그분의 동작만 보면 다 알게 되었다.

천제굴에서는 은봉암 골짜기에서 내려오는 개울물에 홈통을 대어 물을 공급했다. 인홍 스님의 제자인 철마 스님은 노장에게 혼쭐이 날까 봐 올 때마다 홈통의 물을 막아 자신이 온 것을 알렸다. 그 신호는 나만 알고 있었는데 그럴 때마다 내가 나가 문을 열어주곤 했다. 그렇듯 안정사 천제굴엔 쉴 새 없이 수많은 수행자와 불자들이 노장을 찾아오곤 했다.

그 시절엔 청담 스님을 비롯해 자운·운허·서옹·향곡 스님 등 많은 스님들이 다녀갔다. 서옹 스님은 당시 남해 망월암 토굴에서 정진하면서 더러 다녀갔다.

천제굴에서 3천 배를 했던 사람 중에는 노장의 여식인 불필 스님도 있었다.

어느 날 노장이 내게 이르셨다.

"그 아이가 학교에 다니고 있는가 보던데, 한번 다녀와봐."

그 말을 듣고 곧 진주에서 사범학교에 다니고 있던 수경(불필 스님의 속명)을 찾아가 안정사 천제굴에 한번 다녀가라는 뜻을 전하고 돌아왔다. 한 해 뒤 졸업을 앞둔 수경은 할머니와 함께 천제굴을 찾아왔다가 출가를 결심했다.

교복을 입은 채 3천 배를 마쳤던 수경은 진주사범학교를 졸업하고 태백산의 봉화 홍제사로 가서 인홍 스님의 회상에 들어가려고 했다. 노장이 인홍 스님을 찾아가 공부하라고 일렀던 것이다. 인홍 스님은 당시 홍제사에서 후학들을 이끌고 정진 중이었다.

그때 내가 노장에게 말씀드렸다.

"지금 홍제사는 조밥에 감자만 먹는 절인데 처음부터 그렇게 힘든 곳에서 공부하면 적응하기 힘들 겁니다. 먼저 청량사로 보내는 게 좋겠습니다. 그곳에서도 열심히 공부하는 스님들이 모여 한 철을 나고 있으니 우선 청량사에서 공부하고 나중에 홍제사로 보내도록 하시지요."

해인사 산내 암자격인 청량사엔 비구니들이 모여 한 철을 나고 있었고 수경은 내가 권한 대로 그리로 가서 정진했다. 정식 출가를 하지 않은 채 첫 철에서 맹렬하게 공부를 밀어붙였던 수경이 노장을 찾아와 여쭈었다.

"스님, 공부가 잘 안 됩니다. 어쩝니까?"

그러자 노장이 차갑게 되물었다.

"니 언제 공부를 해보기나 했나?"

수십 년, 아니 몇 생을 두고 해도 이루기 어려운 공부를 단 한 철 수행으로 승부를 내려 했느냐는 무서운 경책이었다. 수경은 아무 말도 하지 못했다.

"서둘지 말고 돌아가라."

그 한마디에 수경은 출가 결심을 굳히고 노장에게 불필不必이라는 법명을 받아 인홍 스님 회상으로 출가했다. '한 길로만 가면 성불한다'는 성철 노장의 경책을 신념으로 삼아 출가 후 선방을 떠나지 않고 오직 참선의 길로만 매진했다.

일흔이 넘은 지금까지 출가했던 석남사에서 하안거와 동안거만 되면 빠짐없이 결제에 들어 정진하고 있다. 해제 때엔 해인사 금강굴에 머물면서 정진하는데, 결제 전후로 퇴설당을 찾고 있다. 처음 보았을 땐 단발머리를 하고 사범학교 다닐 때의 여학생이었건만 요즘 보면 많이 늙었다. 출가 전후에 천제굴과 파계사 성전암에서 노장에게 벼락을 맞고 쫓겨나면서도 공부하려고 애쓰던 모습이 엊그제 같은데 어느덧 그도 나도 노승이 되었다.

# 3

# 선농불이禪農不二의 길

자신이 처한 환경에서 능력을 최대한 발휘하고 그에 상응
하는 돈을 벌되 자신만 잘사는 데 그치지 말고 남을 돕는
삶을 살아야 한다. 우주 만물은 동체同體다. 남과 내가 하나
로 보이는 사람이 참눈을 가진 사람이다. 나보다 못한 사람
은 돕고 나보다 잘난 사람에게 기탄없이 배우는 것. 그것이
자비롭고 지혜로운 생활이다. .

# 죽음의 관문 앞에 선 서른둘

문경 대승사 윤필암에서 가까운 묘적암은 그리 높지도 않고 낮지도 않은 터에 자리 잡고 있다. 마음이 흩어지지 않는 안온한 도량으로 멀리 사불암이 건너다 보인다. 산에 올라가보면 사방이 탁 트여 가슴까지 시원해지는 곳이다.

1956년 겨울, 나는 그곳에 걸망을 풀고 암자의 문을 걸어 잠갔다. 머리 시원하게 정진하고 싶은 마음에서 떠나온 길이었다.

안정사 천제굴에서 성철 노장을 모시고 정진하고 있다가 그곳에 적을 둔 채 한 철 선방에서 지내다가 돌아왔더니 노장께선 파계사 성전암으로 옮길 작정이라 하셨다.

종단의 정화가 한창이었지만 성철 노장은 힘으로 밀어붙이는 정화에는 동의하지 않았다. '진정한 종교개혁은 수행자의 위상에서 찾아야 하며 정화란 안으로부터 내실을 기하면서 이루어져야지, 패를 늘려 사찰을 차지하는 싸움으로 비약하면 불교의 위상만 추락시킨다'는 게 노장의 주장이었다. 해인사 주지로 오라는 간곡한 청을 물리치고 성전암으로 자리를 옮긴 것도 그런 소신 때문이었다.

불교의 진정한 개혁은 사람을 키우는 데 있다고 생각하는 나 역시 정화에는 관심을 두지 않았다.

나는 노장을 시봉하던 시자들과 함께 노장이 소유하고 있던 많은 책들을 성전암에 옮겨놓았다. 자재를 직접 짊어지고 올라가 부서진 곳을 수리하고 아궁이도 고쳐놓고 깨끗이 손보는 일을 끝냈다. 바깥 사람들이 드나들지 못하게 암자 주위에는 철조망을 쳐놓았다. 노장이 공부할 수 있게 월동준비를 마친 뒤 천제, 만수, 상일 등의 행자들에게 시봉을 맡기고 문경 청화산 원적사와 상주 갑장사를 거쳐 묘적암으로 발길을 옮긴 것이다.

오래전, 임제 선사가 말했다.

"우물쭈물 날을 헛되이 보내지 마라. 나도 옛날에 깨닫지 못했을 때에는 깜깜해서 아득했다. 광음光陰을 헛되이 보낼 수가 없어서 뱃속은 불이 났고 마음은 바빠서 부산하게 도를 찾아 물었다."

당시 내 나이 서른을 넘기고 있었다. 그간 오매일여를 향한 화두 일념을 놓치지 않은 채 공부를 한다고 했으나 가슴에 맺힌 응어리 같은 것이 근본적으로 풀어지지 않았다. 늘 체한 것처럼 가슴이 어뭉하고 뭔가 걸린 듯 답답했다.

해서 '이렇게 세월만 보내서는 안 되겠다. 공부에 매듭을 지어야겠다'고 결심한 뒤 노장에게 내 뜻을 말씀드렸다. 노장은 처음에는 다른 곳으로 공부하러 가는 것을 말렸으나 내 결심이 단호함을 알고는 떠나도록 허락해주셨다. 원적사로 공부하러 갈 때는 손수 보약 두 재를 지어주시기도 했다.

대승사 묘적암에 걸망을 내려놓은 나는 함께 있던 도반이 떠나자 바로 암자의 문을 걸어 잠갔다. 비록 무문관無門關이란 팻말을 내걸지는 않았으나 깨치지 못하고서는 살아서 나올 수 없다는 죽음의 관문(死關) 앞에 선 것이다.

그때 나는 수시로 불공을 하러 오던 묘적암 신도 40~50명을 앉혀놓고 선언했다.

"내가 이곳에 있는 동안은 불공을 못 해줍니다. 누구든지 나를 쫓아내려면 그렇게 하십시오."

신도들이 계를 묶어 논을 사서 절에 주고 거기에서 나오는 소득으로 절을 운영했던 터라서 주지도 마음대로 못 하는 형편이었다. 그러나 신도들은 나의 단호한 태도를 보고는 더 이상 말을 붙일 엄두를 내지 못했다.

부엌을 살펴보니 쌀이 두어 가마니쯤 있었다.

'이것을 다 먹도록 마음의 변화가 오지 않는다면 내 발로 이곳을 걸어 나가지 않으리라.'

일대사를 해결하지 못하면 금생을 이곳에서 끝내겠다는 각오를 했던 것이다.

그렇듯 절박한 심정으로 정진하는 내게 때맞춰 밥을 해 먹는 것은 번거로운 일이었다. 닷 되쯤 분량의 밥을 한꺼번에 해서 바구니에 담았다. 그러고는 항아리 위에 막대기를 두 개 걸쳐놓은 다음 그 위에 밥을 올려놓고 보자기로 덮어두었다. 때가 되면 찬 밥 한 덩이를 그릇에 담아 김치 몇 쪽 올려놓은 채 끼니를 때웠다. 겨울이었으나 물도 데워먹는 것이 번거로워 샘물 한 바가지 떠먹는 것으로 대신했다. 오로지 화두 하나와 마주했다.

베개도 이부자리도 없이 옷을 입은 채 두세 시간 눈을 붙이고 참선하고 나무하는 게 하루 일과의 전부였다. 매일 방선放禪을 한 뒤에는 지게를 지고 산으로 올라갔다. 벌목하고 남은 것을 베어다가 성한 것은 톱질해서 부엌과 담 밑에 차곡차곡 쌓아놓았고 구부러지고 썩은 것으로는 군불을 땠다.

때로는 겨울의 세찬 칼바람이 암자를 뒤흔들며 지나갔고, 밤새 눈이 내리는 날에는 눈 무게를 이기지 못한 고목들이 갈라지는 소리가 들렸다.

미동도 하지 않고 좌복에 앉아 있다 보면, 어느새 창호 너머로 먼동이 트곤 했다. 나는 잠이 적어 출가 이후 졸음 때문에 낭패를 보거나 고통을 당해본 적이 없었다. 일찍부터 '잠으로부터 자유롭지 못한 수좌는 수좌가 아니다'라고 했던 성철 노장의 경책에서 자유로운 나였다.

혼자 있으면 사무쳐 정진하기 어려운데 나는 홀로 오래 살았어도 그렇게 어중간하게 산 적이 없었다. 묘적암에서도 그랬다. 대중 한 사람 없이 홀로 정진하게 되면 대개 게을러지게 마련이지만 죽음의 관문 앞에 선 내게 게으름이란 있을 수 없었다. 홀로 있어도 한 점 흐트러짐 없이 생활하면서 화두 하나에 몰입해 많은 시간을 보냈을 뿐이다.

그러나 화두에 사무쳐 정진하고 또 정진했으나 마음은 여전히 시원해지지 않았다. 수행자에게 가장 괴로운 것은 지옥의 고통이 아니라 가사 옷 밑에서 대사大事를 밝히지 못하는 일이라고 했다. 다시 말해 마음을 밝혀 도를 이루지 못하는 것이 지옥의 고통보다 더 괴롭다는 것이다.

'만약, 이 한 물건을 깨치기 전에 죽게 된다면 들짐승이 될 것인지 날짐승이 될 것인지 모르는 일이다. 지옥으로 떨어질 것인지 다시 사람 몸을 받을지도 모르는 일이다. 요행히 사람 몸을 받아도 불법을 만날 수 있을지 모르는 일이다. 불법을 만난다고 해도 최고의 길인 참선 공부를 하게 될는지 알 수 없는 노릇이다.'

이러한 생각이 일어나 묘적암에서 많이 울었다. 마음을 밝히지 못하고 죽으면 법전이란 존재를 태평양 한가운데 어디 가서 찾을 수 있단 말인가. 참으로 망망한 일이었다. 반드시 끝을 봐야 할 일이었다. 죽음까지 생각한 절박한 마음으로 그런 생각을 하면서 통곡하곤 했다.

공부하는 수좌에게 공부의 진척이 느껴지지 않는다는 것은 죽음보다 더한 고통이었다.

'마음을 밝히지 못한 채 오늘 호흡이 끊긴다면 이 몸뚱이는 어디로 갈 것인가? 자성을 깨치지 못하고 죽으면 지옥행이다.'

더딘 수행의 성취를 자책하며 통한의 눈물을 흘렸다. 가슴에서 뭉쳐 나오는 눈물이었다.

《선요禪要》로 잘 알려진 원나라의 고봉 스님은 임안의 용수산에서 9년간 살면서 싸리를 엮어 조그마한 암자를 만들고 사시사철 누더기 한 벌로만 지냈다. 뒷날 천목산 서암의 바위 동굴 속에서 세로는 한 발 남짓, 가로로는 그 절반인 배 모양의 조그마한 방을 꾸미고는 현판을 '사관死關'이라고 써 붙였다. 위에서는 빗물이 새고 바닥은 축축했으며 비바람이 몰아쳤다. 공양물은 물론 모든 사람의 왕래를 끊고 의복과 쓸 것까지도 물리치면서 몸을 씻지 않고 수염도 깎지 않았다.

깨진 항아리를 솥으로 삼아 이틀에 한 끼만 먹고 지내면서도 편안하게 여겼다. 동굴은 사다리가 없으면 오르지 못하게 되므로 사다리를 치워버리고서 모든 인연을 멀리하는 고행을 거친 고봉 스님은 나중에 《선요》에서 말했다.

"화두를 드는 것은 철로 된 밑 빠진 배(無底船)로 물살을 거슬러 올라가는 것과 같다."

밑 빠진 배에 타고 있으면서 끊임없이 노를 젓지 않으면 물살을 거슬러 가지 못하고 뒤로 밀려 익사하는 것처럼, 한순간이라도 망념이 일어나면 공부를 이룰 수 없다는 것이었다.

불등佛燈 선사는 '금생에 철저히 깨칠 때까진 절대로 자리에 눕지 않겠다'고 다짐한 뒤 기둥에 기대서서 공부를 하여 49일 만에 깨쳤고, 자명慈明 선사는 추운 겨울에도 밤낮없이 정진하다가 밤이 되어 졸리면 송곳으로 허벅지를 찌르면서 탄식했다.

그 시절 나 역시 옛 선사들처럼 치열하게 공부하려고 노력했다.

묘적암은 예로부터 지기地氣가 센 곳으로, 공부하는 사람들이 3년을 견디지 못하고 나간다는 이야기가 전해지고 있다. 고려 말의 나옹 선사가 스물한 살 때 친구의 죽음을 보고 무상을 느껴 요연 선사를 찾아와 출가해서 공부한 곳으로, 해방 전후에는 성철 노장과 서암 스님이 함께 머물며 수행했던 곳이기도 하다.

내 나이 20대 후반쯤 울산 석남사 응진전으로 가던 길에 노파들이 부르던 노랫말이 떠올랐다.

청산림 깊은 골에 일간토굴一間土窟 지어놓고
송문松門을 반개하고 석경石徑을 배회하니
녹양綠楊 춘삼월하에 춘풍이 건듯 불어
정전庭前의 백종화百種花는 처처에 피었는데
풍경도 좋거니와 물색이 더욱 좋다
그중에 무슨 일이 세상에서 최귀한고…….

지나가는데 귀에 스윽 들어와 가만히 멈춰서서 들었던 그 노래는 나옹 선사의 〈토굴가〉였다.

나는 때때로 산에 올라가 나옹 스님이 앉아 참선삼매에 들었다는 눈 덮인 바위 안장대를 바라보았다. 말의 안장처럼 생겨서 안장대라고 붙여진 그 바위 밑에 있는 천 길 낭떠러지는 바라보기만 해도 나옹 스님이 어떤 심정으로 그곳에 앉아 있었는지 느껴지곤 했다. 잠시라도 졸음으로 인해 몸이 기우뚱하는 날에는 떨어져 죽는 곳이다. 목숨을 내놓지 않으면 그곳에 앉을 수 없는 것이니 공부에 대한 그 절절함에 전율하지 않을 수 없었다.

나옹 선사는 공부하는 납자들에게 물었다.

"공부가 지극해지면 동정動靜에 틈이 없고 자고 깸이 한결같아서 부딪쳐도 흩어지지 않고 움직여도 없어지지 않는다. 마치 개가 기름 끓는 솥을 보고 핥으려 해도 핥을 수 없고 포기하려 해도 포기할 수 없는 것과 같으니 그때는 어떻게 해야 하겠는가?"

가장 지고한 것은 자신을 버리는 데서 이루어진다. 어차피 참선 공부는 생사를 걸지 않으면 이뤄지지 않는다. 백척간두진일보百尺竿頭進一步가 아니면 안 될 일이었다.

나는 절박한 마음으로 좌복 위에 앉았다. 세수도 하지 않고 양치도 하지 않은 채였다. 물론 목욕도 하지 않았다. 그릇도 씻지 않았다. 입었던 옷 그대로 몇 달을 지냈다. 내 의식 속엔 이미 더럽다, 깨끗하다라는 생각이 없었다. 아침에 한 번 손으로 얼굴을 문지를 뿐 몇 달 동안 씻지 않았다.

그렇게 몇 달이 흐른 어느 날이었다. 한밤중에 윤필암에 살던 몇몇 비구니가 들이닥쳤다. 종소리가 나기에 무슨 일이 일어난 줄 알고 뛰어 올라왔다고 했다. 이미 "혼자 살고 있으니, 혹 무슨 일이 있으면 종을 칠 테니까 그때는 한번 올라와 보라"는 부탁을 해둔 터였다. 그런데 치지도 않은 종소리가 어떻게 윤필암까지 들렸는지 모를 일이었다.

나는 윤필암 스님들이 만들어온 순두부 한 그릇을 비우고 다시 삼매에 들었다. 닷 되들이 차관에 하나 가득 순두부를 가지고 묘적암에 올라왔던 비구니들은 곧 윤필암으로 돌아갔다.

한순간처럼 느껴지는 시간들이 얼마나 흘렀는지 모른다. 어느 날 좌복에 앉아 있던 나는 순두부가 담겨 있는 차관을 보았다. 비로소 순두부를 먹으려고 차관 뚜껑을 열어보았더니 곰팡이가 새카맣게 피어 있었다. 물이 얼 정도로 불을 적게 때서 방을 차게 하고 지냈는데 곰팡이가 날 정도였으니까 일주일은 넘었을 것이다.

잠을 잊은 채 좌복에 앉아 있는 날이 점점 많아졌다. 방바닥엔 눈이 내린 듯 먼지가 쌓여갔고, 그 먼지 위로는 내 발자국이 아침 햇살 속에 선명히 드러났다. 아침에 문을 열고 나가보면 어느새 짐승들이 서성이다 돌아간 흔적이 보였다. 그렇게 겨울이 가고 나무들이 서서히 물오르던 어느 날이었다. 나는 자신도 모르게 게송을 부르고 있었다.

鏡鏡相互照
照無於影像
此是亦何物
靑山白雲裏
거울과 거울이 서로 비치니
비치는 것과 그림자가 둘 다 없더라
이것이 또한 무슨 물건이냐
청산이 백운 속이더라

비로소 자리를 털고 일어났다.
죽음을 각오하고 달려든 정진이었다. 그런 만큼 온몸으로 부딪쳐 실감한 득력得力은 대단한 것이었다. 무한한 힘이 솟아나오는 것을 느꼈다. 마치 몇백 길이나 되는 함정에 빠져 있던 사자가 언덕을 기어 나온 것 같은 기상이 뿜어지는 듯했다.
세상에 두려울 것이 없었다. 천하가 모두 내 손에 들어 있는 듯 자신감이 솟았다. 자신에게 떳떳했고 온 세상에 떳떳했다. 찌꺼기가 말끔히 씻겨나간 듯 가슴이 시원했고 온몸이 환희로 차올랐다. 무엇 하나 걸릴 것 없이 자유로웠다.

비로소 얼굴에 미소가 피어올랐다. 우스운 것을 보아도 우습지 않고 좋은 것을 보아도 좋은 줄 모르던 나였다. 솔밭 사이로 부는 음력 시월의 찬바람처럼 쌀쌀하게 살았던 나였다. 그런데 묘적암 정진 이후로는 웃기도 잘하고 많이 부드러워졌다. 그전에는 내가 웃는 것을 본 사람이 별로 없다고 한다. 사실 화두에 온 마음을 기울인 탓에 웃을 일이 없었다.

묘적암에서의 한 철은 내 생애에서 공부에 가장 절박했던 시기였다. 절박할 때 공부가 되는 것이다. 물론 궁극의 깨달음인 구경究竟은 아니었다. 그러나 그때 어떤 변화를 느끼지 않았더라면 무슨 일을 저질렀을지 모른다. 혼자 약속한 것이라고 해서 흐지부지 그냥 돌아서지 않으려는 각오였다.

봉암사는 시끄럽던 꿈이 사라지며 정신이 맑아지고 생동감을 얻는 시절이었다면, 묘적암을 거치고 나서는 그만 정신이 번쩍 나고 눈동자가 매처럼 또록또록해지면서 공부가 잘됐다. 어느 누가 와도 조금도 주저함이 없었으며 어떤 선지식들 앞에서도 떳떳했다.

묘적암에서 공부했던 한 철은 내 생애에서 가장 여한 없이 목숨을 내놓고 정진했던 시기였다. 봉암사 시절 이후 또 한 번의 전환점을 이루었던 시기였으니, 내 나이 서른둘에서 서른셋일 때였다.

# 인가

자리를 털고 일어난 이튿날 오후, 묘적암을 떠나 파계사 성전암으로 향했다. 성철 노장을 찾아가려는 것이었다. 문경에서 버스를 타고 동명이라는 곳에서 내려 성전암으로 올라갔다. 평소 같으면 단숨에 올라갈 거리였으나 겨우내 제대로 먹지 못한 몸으로 산을 넘어가자니 발이 앞으로 나아가지 않았다. 허기라는 것을 그때 비로소 실감했다. 솔잎을 따서 씹고 눈을 입에다 한 움큼 넣어 허기를 채웠더니 입술이 부르트고 입이 얼었다.

가까스로 성전암에 도착하니 이미 자정이 넘은 시각이었다.

달빛에 성전암을 두른 철조망이 어렴풋이 보이자 힘이 솟았다. 담을 훌쩍 뛰어넘어 마당에 섰다. 그리고 소리를 질렀다.

"아악!"

쩌렁쩌렁한 소리가 백 리 바깥까지 나갈 듯 울려 퍼졌다. 안에선 기척이 없었다. 노장의 방 앞으로 다가가 방문을 휙 열어젖혔다. 노장이 눈을 화등잔만 하게 뜨고 나를 바라보았다. 나는 방으로 들어

서자 누워버리고 말았다. 오랜만의 편안함을 느끼면서 잠시 누워
있었더니, 노장이 시자를 불렀다.

"꿀물 좀 타 온나."

꿀물을 들이켜고 나자 정신이 조금 났다. 노장은 내 눈을 바라보
고는 '뭔가 있구나' 싶었는지 얼굴을 바짝 들이대고 쏘아보았다.
그러곤 거두절미한 채 물었다.

"무자無字 화두를 일러보거라."

노장은 그날, 내 공부를 인정하지 않으셨다. 많은 고성과 경책이
오고간 후였다. 그날의 일은 언젠가 내 제자의 공부를 인가印可할
때나 드러날 수 있을지 모르겠다.

하룻밤을 자고 성전암을 나와 파계사 금당선원으로 공부하러 가
는 내게 노장이 말씀하셨다.

"우쨌든 무자 화두를 한마디로 일러보거라. 그 한마디만 똑바로
이르면 끝난다."

며칠 동안 파계사 금당선원에 머물며 정진에 정진을 거듭했다.
화두 말고는 아무 생각이 없던 그때 매 시간마다 경계가 바뀌는 경
험을 했고, 하루 몇 차례씩 금당선원에서 성전암으로 올라가 노장
께 공부를 점검받았다. 그때는 온 마음이 화두에 가 있어서 발이 땅
에 닿는 줄도 모르고 걸어다녔다.

노장은 철망 안에서, 나는 철망 밖에 서서 화두를 묻고 답하는 나
날들이 계속되었다. 그때 참된 변화가 왔다.

어느 날, 노장이 물었다.

"개에게 불성이 없다고 했다. 우째서 없다고 했노?"

내가 대답했다.

"일월동서별日月東西別하니 좌인기이행坐人起而行이라! 해와 달이 동서를 구별하니 앉아 있던 사람이 일어서서 가더라."

노장이 듣더니 큰 소리로 내가 답한 것을 되풀이하며 읊었다.

"일월동서별하니 좌인기이행이라. 일월……."

며칠 후 노장이 또 물었다.

"우째서 개에게 불성이 없다 캤나?"

내가 아무 말도 하지 않은 채 돌아서서 가버리자 "말로 해봐라!" 하셨다. 그때 경계를 말씀드렸더니 고개를 끄덕이셨다.

그날, 노장이 시자였던 천제, 만수 등을 불러 분부하셨다.

"너거들 가서 떡 좀 해 온나."

의심을 파한 재, 파참재罷參齋를 해서 대중공양을 하려는 것이었다. 대중들에게 제자의 공부를 이룬 소식을 알리려는 것이었다. 예로부터 선가에선 공부하다가 깨친다든지 득력得力을 하면 파참재를 하는 게 관행이었다. 수행을 완성해 스승의 지도를 면제받는 의식으로 떡을 해 먹었던 것이다.

스승께선 내가 "좋아하지도 않는 떡을 뭐 하러 하십니까?" 하고 사양해서 떡을 하지 않았다. 그렇게 스물넷에 스승을 만나 태산처럼 믿으며 시봉하고 공부한 지 10년 만에 인가를 받은 것이었다.

며칠 후 노장이 또 물으셨다.

"어떤 학인이 스승에게 조사서래의祖師西來意를 물었단 말이다. 그때 스승이 '죽은 사람 술상 위에 술이 석 잔'이라고 답했는데 니는 어찌 대답하겠노?"

"제가 그때 있었으면 곡을 세 번 했겠습니다."

꽉 막혀 있던 자리가 터져버린 듯했으니 무엇을 물어도 대답이 척척 나왔다. 물구덩이, 불구덩이에 떨어진다고 해도 겁날 게 없었다. 노장이 1천7백 공안을 다 물어도 막힘없이 대답할 수 있을 만큼 자신감이 솟았다.

노장이 말씀하셨다.

"니는 이제 됐다. 어떤 것을 물어도 대답할 수 있겠구나."

파계사 금당선원에 있으면서 가장 공부를 깊게 했고 비로소 공부하는 기쁨을 맛보며 내면이 근본적으로 많이 바뀌었다. 7년 가뭄 끝에 단비를 만난 듯 환희를 많이 느꼈다.

눈을 뜨고 보니 밤과 낮이 둘이 아니었으며 중생과 부처가 둘이 아니었다. 탐진치食瞋痴가 바로 나였다. 그것은 자성自性을 깨쳐야 실감되는 일이었다.

대장부답게 한번 살아야겠다는 마음이 일었다. 세상 사람들이 보지 못하는 데에 가서 몸을 감추되 나는 세상을 훤히 들여다보고 싶었다. 온 우주를 포함한 모든 세계인 삼천대천세계에서 중심이 되고 가장 높은 산인 수미산須彌山으로 올라갔다. 수미산에서 살아볼 작정이었다. 그런데 그렇게 큰 산이 내 엉덩이 속으로 콩처럼 들어와버렸다. 산은 보이지 않고 내 몸만 덩그러니 드러나버렸다. 다시 바다 속으로 들어갔다. 수미산 주위를 둘러싸고 있는 큰 바다인 향수해香水海 속으로 몸을 감추고 세상을 들여다보고 싶었다. 그런데 이번에는 향수해의 그 넓은 바닷물이 내 발 밑에서 자작거리고 마는 것이었다. 몸을 감출 수가 없었다.

開眼卽知三毒我

離乎此業無眞我

貪瞋癡減死爲全

噫彼衆生同體我

눈을 뜨니 삼독이 바로 참나인지라

이 업을 여의면 진아도 없어짐이라

탐진치가 멸해야 제대로 죽을 수 있으니

아! 저 중생들이 모두 나의 분신일세


불교에선 탐진치 삼독三毒을 없애야 성불한다고 했는데, 눈을 뜨고 보니 탐진치 삼독이 참나였다. 그 삼독을 떠나선 내가 존재하지 않았다.

# 태백산 시절의 다섯 도반들

성철 노장에게 인가를 받은 다음 태백산 깊은 산골짜기로 들어가 10년 동안 머물렀다. 태백산으로 가기 전 총림으로 가서 대중들과 함께 살 것인가, 중생을 위해서 살 것인가를 두고 고민하다가 누구에게도 도움을 받지 않고 농사를 지어 생활하기로 했던 것이다.

옛 스님들이 득력을 하거나 도를 이룬 이후 깊은 산속으로 들어가 은거를 한 것처럼, 홀로 묵묵히 공부를 다진 시간이었다. 그때의 나는 모든 것이 자신 있었고 장작을 짊어지고 다녀도 그야말로 생기가 넘쳤다. 누가 와서 칭찬을 해도, 욕을 해도 전혀 동요함이 없었다. 태백산 시절부터 지금까지 나는 눈앞에서 어떤 청천벽력이 일어나도 전혀 까딱하지 않고 살아왔다. 태백산에서의 10년 세월은 세상에서 물러나 깊이 침잠한 것이었으나 내면은 말할 수 없는 생동감으로 살아 숨 쉬던 대자유인의 시절이었다.

태백산으로 들어간 초기에는 조선시대의 도인인 사명 대사가 머물며 정진했던 홍제사에서 도반 석주石柱 스님과 함께 살았다. 1958

년 여름이었다. 인홍 스님이 상좌들을 비롯해 대중들과 함께 한 회상을 이루고 살다가 울산 석남사로 떠나자 비어 있던 홍제사로 들어간 것이다. 그해 여름 홍제사 곁의 자두나무에 자두가 얼마나 탐스럽게 열렸던지 한 양동이씩 따서 먹었던 기억이 난다.

나는 김룡사 금선대에서 정진하고 있던 서암 스님, 홍제사 위에 있는 도솔암에서 정진하던 일타 스님, 그리고 전국 여러 선방에서 공부하고 있던 지유 스님을 불렀다.

"우리, 따로 살지 말고 함께 모여 정진하며 삽시다."

이렇게 내가 주선해서 다섯 비구가 모였다. 세상에 나오지 않았던 10년 동안 내가 유일하게 여러 대중과 함께 보낸 시기였다.

서암 스님만 나보다 8년 연장이고 나머지 스님들과는 거의 같은 연배였다. 다섯 사람은 입선과 방선 시간을 정해놓지 않고 자유롭게 정진했다. 한쪽에서는 좌선, 다른 한쪽에서는 포행을 하는 식이었다. 구석에 앉아 이야기를 나누기도 하고 나무를 하러 가기도 했다. 그러나 그러한 자유로움 속에서도 철저한 자기 규율과 정진이 있었다.

소탈한 성품에 우스갯소리를 잘했던 서암 스님은 나이가 제일 연장이라 하여 소임을 맡기지 않았는데도 모든 일에 솔선수범했다. 더덕이나 나물을 캐 와서 맛있게 무쳐 밥상에 놓기도 했다. 서암 스님은 홍제사에 오기 전에 원적사, 봉암사 백운암 등지에서 함께 공부하면서 마음을 나누었던 막역한 선배 도반이었다.

어느 날 태백산 상봉에 올랐다가 내려오는 길이었다. 비가 와서 계곡물이 불어나 개울을 건널 수가 없게 되었다. 다섯 비구는 모두 옷을 벗어 장대에 묶어 어깨에 멘 채 개울물을 건넌 적이 있다. 어느 때인가는 무더운 한여름에 함께 산길을 걷는데 서암 스님이 "보는 사람도 없는데 우리 더우니까 모두 벗고 가지 뭐" 하셔서 밤새 시원하게 걸어간 일도 있었다. 그만큼 격의가 없는 분이셨다.

훗날 서암 스님은 조계종 원로회의 의장을 거쳐 성철 노장께서 입적하신 뒤로 일흔일곱의 연세에 제8대 조계종 종정으로 추대되셨다. 그만큼 제방의 수좌들에게 선망이 두터웠던 분이다.

찾아오는 사람들에게 "많이 아는 것은 귀한 것이나 그보다 더 귀한 것은 다 털어버리는 것입니다. 많이 갖는 것은 부한 것이나 그보다 더 부한 것은 하나도 갖지 않는 것입니다. 남을 이기는 것은 용기 있는 것이나 그보다 더 큰 용기는 남에게 져주는 것입니다" 했던 분이다. 도반이 적은 나에게 서암 스님은 마음을 가장 많이 나눈 도반이었다.

일타 스님은 손님을 보살피는 지객과 법당의 예불을 전담하는 부전副殿을 맡았다. 나보다 네 살 밑으로, 태백산에서 처음 만나 도반이 되었는데, 변재辯才가 좋고 염불을 잘해서 두 가지 소임을 보게 된 것이다.

일타 스님은 오대산 적멸보궁에서 매일 3천 배씩 7일 동안 기도를 한 다음 오른손 네 손가락 열두 마디를 모두 연비燃臂하고 태백산 도솔암에서 공부하고 있었다. 스님은 "《능엄경》을 읽고 난 뒤로 중노릇 잘하고, 숙세宿世의 업장을 녹이며, 부처님 법에서 물러나지 않겠다는 세 가지 서원을 세우고 연비를 했다"고 했다.

《능엄경》에는 연비의 공덕을 언급하는 대목이 있다.

"부처님이 말씀하셨다. 내가 입멸한 후에 어떤 비구가 발심하여 손가락을 태우면, 그 사람은 무시 이래로 묵은 빚을 일시에 갚아버리고 모든 번뇌에서 벗어나 해탈을 얻을 것이다."

일타 스님은 그 대목에 신심을 내어 "허공과 같은 법신 자리에 절하옵고 평등한 일심으로 간절히 임합니다. 오직 가피를 드리우시어 저의 미혹한 구름을 열어주소서"라는 발원문을 짓고서, 손가락에 붕대를 감고 기름을 먹여 태우는데 아주 잘 타더라고 했다. 그러나 그때의 고통을 어떻게 말로 표현할 수 있겠는가. 연비는 본디, 출가자나 재가자들이 계를 받을 때 향이나 심지로 팔을 살짝 태우는 의례다. 일타 스님은 연비 당시의 소회를 이렇게 밝혔다.

"그때 몸이 한낱 기름 덩어리에 불과하다는 것을 알게 되었습니다."

이처럼 일타 스님은 철저하게 중노릇만 하겠다는 마음으로 연비를 했던 것이다. 훗날, 말뚝 신심을 낸 한 젊은 수좌가 찾아와 막무가내로 연비를 하겠다고 했다. 그때 일타 스님이 정색을 하고 충고했다.

"잠깐 신심을 내어 연비를 하는 것은 그리 어렵지 않다. 하지만 평생을 연비하는 마음으로 살아가는 게 오히려 진정한 연비다."

그렇듯 일생을 연비하는 마음으로 산 수행자였다. 일가족 40여 명이 출가한 신심 깊은 집안의 일타 스님은 훗날, 자운 스님과 함께 한국 불교의 율장 확립에 큰 역할을 했고, 해인총림의 율주, 조계종 단일계단 전계대화상, 조계종 원로회의 위원을 지냈다.

성철 노장께서 입적하자 나는 해인사에 함께 머물던 일타 스님과 혜암 스님을 찾아 "원로인 우리가 합심해서 총림을 이끌어나가자"고 했을 정도로, 오랫동안 해인사에 함께 있으면서 총림을 이끌었다. 노장이 살아계실 때도 산중에 어려운 일이 생기면 "혜암이, 법전이, 일타 오라 캐라" 하시며 우리를 찾으셨다.

지유 스님은 공양주 소임을 맡았다. 일본에서 출생해서 성장했던 지유 스님은 광복 후 귀국해 범어사 동산 스님을 은사로 입산, 출가한 지 10년이 채 안 되었는데, 원적사에서 용맹정진으로 힘을 얻고는 홍제사로 왔던 것이다. 전국의 여러 선원과 토굴에서 수행정진하며 운수납자의 삶을 살다가 봉암사 주지를 거쳐 현재 범어사 조실로 있다.

석주 스님은 공양간 채공菜供을 맡았다. 나와는 원적사와 갑장사, 그리고 묘적암에서 함께 정진하다가 다시 만나 공부하게 된 것이다. 석주 스님은 인곡 스님의 상좌로 평소 토굴로만 오가면서 정진하다가 지리산 영원사를 중창 불사했다. 지금까지 내왕하고 있는 유일한 도반이다. 지리산 상무주암에서 석주 스님과 그의 사제 법경, 그리고 행자 한 사람과 산 적도 있다.

부목 소임은 내 차지였다. 나는 언제 어디서나 나무하는 것을 좋아해서 부목을 자청한 것이다. 나무하는 것이 취미일 정도로 한평생 나무를 하면서 살았던 나였다. 생나무는 잘 베지 않았다. 그리고 썩지 않고 곧은 것은 쟁여놓고 찌꺼기만 모아서 땠기 때문에 다음에 와서 사는 사람은 언제나 새 장작을 땔 수 있었다.

나무를 해다가 톱질해서 담 밑에 쌓아두었기 때문에 홍제사 울밑엔 항상 깔끔하게 장작더미가 쟁여져 있었다. 지금 안성 석남사에 사는 정무 스님이 그곳 홍제사에서 4년을 살았는데, 내가 쌓아 두고 온 나무를 다 때지 못하고 나왔다는 이야기를 들은 적이 있다.

출가의 길에서 한 길을 가는 도반만큼 든든한 존재는 없다. 그러므로 수행자에게 가장 외로운 일은 마음이 통하는 도반이 없는 것이다. 홍제사에서의 다섯 도반들의 모습은 곁에서 보기에도 부러울 정도로 조화롭게 정진하고 있었다. 도솔암에 살던 비구니 장일 스님(동화사 내원암 전 주지)과 지금 경주의 한 절에 살고 있는 지택 스님이 가끔 먹을 것을 가져다주고 전도 부쳐주곤 했다. 그들은 조화를 이루며 재미있게 살고 있는 30, 40대의 다섯 비구들을 부러운 눈으로 바라보다가 올라가곤 했다.

도반들과 함께 서로 경책하고 탁마하면서 정진을 하고 있던 어느 날이었다. 음력 2월, 때 아닌 눈이 한없이 내리고 난 뒤였다. 홍제사 백호등에 서서 첩첩한 앞산을 바라보다가 나는 문득 이렇게 읊었다.

내가 묵묵하고 말 없는 너에게 묻고자 한다
몇 번이나 청산에 꽃이 피었다 지었다 하는 것을 보았느냐
봄이 아니면 꽃이 피지 않는다고 말하지 마라
고개를 한번 돌아보니 천지가 눈꽃에 희어버렸더라

묘적암에서도 저절로 시가 나왔으니 50여 수가 되었고 그것을 '삼악노인三惡老人의 시'라고 이름을 붙였다. 삼악三惡은 탐貪 · 진瞋 · 치痴를 말한다.

깊은 산속에 점 하나 찍어놓은 듯한
설해고도의 태백산 도솔암

# 경계가 모두 고요해지다

정진은 좌복 위에서만 하는 게 아니라 채소밭에서도 하는 것이요, 법문은 법상 위에서만 하는 게 아니라 들판에서 호미를 들고서도 할 수 있는 일이다.

남전南泉 스님이 살고 있는 토굴에 어떤 객승이 왔다. 마조 스님의 제자이며 선의 거장이라 불리는 조주 스님의 스승이었던 남전 스님은 도롱이에 밀짚모자를 쓴 채 소를 먹이고 밭을 가꾸며 30년 동안 산에서 내려오지 않았던 선지식이다. 그런 남전 스님이 객승이 오자 말했다.

"마침 잘 왔소. 난 지금 화전을 일구러 나가는 중이니 스님께서는 쉬다가 밥 때가 되거든 밥을 지어 먹고 내게도 한 그릇 가져다주시오."

이윽고 공양 때가 되자 객승은 밥을 짓긴 했는데 그냥 혼자만 먹었다. 그런 다음 솥단지를 뜯어내고 그릇 등 부엌세간을 모조리 부수어버렸다. 산에서 밭일을 하던 남전 스님은 때가 되어도 객승이 밥을 내오지 않자 토굴로 돌아갔다. 그런데 그때 객승은 눈 하나 깜짝 하지 않고 평상에 여유롭게 누워 코까지 골면서 자고 있었다. 이에 남전 스님도 바로 그 옆으로 가서 가만히 누웠다. 그러자 객승은 벌떡 일어나 떠나버렸다고 한다.

뒷날 이를 두고 남전 스님은 "내가 토굴에 살 때 도인이 한 사람 다녀간 뒤로 아직껏 그런 이를 보지 못했다"라고 회고했다.

이 이야기의 뜻을 알아야 진정한 토굴생활을 한다고 할 수 있다.

홍제사에서 여러 도반들과 함께 한 철쯤 살다가 바람처럼 흩어진 이후로 나는 태백산의 도솔암, 백련암 등지에 머물며 정진했고, 산기슭에 허름한 토굴을 지어 '사자암'이라 이름 붙이고 농사를 지으면서 지냈다.

사자암에 머물 때는 널빤지로 지붕을 덮어놓고 산에서 나무해 온 통나무로 벽을 대어 암자를 짓고 살았다. 사자암은 세월이 흐름에 따라 무너져 내려 지금은 터만 남아 있다고 들었다.

사자암에서 앞을 바라보면 산들이 물결치는 파도처럼 보였다. 암자 뒤로는 큰 바위가 있었다. 벽마다 낸 네 개의 문과 지붕 위에 나 있는 두 개의 창문까지 열어놓고 앉아 있으면 숲 속에서 지저귀는 새들의 노랫소리가 마치 합창하는 것처럼 들려왔다.

그때 지은 시가 있다.

山巖是我友
雲風爲孝子

鳥友頻來歌

是足更何求

산과 바위가 나의 벗이요

흰 구름 와서 태양을 가려주면 그보다 더 효자 어디 있으랴

새들이 벗해주어 자주 와서 노래 부르니

이만하면 만족하지 더 무엇을 구하리


사자암에서 지낼 때 아는 이가 한 사람 찾아와 물었다.

"스님은 죽으시면 어디로 갑니까?"

내가 대답했다.

"부재청산부재암不在靑山不在巖이라, 청산에 있지도 않고 바위에
있지도 않습니다."


태백산 줄기에 있는 백련암에 살 때다. 암자가 얼마나 허름했던
지 방이 장판도 되어 있지 않아 맨 흙에 가마니를 깔고 지냈다. 설
상가상으로 한쪽 귀퉁이에서는 물까지 나고 있었다. 함께 살려고
갔던 도반이 며칠 지내더니 "도저히 안 되겠습니다" 하며 떠나자
나 홀로 밭농사를 지으면서 지냈다. 홀로일 때가 더 편안했고 일도
많이 했다.

그렇게 험한 곳에 살았어도 감기 한번 걸리지 않고 건강하게 지
냈다. 아침에 일을 하러 나가면서 큰 통 세 개에 물을 받아놓고 몇
시간 동안 밭을 매고 돌아와 보면 씻기에 알맞도록 햇볕에 데워져
있었다.

일하느라 온몸이 젖어 있어도 그 물로 씻은 뒤, 우물가 흰 배꽃 나무 위에 나무막대를 걸쳐 만든 정자 밑에서 한잠 푹 자고 일어나면 피곤한 줄 모르고 다시 일을 했다. 지금도 백련암 앞에 그 흰 배꽃 나무가 있는지 모르겠다.

내가 사자암에서 살 때 그 위 도솔암에 한국 불교의 선지식이었던 금오金烏 노장님이 사셨다. 보름마다 올라가 노장님의 머리를 깎아드렸는데, 내가 원체 입을 딱 다물고 사니까 하루는 "수좌는 보림하는 거요?" 하고 물으셨다. 굉장히 순박하고 우직한 분이셨다. 비가 많이 오면 혹시 홀로 살고 있는 내게 무슨 사고라도 났을까 봐 걱정하셨던 분이다. 깊은 산속에 점 하나 찍어놓은 듯한 절해고도의 도솔암은 해가 뜰 무렵이면 산새소리가 온 골짜기에 가득했었다.

"태백산에 들어가 김치 하나, 밥 하나 놓고 10년을 살았다."

언젠가 누군가에게 태백산에서의 10년 세월을 단적으로 그렇게 표현했듯, 밥 한 그릇에 김치 하나로 밥을 먹고 아침부터 해 질 녘까지 밭을 일궈 농사를 지었다.

신도들에게 얻어먹지 않으려고 농사를 지었던 것이다. 3천 평의 농사를 지은 적도 있는데, 동네 사람이 와서 더러 도와주기는 했으나 주로 혼자 지었다. 그 많은 농사를 혼자 짓자니 일이 많아 하루 종일 일 속에 파묻혀 살았다.

나는 농사를 지으면서 먼저 간 선사들이 농사를 지으면서 산에서 나오지 않은 까닭을 알 수 있었다. 흙에 앉아 있으면 느껴지는 사물과의 합일에서 오는 그 깊고 깊은 무심의 경지는 참선할 때의 그 안심安心과 다름이 아니었다. 선농일치의 참뜻을 실감한 것이다.

나는 주로 한약에 중요한 재료로 쓰이는 당귀 농사를 지었다. 한 해 농사를 지어서 7백여 근의 당귀를 내다 팔면, 쌀 열 가마니를 사고도 남았다. 돈은 다니러 오는 스님들의 여비나 약값으로 주거나 필요한 사람에게 주고, 쌀도 먹을 만큼만 남겨두고 곁에 있는 암자에 나눠주었다. 가끔 신도들이 오기도 했는데, 그들이 가져오는 것은 모두 돌려보내고 오히려 내가 농사지은 옥수수며 감자 등을 주어서 보냈다.

당시는 살기 어려웠을 때라서 큰절에서 양식이 떨어졌다고 쌀을 빌리러 오기도 했다. 내가 사는 토굴이 큰절처럼 되어서 다 그리로 모이고 얻으러 오곤 했다. 토굴에서 살았지만 산중을 총괄하고 산 셈이다.

혼자 살 때는 부엌에 살림을 차려놓지 않았다. 아궁이에 솥 하나 걸려 있으면 군불을 땔 때 중탕해서 밥을 지어 먹었다. 솥에 밥을 하면 누룽지를 끓여먹어야 하는 일이 번거롭기 짝이 없어서 중탕해서 밥을 지은 것이다.

신도들이 가져오는 것은 티끌 하나도 받지 않았다. 그 일을 빌미로 또 찾아오는 것도 번거로운 일이거니와 '화살이 몸에 박히면 살이 썩는다'는 이치가 마음속 깊이 박혀 있었던 것이다.

나는 지금도 무릎에 찬바람이 나서 한여름에도 다리에 무엇을 두르고 앉아 있다. 당시도 한여름에 무릎에 솜이불을 두르고 잤다. 태백산 사자암에 살 때, 한번은 누군가가 그러한 내 사정을 알고서 융으로 된 겹바지를 장만해 왔다.

"스님, 무릎에 바람이 나신다니 이것 입으세요."

물론 일언지하에 거절하며 "도로 가지고 가시오" 하고 그 앞으로 던져버렸다. 그랬더니 "기왕 가지고 왔는데 입으세요" 하며 다시 권했다. 그래도 내가 거절하자 그 사람은 무안했던지 바지를 도로 가지고 내려갔다. 만약 그것을 받았다면 그것을 빌미로 또 찾아올 게 분명했다. 수행자에겐 번거로운 일이었다.

참선을 만나지 않았다면 한시漢詩를 지으며 살았을 것이다. 태백산에서 정진하고 나무하고 농사를 지으면서 세상에 나오지 않은 그 시절, 한산寒山의 시가 유일한 도반이었다. 중국 당나라 때 사람인 한산은 비승비속인 채로 천태산 속에 숨어 살며 밖으로 나오지 않았던 도인이다.

그 시절, 나는 한시를 좋아했고 또 많이 짓기도 했다. 그때 샘물처럼 솟아났던 시심을 공책에 수십 편의 시로 남겨두었으나, 한산의 시를 보고 나서는 '내가 지은 것은 시도 아니다'라는 생각에 아궁이 속에 집어넣고 말았다. 확철대오한 경지를 갖추었고 동서고금의 철학을 꿰뚫었던 한산의 시에 말을 잃었기 때문이다.

나무를 하고 농사를 지으면서 한산의 시를 읊었다. 거의 다 외우다시피 해서 망태기를 짊어지고 더덕과 고사리 같은 산나물을 캐면서도 한산시를 읊었고 돌아오는 숲 속에 앉아서도 시를 외웠다.

도의 쾌활한 경지를 나타내기도 하고 세상을 살아가는 방법을 일러주고 있는 한산의 시가 마음 깊숙이 계합되는 것을 느꼈다. 내게 있어 한산의 시는 근원根源을 온전히 통찰한 자만이 토해낼 수 있는 완벽한 깨달음의 노래였다.

　卜擇幽居地
　天台更莫言
　猿啼谿霧冷
　嶽色草門連
　折葉覆松室
　開池引澗水
　已甘休萬事
　采蕨度殘年

　그윽이 살 만한 땅 가려잡으니
　천태가 제일 마음에 들었다
　잔나비 울음 골짝 안개에 차갑고
　둘레 산빛은 싸리문에 와 닿는다
　나뭇잎 꺾어 소나무 지붕 덮고
　연못 만들어 시냇물 끌어 온다
　이미 모든 일 쉬어서 만족해라
　고사리 캐며 남은 삶을 보내리라

　다음의 시도 한산이 자신의 심정을 토로한 것으로, 내가 좋아하
는 시다.

　吾心似秋月

碧潭清皎潔

無物堪比論

教我如何說

내 마음이 가을달과 같은 것은

푸르고 맑고 희고 깨끗한 것과 같다

어떤 물건과 비유할 수 없으니

내가 그런 것을 어떻게 이야기할 수 있겠나


나는 사람들에게 "당신들에게 무엇이든 이기는 법을 가르쳐주고 싶은데, 무엇인 줄 아는가?"라고 묻고는 한산시를 인용해서 이렇게 답해주고는 했다.

"탐하지 않는 것이 백 가지를 이기는 법이다."

누구든 자성을 깨치면 모든 것이 원만구족한 상태가 되기 때문에 다시 무엇을 구할 것이 없다. 그러므로 깨친 사람은 사업을 하더라도 중생의 이익을 위해서 하게 된다.

세상에서 깊이 들어가 바보처럼 살면서 사람들에게 멸시당하고 살았으나 그 누구보다 쾌활하고 자유자재한 도인의 삶을 살았던 한산과 그의 도반 습득의 삶은 많은 수행자들이 동경하는 모습이다. 세상 사람 그 누구도 돌아보지 않도록 못난 채로 숨어 살았던 그들의 모습은, 세간의 대낙오자가 되어야 비로소 도를 이룰 수 있다는 것을 보여주기 위한 문수보살과 보현보살의 화현이었다. 부러지고 이지러진 고목의 모습으로 세상에서 크게 숨은 모습으로 삶을 살다 간 도인들이 바로 한산과 습득이었다.

오늘날, 내 처소인 해인사 퇴설당 벽엔 내가 좋아하는 한산의 시 한 수가 걸려 있다.

碧澗泉水淸
寒山月華白
默知神自明
觀空境逾寂
푸른 숲 속 사이에 맑은 물이 맑은 돌 사이로 흘러내리고
한산에 달 꽃이 희니
신기롭고 스스로 밝은 것을 내가 묵묵히 알고
보는 것까지 공해버리니 경계가 더욱 고요하더라

한산의 시는 마음으로 읽으며 가장 깊이 공감하고 가장 많이 읊었던 시요, 삶의 철학이었다. 《한산시》는 내가 불교 서적 가운데 가장 좋아하는 것으로 자성을 깨쳐야 이해할 수 있는 책이다. 누구나 이 시집을 읽으면 마음이 편안해지고 고요해지는 것을 느낄 수 있을 것이다.

이 시집을 나를 찾는 이들에게 많이 나누어 주었으나 아직 제대로 책값을 하는 이는 보지 못했다.

# 출가자의 참된 효도

태백산에서 나와 해인사로 가기 전 잠시 문경 갈평 토굴과 선산 대둔사에 머문 적이 있다. 일이 너무 많았던 태백산의 암자를 떠나 어디 조용한 곳에서 지내볼까 하다가 머문 곳이 문경의 갈평 토굴이었다.

갈평에 방과 부엌이 하나씩 딸린 허름한 토굴을 지어놓고 홀로 농사를 지으면서 공부하고 있던 어느 날이었다. 내가 있는 곳을 어떻게 알았는지 부친이 찾아왔다. 스물넷, 봉암사에 들어가 참선공부를 한 이후에는 속가로 발길을 뚝 끊어 한 번도 만난 적이 없던 부친이었다.

아무 일 없이 그냥 자식이 보고 싶어 찾아올 어른이 아닌데, 사촌 형과 함께 들른 부친은 저녁을 드시고도 한마디 말씀도 하지 않은 채 토굴 주위만 둘러보고 있었다. 그때 부친은 삭발하고 수도하면서 고향 함평에 있는 용천사에서 말년을 보내고 있었다. 가지고 있던 전답을 팔아 다 허물어져가는 용천사를 개수했다는 소식을 풍문으로 들었던 터였다.

나중에서야 함께 온 사촌형이 찾아온 까닭을 이야기했다. 어머니가 가슴앓이 병이 심해져 일곱 달째 병원에 입원 중인데 "막내를 보고 눈을 감아야겠다"고 부친에게 애원을 했다는 것이다.

10년 이상 뵙지 못했으니 이미 이순耳順의 나이를 훌쩍 넘겨 노년의 모습을 하고 있을 어머니였다. 어렸을 적, 가슴앓이 병을 앓으면서 자식들을 키우느라 고생하는 어머니가 안타까워 '나중에 크면 어머니는 내가 모셔야지' 하며 수없이 다짐했었다.

그런 막내아들을 절로 보내고 남아 있던 장대 같은 두 아들을 전쟁으로 잃어 가슴에 묻은 어머니는 10여 년 동안 얼굴 한번 제대로 보지 못한 막내아들에 대한 그리움으로 속병이 더욱 깊어졌을 것이다. 그러한 어머니가 죽음을 눈앞에 두고 출가한 아들을 찾는다는 것이었다. 이미 속가에 발길을 끊은 데다 부모에 대한 애착이 사라진 지 오래였으나 그날 밤 나는 어머니에게 가는 일에 대해 생각하면서 어린 시절을 돌아보았다.

나는 1925년 음력 10월 8일 전라남도 함평군 대동면 연암리에서 아버지 김원중金元仲, 어머니 최호정의 3남 1녀 중 셋째 아들로 태어났다. 나이가 들어 이젠 모든 기억이 가물가물하지만 부친은 갑오생(1894), 모친은 을미생(1895)인 것으로 기억하고 있다.

호적에 올라 있는 내 본명은 향봉香奉이지만 속가에서 부르던 이름은 기남基南이었다. 고향 마을은 뒤로는 넉넉한 산이 있고, 앞으로는 빼어난 수석이 가득한 냇가가 흐르는 곳이었다. 그런 마을에서 나는 비교적 평범한 유년 시절을 보냈다.

한학자였던 할아버지와 글을 많이 읽은 할머니가 계셨던, 법도 있는 집안에서 아무 문제 없이 성장해나갔다. 일제에 나라를 빼앗긴 채 국토 전체가 깊은 슬픔으로 신음하고 있을 때였다. 하지만 그것을 알지 못하던 나이인 일곱 살부터 동네 서당에 들어가《천자문》을 떼고《명심보감》과《소학》을 익혔고《통감》과《맹자》를 읽으면서 소년기를 보냈다. 당시는 여간 깬 사람이 아니면 학교에 들어가지 않고 대부분 서당에 다녔다. 어지간한 동네엔 모두 서당이 있던 시절이다.

어려서부터 말이 별로 없었던 나는 20, 30명의 서당 친구들이 무리지어 웃고 떠들어도 함께 어울리지 않은 채 서당 한편에서 먹을 갈아 붓글씨를 쓰곤 했다. 글씨체가 좋아 훈장 어른에게 칭찬을 받곤 했다. 초서草書까지 익혔으나 서당 시절 이후로는 붓을 든 적이 없다.

말이 없고 조용한 성품이 때때로 너무 차게 비쳐졌는지 어머니는 가끔 나무라셨다.

"기남이는 사람이 왜 그렇게 차갑니?"

가끔 집에 친척 아이들이 놀러와 법석거렸으나 함께 어울리지 않고 말도 별로 없었다. 그래서 어머니는 모처럼 놀러온 친척들에게 미안해하셨다. 또래 아이들과 산에 올라 새 쫓기 놀이를 하는 동안에도 나는 가만히 토굴 같은 데 앉아 있기를 좋아했다.

두 형들과 같이 크면서 그 가운데 성격이 제일 곧았고 거짓말 한 번 둘러대지 못할 만큼 순진했다. 함께 살았던 할머니에게 효성이 지극할 만큼 조숙했다. 하지만 어머니에게만은 천생 어린 아들이었다. 서당에 다녀오면 어머니 품으로 달려들어 안겼고 밤에 잘 때도 막내인 여동생을 제쳐두고 늘 어머니 곁은 내 차지였다. 한번은 아침에 늦게 일어나는 데다 글도 부지런히 읽지 않는 걸 걱정하신 어머니가 서당에 머물면서 글을 배우라고 보내신 적이 있었다. 하지만 나는 하루 만에 집으로 돌아왔고 그 정도로 어머니 곁을 떠나지 못하는 소년이었다. 그런 내가 열네 살에 어머니 곁을 떠났고 스물넷 이후론 한 번도 찾지 않았으니, 지금도 늙은 어머니의 모습은 기억 속에 없다.

성격이 조용하고 말썽을 피운 적이 없던 내가 거의 유일하게 아버지에게 꾸중을 들을 때는 밥상머리에서였다. 형들과 겸상을 한 자리에서 고기반찬이 올라오는 날이면 꼭 한마디씩 들었다. 나는 체질적으로 채식을 좋아해 고기 한 점을 제대로 넘기지 못했는데 그럴 때마다 아버지가 나무라셨다.

"사내 녀석이 음식을 가리면 큰일을 못 하는 법이다."

아버지의 꾸중에 고기를 입에 넣고 삼켜보았지만 먹자마자 토해버리곤 했다. 그래서 고기가 상에 올라오는 날이면 밥상머리가 늘 시끄럽곤 했다. 나는 고기뿐만 아니라 술과 담배도 체질적으로 받아들이지 못했다. 그래서 술과 담배로 인해 수행생활에 지장을 초래한 일은 한 번도 없었다.

철없던 청소년기인 강원 시절, 나도 담배와 술을 배우려고 노력해본 적이 있었다. 담배는 강원에 다닐 때, 학인들이 한 대씩 피우다 곁에 있던 내게 피워보라고 권해서 시도는 해보았지만 끝내 배우지 못했다. 술도 억지로 마셔보았지만 머리가 아파서 더 이상 배울 엄두를 내지 못했다.

원만한 성격에다 세상에 대한 식견도 깊었던 부친은 막내아들인 내가 출가해서 한평생 도의 길을 가는 것을 보시며 무언으로 격려해주셨다. 그분은 6·25전쟁으로 인해 두 아들을 잃고 나서 당신의 부덕함을 참회하는 뜻으로 삭발하고 절에서 지내다가 돌아가실 만큼 불심이 깊었다. 그러나 젊은 시절에는 여느 아버지들처럼 집을 떠나 세상을 거침없이 살았던 분이다. 그런 탓에 어머니의 삶은 곤고할 수밖에 없었다.

어머니는 어떤 희로애락에도 감정을 잘 드러내지 않고 침착하며 강인한 성품을 가진 분이었다. 내가 감정을 잘 표현하지 않고 체구가 작은 것은 어머니를 닮은 것이다.

어머니는 지아비가 마치 손님처럼 집에 다녀가며 살림에 관여하지 않았지만 남에게 아쉬운 소리 한번 하지 않고 살림을 꾸려나가셨다. 자식들 앞에서 지나가는 말로도 자신의 삶에 대한 푸념 한마디 하지 않았다. 자식들에게 큰소리 한번 지르는 법이 없을 만큼 무던하고 점잖으셨다.

열네 살의 아들이 출가를 하는 날에도 크게 동요하지 않으셨던 어머니는 소년의 티를 벗고 3년 만에 집에 다니러온 아들을 사립문 앞에서 보고도 "기남이 왔느냐?"고 한마디 하실 뿐이었다. 그만큼 담담한 성격이셨다.

어머니는 농사를 지어 자식들을 교육시켰다. 농사철에는 논농사, 밭농사에 여념이 없다가 농한기에는 물레질을 하느라 조금도 쉴 틈이 없던 분이다. 어머니 손에는 언제나 일거리가 들려 있었는데 내가 출가하기 전까지 어머니가 한가롭게 쉬는 모습은 한 번도 보지 못했다. 어렸을 때 나는 그런 어머니를 훗날 편히 모시겠다고 수없이 다짐했다.

어머니는 세시풍속에도 밝아 동네에 무슨 일이 생기면 마을 사람들이 곧잘 어머니를 찾아와 묻고는 했다. 또 바느질 솜씨도 좋아 만들기 까다로운 도포도 잘 만드셨다. 그래서인지 행자시절에는 낮에 고단하게 농사를 짓고 밤이면 호롱불 아래서 바느질하던 어머니의 모습이 가장 그리웠다.

어머니는 그렇게 묵묵히 일에 매달렸지만 서당에서 돌아온 막내아들이 "엄마!" 하고 부르면 하던 일을 멈추고 가만히 한번 꼭 안아줄 만큼 정을 주셨다.

부친이 찾아온 그날 밤 나는 이렇게 결론을 내렸다.

'내가 그곳에 가서 오래 있을 것도 아니고 또 간다고 해서 어머니의 병이 나을 것도 아니다. 더구나 어머니가 나를 보면 내 손을 놓지 않으실 것이다.'

너무 오랫동안 보지 못하던 아들을 보면 섶에 불붙듯 자식에 대한 애착이 더해진 채 세상을 떠날 것이다. 결코 아무에게도 도움이 되지 않는 일이었다.

다음 날 아침이었다. 출가자가 된 막내아들이 차려준 밥상을 받고 아무 일 없이 온 사람처럼 일찍 길을 나서는 부친에게 말씀드렸다.

"저는 집을 떠나온 출가자입니다. 부모 형제를 위해서는 그쪽으로 한 발도 옮길 수 없습니다."

아들의 심정을 이미 알고 있었다는 듯 부친은 다른 말을 하지 않았다. 다만 자식의 모진 말에 《금강경》 4구게 중 한 구절을 남긴 채 산을 내려갔다.

"범소유상개시허망凡所有相皆是虛妄, 무릇 존재하는 모든 것은 실체라고 할 만한 것이 아무것도 없도다."

부친은 예전의 그 활달하고 준수하던 모습은 어느덧 사라지고, 삭발한 머리가 희끗희끗한 노인이 되어 있었다. 전쟁의 와중에 두 아들을 앞서 보내고 참회하는 마음으로 절로 들어간 부친은 연기법으로 관통하는 세상사 이치를 꿰뚫었을 것이다. 그리고 출가자가 된 자식이 얼마나 단호한 각오와 처절한 노력으로 그 길을 가는지 알았을 것이다.

그것이 부친과의 마지막이 되었다. 다녀가고 나서 곧 조카에게서 "작은어머님이 돌아가셨습니다"라는 편지가 왔다. 한 번 읽고는 편지를 아궁이에 넣어버렸고 물론 장례식에도 발걸음하지 않았다.

"청상과부가 외아들이 벼락을 맞아 죽어도 눈썹 하나 까딱하지 않을 만큼 무서운 각오를 하지 않으면, 절대로 이 공부 할 생각을 마라"고 일렀던 성철 노장의 말씀을 뼛속 깊이 새기고 있을 즈음이었다. 출가해서 공부하려면 부모 형제를 원수처럼 알아야 한다는 나 자신과의 약속을 어길 수는 없었다. 설령 부모의 죽음 앞이라 해도 예외는 없다. 출가수행자로서는 그게 부모의 깊은 은혜를 갚는 길이다. 만약 작은 정에 이끌리게 되면 자기는 물론 결국 부모까지 지옥으로 인도하는 결과가 된다. 출가수행자는 부모 형제라 해도 지나가는 사람 대하듯 무심해야 한다.

중국의 황벽희운 선사가 수천 명의 대중을 거느리고 황벽산에 주석할 때였다. 그때 노모가 의지할 곳이 없게 되자 아들을 찾아왔다. 황벽 선사는 그 이야기를 듣고 노모에게 물 한 모금도 주지 못하도록 대중에게 명령을 내렸다. 먼 길을 오직 아들 하나만 믿고 찾아온 노모는 하도 기가 막혀서 아무 말도 하지 못하고 다시 고향으로 향했다. 아들에게 박대를 받고 돌아서던 그 노모의 심정이 얼마나 참담했을지 충분히 짐작할 수 있다. 그런데 고향으로 돌아가던 노모는 나룻배에 올라타려다가 그만 기운이 없어 넘어져 죽었다.

그날 밤 황벽 선사의 꿈에 모친이 나타나 말했다.

"내가 네게 물 한 모금이라도 얻어먹었던들 다생多生으로 내려오던 모자의 정을 끊지 못해서 지옥에 떨어졌을 것이다. 그러나 네게 쫓겨나올 때 모자의 깊은 애정이 다 끊어져서 그 공덕으로 죽어서 천상에 가니 네 은혜는 말할 수 없다."

그렇게 말하고는 절을 하고 갔다.

황벽 스님에 얽힌 이 일화는 무엇이 출가자의 효도인지, 왜 세속의 정을 끊어야 하는지를 우리에게 가르쳐주고 있다. 황벽 스님처럼 그렇게 냉정하게 애착을 끊는 것은 인간으로서는 할 일이 아니다. 속세에선 부모를 모시며 맛있는 음식을 해드리고 옷도 따뜻하게 입혀드리는 것을 효도라 한다. 그러나 불가에선 내가 공부해서 마음을 밝히면 부모 형제들이 간 방향을 알게 되는 것이 효도다.

다시 말해 도가 무엇인지 알아야 참 효도라고 본다.

성철 노장에게 들은 이야기다.

불가에선 부모님을 모시고 산 도인도 있다. 조선시대의 환적 스님은 해인사 백련암에서 모친을 모시고 공부를 했다. 그분은 평생 밥을 안 먹고 솔잎만 들고 살았으나 모친을 위해서는 쌀을 구해서 밥을 지어드렸다. 하루는 모친이 보다 못해 밥을 해놓고 한 숟갈만 먹어보라고 했다. 환적 스님은 모친을 위해서 밥을 한 숟가락 먹어보았다. 환적 스님이 애착으로서가 아니라 순수한 마음에서 모친에게 효를 한 것과 황벽 스님이 모친에게 냉정하게 한 것은 같은 것이다.

옛날 스님들은 '수시여전受施如箭'이라는 말을 즐겨하면서 그 철학을 철저히 실행했다. 수시여전은 '시주를 받는 것은 날아오는 화살을 받는 것'이란 뜻이다. 중노릇을 잘하는 사람일수록 신도가 보시하는 것을 받지 않는다. 화살이 몸에 박히면 어떻게 되겠는가? 몸이 썩고 만다. 황벽 스님이 어머니에게 물 한 모금 주지 못하게 한 것은 시주물로 어머니를 대접할 수 없다는 심중을 표한 것이기도 하다.

인정이 두터우면 도심은 성글게 마련이다. 그래서 성철 노사께서도 "독행독보獨行獨步하여 세간의 대낙오자가 되지 않고서는 공부를 이룰 수 없다. 세간과 더불어 타협할 때는 이미 엄벙덤벙 허송세월을 하다가 죽게 될 것이다"라고 한 것이다.

출가자의 진정한 효는 마음을 밝혀 생사윤회에서 벗어나는 일이라고 생각하는 것에는 젊은 시절이나 지금이나 변함이 없다. 이런 생각에 푹 젖어 있어서 일가친척과는 전연 가까이 하지 않았다. 아마 친속들에게 나처럼 냉정하게 대한 출가자도 드물 것이다. 스물 넷에 선방으로 나오고부터는 한 번도 집에 가지 않고, 부모 형제들을 위해서 축원 한번 하거나 향 한 개 꽂은 적 없이 한평생을 살아 왔다.

부친은 내게 다녀간 이듬해에 세상을 떠나셨다. 그 편지를 조카에게 받고서도 방 한구석에 밀쳐놓은 게 전부였다. 그러다가 함께 사는 대중들에게 편지 이야기를 지나가는 말처럼 했더니 나이 지긋한 총무스님이 49재 날짜를 기억해두고 재 지낼 준비를 했다가 내게 큰 무안을 당했다.

내가 이를 알고 후원에 준비해놓은 나물이며 떡을 모두 치워버리고, 밥을 지으려고 솥에 담가놓은 쌀까지 다 퍼냈던 것이다. 신도들의 시주물을 속가의 부모를 위해 한 푼도 쓸 수 없다는 원칙 때문이었다. 선산 대둔사에서 잠깐 대중과 함께 있을 때였다.

나는 이러한 신념을 평생 동안 지켜왔다. 상좌들에게도 "출가해서 제대로 수행하려면 부모 형제를 원수처럼 알아야 한다"라고 가르쳤다.

언젠가 시자로 데리고 있던 손상좌의 부모가 돌아갔을 때도 "주지에게 대신 가보라고 했는데 바빠서 못 간다는구나"라고 한마디 했을 뿐이다.

동쪽을 버렸으면 서쪽도 버려야 한다. 속세에서처럼 사람답게 살려고 하면 공부를 제대로 할 수가 없다. 훗날 나는 젊은 시자들이 잠시라도 나태한 모습을 보이면 이렇게 나무라곤 했다.

"부모의 은혜를 버리고 일가친척의 말도 듣지 않고 출가했는데 이렇게 화두 없이 나태하게 살아서야 되겠느냐? 너를 산으로 보내면서 피눈물을 흘렸을 부모와 친지들이 너희들을 생각하면서 사실 텐데 이렇게 방일하게 지내면 그분들에 대한 도리가 아니다. 수행자에게 화두 없이 캄캄하게 보내는 것보다 더 큰 불효는 없다. 부모님에 대한 은혜가 지중한 것이니, 은혜를 갚으려면 화두가 떨어지지 않게 해라."

친족들에 대한 나의 태도는 비정할 정도로 차가웠다. 태백산에서 나와 김천 수도암에서 선원을 짓고 있을 때, 사업자금이 필요하다면서 찾아온 속가 형님의 아들인 조카에게 사업자금은 고사하고 차비 한 푼도 주지 않고 돌려보냈다.

한번은 친혈육이라곤 하나밖에 없던 여동생이 찾아왔다. 해인사 방장으로 있을 때였다.

"아버님의 부도를 세워드려야겠어요."

삭발하고 절에서 살다가 돌아간 아버지 일에 관심을 가져주었으면 하는 마음으로 조심스레 말을 꺼낸 것이었다. 하지만 그에 동조하고 힘을 보태줄 내가 아니었다.

"그런 것은 무엇 때문에 하느냐? 나는 속가를 떠난 사람이니 그런 말 와서 하지 마라."

한번은 불사를 도우며 심부름을 하던 사촌동생이 친족들이 모여 지내는 제사에 다녀와서 완곡하게 전했다.

"친족들이 스님을 보고 '당신의 혈손이 시들어가는데 남 보듯 하느냐, 그 양반 하늘에서 떨어졌느냐?'고 그럽니다."

총림의 방장 자리에 있으면서도 속가의 일엔 일절 관여를 하지 않는 나를 두고 섭섭해서 한 말을 전한 것이다. 그 말을 전해 듣고 내가 이렇게 답했다.

"나는 부처님한테 양자 왔다고 그래라."

그 한마디뿐이었다. 그런데 사업자금을 얻으러 왔던 조카가 상심한 나머지 가던 길로 목숨을 끊었다는 이야기를 들었다. 속가에 비정하리만치 냉정한 나였으나, 그 일은 오랫동안 마음에 남았다. 그 뒤로는 찾아온 친족들에게 차비 정도는 들려 보냈다. 그것도 내 주머니에서 나온 적은 단 한 번도 없다. 절 종무소에 직접 가서 돈을 얻어다 주었던 것이다.

태백산에 살면서 산을 벗어난 것은 성철 노장이 있던 성전암에 들러 이것저것 살림을 봐주고 돌아왔던 것이 전부였다. 내가 태백산에서 10년 세월을 보내는 동안 성철 노장은 파계사 성전암에 은거하고 계셨다. 파계사 성전암에 철망을 치고 10년 머무는 동안, 7년이 지난 뒤 이를 치료하기 위해 비로소 큰절인 파계사에 내려갔을 만큼 철저히 은둔하셨다. 1967년 해인총림의 방장으로 추대되어 가기 전까지의 성전암 은거는 노장이 중도사상으로 선과 교를 꿰뚫어 불교를 설명한 백일법문을 쏟아낼 준비를 하던 시기였다.

수행자는 철저한 절대고독 속에 있어보아야 생명의 근원에 근접할 수 있다. 노장은 성전암에서, 나는 태백산 토굴을 수행공간으로 삼아 철저히 절대고독과 함께했던 10년이었다.

훗날 상좌 한 사람에게 태백산 시절을 이야기하면서 '농사를 짓는 게 중요한 것이 아니라 공부를 하려고 애쓰는 데 묘가 있는 것'

이라고 했다. 그 기간은 마흔셋이 되어 해인총림 선방으로 가기까
지 정진하면서 농사를 짓고 살았던, 말 그대로 선농일치를 실천한
시기였다.

# 외지고 가난한 수도암을 찾다

1967년 해인총림이 결성되자 성철 노장이 총림의 방장으로 추대되시면서 나는 비로소 태백산에서 내려와 해인사로 들어왔다.

해인사로 와서 다음해 1968년 겨울 동안거 때부터 대중의 화합과 질서 유지를 관장하는 선방의 유나維那로 있으면서 함께 정진하던 수좌들에게 "스님 밑에 3년만 있으면 저희들도 견성할 것 같습니다"라는 말을 들을 만큼 힘 있게 정진했다.

당시 선방에 앉아 있는 내 모습을 보고 바윗덩어리가 앉아 있는 것 같다고도 했고, 소뿔처럼 단단해 보인다고도 했다. 한번 가져다놓으면 붙박이처럼 움직이지 않는 절구통 같다고도 해서, 이때부터 내 별명이 '절구통수좌'가 되었다.

그러나 여전히 해인총림과의 인연은 시기상조였던 것 같다. 해인사로 들어온 지 2년 만에 나는 김천 수도암으로 떠날 결심을 했다. 총림의 초기인지라 늘 사중이 소란했고 시비가 끊이지 않아 오롯이 정진하고 싶은 내 뜻에 맞지 않았기 때문이다.

"해인사에 사는 것은 이것도 저것도 아니고 되는 게 하나도 없습니다. 수도암으로 가서 조용히 정진하겠습니다."

이 말을 들은 성철 노장은 "그래도 여기서 유지하고 살아야지 떠나면 어쩌노?" 하시며 섭섭해하셨으나 끝내는 정진하기 위해 깊은 산중으로 떠나려는 나를 말리지 못했다. 1969년 겨울 동안거를 앞두고 수도암으로 들어갔다. 그때 나이 마흔다섯이었다.

수도암으로 가기 전 나는 출가 후 처음으로 상좌 넷을 맞아들였다. 성철 노장이 백련암에서 자신을 시봉하던 시자 두 사람(원각, 원오)을 보냈고, 두 사람(원효, 원인)은 스스로 찾아왔다.

선방에 한번 앉으면 미동도 하지 않는 내 모습을 보고 발심한 수좌 하나가 찾아왔다. 통도사로 출가해 그곳 강원에서 공부를 하다가 해인총림에 왔는데, 은사가 강원을 졸업하지 않고 선방에 들어갔다는 이유로 승적을 해주지 않는다고 했다.

"스님께서 승적을 올려주십시오."

마흔셋의 나는 찾아온 젊은 수좌를 받아들이면서 말했다.

"그래, 우리 도반 하면서 살자."

그렇게 해서 상좌를 맞게 되었으니 원각 다음 두 번째로 맞는 스물세 살의 상좌 원효였다. 원각이 일찍 명을 달리했으므로 원효가 맏시봉이 되었다.

상좌 원오는 성철 노장이 백련암에서 그를 내려보내면서 "원오, 그 아이가 미련하지는 않은 것 같다"라고 했는데, 칭찬에 결코 후하지 않은 노장에게 그러한 표현은 상당한 관심이었다. 어렸을 때 속가에서 한문을 익혔던 터라 한문에 밝아 강원에 다니고 있던 열여

덟 살의 행자였다. 백련암에 올라갈 때마다 바쁘게 움직이면서 노장을 시봉하던 그를 보아온 나는 총기 있어 보이는 그 행자를 상좌로 맞으면서 말했다.

"성불하기 전엔 집으로 돌아갈 생각 마라!"

그리고 해인사에서 마지막으로 받아들인 상좌가 원인이었다.

태백산 토굴에서 농사를 지으면서 살 때 도움을 주었던 처사가 어린 아들 하나를 데리고 1968년 겨울, 해인사로 나를 찾아왔다. 반가운 마음에 묵언을 풀고 이야기를 나누다가 곁에 서 있는 아이에게 물었다.

"너, 몇 학년이냐?"

"6학년이에요."

또래에 견주어 몸집이 작았으나 순박해 보였다.

"흠, 그래? 학교 졸업하고 여기 와서 출가하거라."

그 한마디가 인연이 되었는지 초등학교를 졸업하던 날, 보통이를 하나 들고 해인사로 나를 찾아왔다. 그 아이는 행자인 채로 나를 따라 수도암으로 갔다.

김천에 있는 수도암은 해발 1,137미터의 불령산 1,050미터 고지에 있어 겨울에 굉장히 추웠다. 법당에 둔 다기물이 꽁꽁 얼고, 기도하던 스님들이 동상을 입을 정도로 추운 곳이었다.

전국 선방 가운데 가장 추운 곳으로 사불산 대승사, 불령산 수도암, 오대산 상원사 세 곳이 꼽히고 있으니 수도암의 추위를 가히 짐작할 만하다. 내가 사불산 대승사에서 살 때는 바람에 기왓장이 날아가는 것도 보았다.

수도암에 들어오자 법당부터 정리했다. 칠성탱화, 신장탱화 등 여섯 개의 단이 있었던 것을 모두 정리해 주불主佛인 비로자나불만 모셔놓았다. 내가 불사하는 곳의 법당엔 부처님 한 분만 모셔져 있는 게 특징인데, 봉암사 결사 시절에 받은 영향 때문이기도 하고 군더더기 없는 내 성격 때문이기도 하다. 법당에 모셔놓았던 16나한은 청암사에 잠시 맡겼다가 나중에 나한전을 새로 지어 모셨다.

수도암은 길도 나 있지 않은 깊은 골짜기에 있어 생활하기에 불편했다. 생활에 필요한 물건을 마련하러 김천 시내에 가려면 20여 리가 넘는 증산면까지 걸어가 차를 타야만 했다. 증산면에서 김천 시내로 가는 길도 차량이 교행을 하지 못할 정도로 좁았다. 겨울에 눈이 내려 중간에 버스가 멈출 때면 증산면까지 수십 리 길을 걸어 다녔다. 김천에서 장을 봐가지고 오다가 짐꾼을 여남은 명 사서 물건을 짊어지고 오게 했는데, 그럴 때면 물건 값보다 짐꾼 삯이 더 들 정도로 외진 곳이었다.

나무를 해 쌓아놓았다가 군불을 때고 밥을 해 먹었다. 우물도 없어서 홈대를 연결해서 계곡물을 먹었는데, 그나마 겨울이 되면 얼어서 나오지 않았다. 수도암 위 정각암 땅속에서 나오는 물을 몇 양동이씩 떠다가 밥을 해 먹고 허드렛물을 썼으니, 편리한 시설이 다 갖추어져 있는 요즘 절과 견주면 먼 옛날의 이야기다.

수도암에 다니러 왔던 누군가가 말했다.

"스님, PVC파이프를 묻어두면 겨울에도 얼지 않고 물을 끌어 쓸 수 있습니다."

그 말대로 1미터 가까이 땅을 파서 PVC파이프를 묻었더니 물이 얼지 않고 잘 나왔다. 얼마나 반갑고 신기했던지 나도 상좌들도 흐뭇하게 웃은 적이 있다.

세상물이 들지 않고 조촐했던 수도암에 살면서 다시 정진하고 농사를 짓기 시작했다. 강원과 선방에 다녔던 상좌들은 방학 때가 되면 수도암으로 와서 함께 살다가 결제가 시작되면 떠났다. 도반 석주 스님의 사제인 법경 스님이 머물고 있기는 했으나 1년 중 절반은 홀로 지내면서 정진하고 농사를 지은 셈이다.

한 해에 한 번 동지 때 들어오는 공양미 정도가 전부였을 만큼 신도들이 거의 없었고, 언제 어디에 있으나 자급자족하는 것을 원칙으로 하는 나의 생활 철학대로 수도암에서도 약초를 재배해서 살림을 꾸렸다.

산나물을 뜯어 찬을 마련했고 당귀, 청궁, 백출, 황기 등의 약초를 심었다가 수확해서 약전시장에 내다 팔았다. 그것으로 저희들의 학비를 대고 생활하는 나를 도와 상좌들도 방학 때면 잣도 따고 콩타작도 했다. 채소도 심고 약초도 거둬들였다.

일에 파묻혀 '이 일을 어떻게 다 하나' 하는 생각에 골몰해 있는 상좌들을 데리고 나는 말없이 일했다. 하루 일과 그대로가 정진이던 나를 따라 일하고 정진했던 상좌들 또한 고생을 많이 했다.

열 번도 더 넘게 개울을 건너 거의 20여 리나 되는 산길을 걸어가야 차가 들어오는 마을이 나타났다. 상좌들은 신도들이 수도암에 올 때면 마을 입구에 부려놓고 온 쌀이며 부식품을 져 날랐다. 아침 공양을 하고 나서 지게를 지고 내려가서 한 짐 지고 와서 점심을 먹고 다시 내려갔는데, 그렇게 하루 두 번 왕복하면 한밤중이었다. 겨울엔 별을 보고 내려갔다가 별을 보고 올라왔을 만큼 먼 거리를 걸어 물건을 져 날랐다.

쟁여놓은 나무에 손을 대지 않고 나무를 해다가 불을 때는 것은 수도암에 사는 사람이면 불문율처럼 되어 있었다. 내가 수도암 벽에 나무를 일정하게 잘라 재어놓으면 마치 두부모를 잘라놓은 것처럼 반듯했다. 그런 장작더미를 바라보면서 상좌 하나가 볼멘소리를 하기도 했다.

"스님, 저게 보기는 좋지만 혹여 불이라도 나면 큰일 아닙니까? 재놓지 말고 때십시오."

물론 그런 일은 일어나지 않았다.

# 어린 상좌의 실종

　수도암에서 추운 겨울을 나고 첫 봄을 맞은 어느 날, 어린 상좌 하나가 없어졌다. 출가생활을 못 견뎌 도망갈 아이는 아니었다. 그렇다면 산에 올라갔다가 필시 길을 잃은 게 아닐까 생각하니 가슴이 그만 푹 내려앉는 것이었다. 아랫마을 수도리 사람들을 불러 아이를 찾게 했다. 아이가 집으로 가거나 달아나진 않았을 테니 산속을 찾아보라고 일렀다.

　함께 있던 다른 상좌들과 마을 장정들이 마을의 갈 만한 곳과 온 산을 뒤졌으나 행자를 찾을 수가 없었다. 해가 떨어지자 산속은 칠흑처럼 어두워졌고 찾아 나섰던 사람들이 산을 내려와 집으로 돌아갔다. 행자를 찾는 것을 포기하고 방으로 들어와 혹시 이 아이가 뭐라도 써놓은 게 아닌가 싶어 편지를 보관해두는 소쿠리를 열어보았더니, 반으로 접힌 편지 한 통이 눈에 들어왔다.

법전 스님 받아 보세요.

저는 가겠습니다.

가는 이유는 제가 여기 살기 싫어서 가는 것이 아닙니다.

중생들이 나고 죽으면서 한없는 고통을 받기 때문에 내가 깊은 산중에 사람 안 다니는 적적한 곳에 가서 공부해서 성불해서 이런 고를 벗어나려고 가는 것입니다. 그러니 이런 죄를 짓기 전에 일찍이 가서 생사生死 걸고 공부해야 되겠다는 생각을 냈습니다. 제가 만약 성불하지 못하면 늙어 죽을 때까지 성불하고 말겠다는 생각을 내고 갑니다. 그럼 제가 오면 성불한 줄 아시고 안 오면 못 한 줄 아십시오.

마치겠습니다. 그럼 스님, 몸조심하면서 공부 잘하셔서 성불하십시오.

원인圓印이가 스님께 글을 올립니다.

1970년 4월 15일.

여기 있는 물건은 스님도 하시고 남 주십시오.

　　　　　　　　　　　법전法傳 스님께  원인圓印 올림

아무것도 모르는 어린아이가 도를 닦겠다고 산꼭대기로 올라갔으니 혹시 산속에서 무슨 일이라도 생기면 어쩌나 싶어 잠을 이루지 못했다. 다행히 어린 행자는 사흘 만에 돌아왔다. 혹시나 깊은 산속에 있다가 짐승에게 해를 당하지 않을까, 4월이라고는 하나 산속은 아직 추울 텐데 어떻게 덮을 것은 가지고 올라갔는지 걱정이었다. 돌아오면 크게 혼내주리라 싶었지만 막상 상좌가 나타나자 그 마음은 간 데 없고 반가운 마음뿐이었다.

아무 말 없이 잔뜩 주눅이 들고 초췌해져서 돌아온 상좌를 끌어
안았다. 몽둥이찜질을 당할 줄 알고 슬며시 저녁 어스름한 시각에
내려온 상좌에게 저녁을 먹여 하룻밤을 따뜻한 방에서 재우고 다음
날 아침에 물었다.

"너 어쩌려고 산 위로 올라갔느냐?"

"《초발심자경문》에 나오는 것처럼 살려구요. 바위틈에 나오는
풀뿌리를 뜯어 먹으며 도를 닦으려고 했어요."

열다섯 살의 아이다운 천진스러운 대답이었다. 그 책을 읽으면서
공부하더니 아이답게 신심이 북받쳤던 모양이다.

《초발심자경문》은 출가수행자의 필독서이다. 누구나 출가해서
처음 배워야 할 책인데 예로부터 많은 출가자들이 그 책을 읽고 발
심해서 공부했다. 고려시대 지눌 스님의 〈계초심학인문〉, 신라시
대 원효 스님의 〈발심수행장〉, 고려시대 야운 스님의 〈자경문〉을
원저로 하여 합쳐놓은 책이다.

나도 처음에 산문에 들어와 묵담 스님 밑에서 행자생활을 할 때,
그 책을 외우고 다녔다. 〈자경문〉을 쓴 야운 스님의 다음 열 가지
말씀은 지금도 마음에 남아 나를 경책하게 한다.

- 좋은 옷과 맛있는 음식을 금하라.
- 나의 재물을 아끼지 말고 남의 물건을 탐내지 말라.
- 말을 많이 하지 말고 가벼이 움직이지 말라.
- 착한 벗은 가까이 하고 삿된 벗은 멀리하라.

- 삼경三更이 아니면 잠자지 말라.
- 나를 높이고 남을 가볍게 여기지 말라.
- 재물과 여자를 대하거든 반드시 바른 생각으로 대하라.
- 세속 사람을 사귀어 미움받지 말라.
- 남의 허물을 말하지 말라.
- 대중 가운데 거처해서 마음을 항상 평등하게 가지라.

출가수행자에게 있어서 삼가거나 경계해야 할 덕목과 내용들을 아주 구체적으로 담고 있는 책으로, 이 한 권만 잘 배우고 그대로 실천한다면 평생 중노릇을 잘할 수 있을 것이다.

풀뿌리를 뜯어 먹으면서 산속에서 공부하려 했다는 아이에게 물었다.

"어디에 가 있었느냐?"

"수도암에서 산 위로 올라갔더니 좌선하기에 알맞은 동굴이 하나 있어서 그곳에서 지냈어요."

"성불하면 내려오겠다더니, 그래 사흘 만에 성불한 것이냐?"

"아니요."

"그런데 왜 벌써 내려왔느냐?"

내 마음이 누그러진 것을 알고 어린 상좌는 산속에서 지낸 일을 털어놓았다.

"낮엔 지낼 만했는데 밤이 되니까 춥고 무서웠어요. 어둠 속에서 짐승들 울음소리가 왜 그렇게 크게 들리던지 보통 일이 아니었어요. 동굴 속에서 가부좌를 하고 앉아 무자無字 화두를 들었거든요.

'개에게 왜 불성이 없다고 했는가' 하고 화두를 들다 보니 자꾸 개 생각이 나서 더 무서워졌어요. 그래서 '뜰 앞의 잣나무'로 화두를 바꾸어보았더니, 조금 덜 무서운 것 같았어요."

"뭐라도 좀 먹고 지냈느냐?"

"먹을 것을 조금 준비해 갔는데, 불도 없는 캄캄한 동굴에서 혼자 뭘 해 먹을 수가 있어야지요. 그래서 배도 많이 고팠어요."

"성불하러 간 놈이, 그러니까 춥고 배고프고 무서워서 사흘 만에 내려왔단 말이지?"

상좌는 낯이 없는지 아무런 대답도 하지 못하고 앉아 있었다.

나는 그날 생각했다.

'이 아이는 세월이 가면서 알게 될 것이다. 도의 길이, 그 사흘 밤 동안 춥고 배고프고 무서웠던 것보다 훨씬 더 깊은 고행의 길이란 것을. 하늘도 움직일 만큼 절실하게 목숨을 내놓고 걸어야 길이 보인다는 것을 더 많은 세월이 흘러서야 알리라.'

상좌의 실종 사건 후로 수도암에 객스님들이 다니러 오면 내가 상좌를 가리키며, "저놈이 성불한다고 산으로 올라갔다가 사흘 만에 내려온 놈이라오" 하고 놀려대면 녀석은 저를 쳐다보며 빙긋이 웃는 스님들에게 무안했던지 얼굴을 붉히곤 했다.

어릴 때의 교육이 일생의 어느 때보다 중요하다는 것을 일찍이 체험했던 나는 상좌들을 정성을 다해 키우려고 했다. 어려서 익힌 좋은 습관은 그 어떤 것보다 큰 힘을 갖게 된다. 그래서 주변 환경이나 인물의 언행을 보고 그것을 솜처럼 빨아들여 자기 것으로 하는 청소년 시기의 교육을 세심하게 실천했다. 이제 막 어린 티를 벗

은 상좌의 걸음걸이에서부터 신발을 벗어두고 청소하고 말하는 것
에 이르기까지 엄격하고 자상하게 가르쳤다.

그 시절, 해발 1천 미터가 넘는 깊은 산속에 제 또래 하나 없이 사
는 게 안쓰러워 속을 파낸 큰 나무통을 마당가에 있던 연못에 띄워
주었다. 그랬더니 서너 명이 들어앉을 만큼 제법 큰 통나무배가 되
었다.

"심심한데 이것 타고 놀아라."

상좌는 그 배에 올라타 연못을 휘저으며 놀기도 하고 그 안에서
《초발심자경문》을 읽고 외웠다. 어떤 때는 제 사형들이나 은사인
나를 불러 "스님도 이리 와서 타보세요" 하면서 제 옆자리에 태우
고는 노를 젓는 것이었다. 나중에 그 배는 객스님들도 왔다가 한 번
씩 타보기도 하고, 어떤 때는 배가 뒤집혀 물에 빠지기도 하는 수도
암의 명물이 되었다. 묵은 앨범 어딘가 그때 그 통나무배를 타고 찍
은 빛바랜 사진이 한 장 남아 있을 것이다.

제자를 사랑한다는 것은 그가 공부를 잘해나가도록 지성으로 이
끌어주는 것이었고 헌헌장부의 수행자로 성장하는 모습을 바라보
는 일이었다. 그러나 여러 명의 상좌들을 키우면서 사람을 사랑한
다는 일이 매우 어렵다는 것을 뼈저리게 느끼기도 했다.

수도암 시절, 나는 상좌들의 행동거지 하나하나를 살피며 반듯
한 수행자가 될 수 있도록 이끌었다. 제자들이 잘못한 일이 있으면
한겨울에도 나무를 해오도록 했다. 눈구덩이 속에서 나무를 베고
자르고 재면서, 묵묵한 가운데 그가 무엇을 잘못했는지 생각하게
했다.

상좌들이 방학 기간을 끝내고 각자 공부하는 곳으로 떠날 때면 나가 서서 산을 내려가는 그들을 오래 바라보았는데, 어느덧 그들도 나이 쉰, 예순을 넘겼다. 그렇게 세월은 잠깐이다.

# 수도암, 맑은 참선 도량에 피운 꽃

수도암은 859년(신라 헌안왕 3)에 도선 국사가 창건한 고찰이다. 도선 국사는 불령산 북쪽 기슭인 증산면 평촌리에 있는 청암사를 창건한 이후, 수도할 도량으로 수도암의 터를 발견하고는 '후세에 공부인이 많이 나올 도량'이라며 기쁨을 이기지 못하여 7일 동안 춤을 추었다. 그만큼 수도암은 맑은 참선 도량으로 손색이 없는 곳이다.

실제 수도암이 창건된 이후 고승들이 끊임없이 찾아와 공부했다. 근대 말의 경허·한암·보문 스님, 근래의 동산·금오·전강 스님이 각각 정진했고, 구산 스님이 와서 정진할 때는 지금 송광사 방장으로 있는 보성 스님이 출가했다. 보성 스님은 수도암 인근의 성주 출신이다.

그러한 수도암이 6·25전쟁의 참화를 겪은 뒤로 신을 벗고는 법당을 들어갈 수 없을 정도로 폐사가 되고 말았다. '정丁'자 모양의 요사채는 지붕이 모두 썩어 비가 조금만 와도 물이 떨어져 사람이 살 수 없을 정도였다. 지붕을 수도 없이 이리저리 막았으나 워낙 낡아서 소용이 없었다.

법당도 마찬가지였다. 법당 안에는 지붕에서 무너져 내린 흙이 수북했고 지붕엔 풀이 무성했다. 쥐와 뱀들이 수시로 법당 안팎을 오갈 정도로 낡고 퇴락해 있었다. 처음엔 법당 위에 있는 자그마한 암자인 정각암에 살면서 공부할 생각이었으나, 예불할 때마다 법당에 신을 신고 들어가는 것이 마음에 걸려서 수도암을 수리하기 시작했다.

법당을 보수하면서 선원을 겸해 쓰던 요사채를 헐고 선원도 새로 지어서 공부하는 수좌들과 함께 살아야겠다는 생각을 하게 되었다. 불사를 해본 사람은 집 한 채 짓는 게 얼마나 어려운지를 안다.

깊은 산속에 절을 중수하고 선원을 짓겠다고 했을 때 주위에선 모두 반대했다. 깊은 산골짜기 암자에 오가는 신도도 없이 절 안팎이 모두 경제적으로 어려웠던 1970년대 초였으므로 당연한 반응이었다. 그러나 한번 시작하면 분별없이 달려들어 끝을 보아야 했던 나는 불사를 시작했다.

1972년부터 시작된 불사는 5, 6년 동안 계속되었다. 법당을 보수한 뒤로 다 허물어져가는 법당 밑 요사채를 헐고 선방을 짓기 시작했다.

선방을 지을 때는 청암사 산판에서 나온 나무를 사용했기 때문에 인부들을 데리고 감독하면서 10킬로미터 남짓한 청암사를 하루에도 몇 번씩 오갔다. 청암사에서 마을까지 나무를 싣고 와서 다시 산판도로를 이용해 수도암으로 옮겼다.

그땐 젊었기 때문에 나 역시 인부 노릇을 할 수 있었다. 그래서 선방이 다 지어질 때까지 나는 인부들과 함께 일했다. 수도암에서 나무를 톱으로 켰는데, 이 모든 일을 인부들과 함께한 것이다. 직지사 천불전을 지은 목수를 도편수로 해서 불사를 진행했다.

수도암에 오는 신도들은 언제나 승복을 입고 긴 대들보를 옮기는 나를 보았다고 했다. 수행자의 본분을 잃지 않기 위해 나는 서까래와 깎아놓은 소나무를 숲에서 져 나르면서도 승복을 벗지 않았던 것이다. 오랜 시간 불사를 했어도 편히 일하기 위해 속복을 걸친 적이 없다.

당시 수없이 무거운 짐을 져 날랐던 것으로 인해 어깨의 근육이 돌처럼 굳어져버렸고 자갈풍까지 생겼다. 여든이 넘은 지금도 양 어깨가 돌덩이를 얹어놓은 것처럼 늘 무겁고 아프다. 불사 후 선방에 왔던 수좌들이 내 어깨를 만져보고는 돌덩이 같다고 했다.

하지만 공사할 때 오가는 내 발걸음은 바람처럼 날아다니는 것 같았다고들 했다. 얼마나 빠른지 내가 숲 속을 헤치며 마을에 내려갈 땐 젊은 상좌가 뛰다시피 따라가도 보이지 않을 정도였다. 태백산 도솔암에 살 때, 그 밑 홍제사에서 도솔암까지 비교적 빠른 걸음을 걷는 사람도 40여 분 걸리는 거리를 10여 분 걸려 올라갔던 나였다. 발이 땅에 닿지 않을 정도로 살짝살짝 돌을 디뎠기 때문에 걸음이 빨랐을 것이다. 아무리 먼 길을 가도 중간에 한 번을 쉬지 않고 다니는 성격이다.

주민들이 공동으로 사용할 수 있는 전화가 우체국에 한 대 있었고, 행정 전화는 면사무소에 한 대뿐인 시절이었다. 공사를 하면서 연락할 일이 수없이 많은데 전기도 들어오지 않고 전화도 없던 시절이라 불편한 게 한두 가지가 아니었다. 아침을 먹고 나면 목수들이 말했다.

"제재가 필요합니다. 목재소에 전화 좀 하고 오세요."

왕복 50리 길을 다녀오면 그들이 다시 말한다.

"급해서 안 되겠어요. 그 물건이 없으면 일을 못 합니다. 다시 한 번 연락하고 오세요."

그렇게 자재 때문에 하루에 두세 번을 다녀온 적이 한두 번이 아니었다. 수도암에서 우체국까지 왕복 18킬로미터인데 그런 길을 하루에 세 번씩 다녀오기도 했다. 오솔길만 겨우 보이는 길을 헤치면서 한 번 다녀오려면 보통 사람 걸음으론 내려가는 데만 1시간 30분이 걸리고 올라올 땐 훨씬 더 걸렸다. 그런 길을 하루 한두 번, 때로는 세 번도 왕복하는 내 모습을 보고 마을사람들은 모두 놀랐다.

"저 스님, 축지법 쓰나 보다."

사람이 분별없이 어느 한 가지 일에 오로지 집중하면 저절로 큰 힘이 나오는 법이다. 4시간은 족히 걸릴 거리를 하루에 두세 번 오르내렸으니, 그 당시 가람을 일으켜 세우는 데 쏟은 정성이 얼마나 컸는지 짐작할 수 있을 것이다.

내 일과는 시계추보다 더 정확했다. 불사가 한창일 땐 조석예불과 일하는 것이 전부였다. 본디 밖으로 만행을 하거나 누구와 한가하게 앉아 차를 마셔본 적이 없는 나는 촌음을 아껴 쓰며 불사에 전념할 뿐이었다.

하루 24시간을 정확하고 빈틈없이 생활하여 내가 보이기만 하면

일꾼들은 물론 선방 수좌들도 피해 다녔다. 일을 하는 데 있어 빈틈이라곤 한 치도 용납하지 않을 만큼 엄격했기 때문에 모두들 긴장하지 않을 수 없었을 것이다.

언젠가 아침을 먹고 기와를 올리기 시작했는데 중간에 인부들이 마을에 내려가서 텔레비전으로 축구경기를 본다고 나섰다. 그때 내가 산천이 떠나가도록 고함을 질렀다.

"다 가거라. 기와 안 올릴란다!"

내가 워낙 세게 고함을 지르자 모두 도로 들어와 공사를 시작했다. 내가 한번 소리를 지르면 다들 놀라는데, 부산의 기장 장안사에 살 때 몰래 산판을 하러 온 사람들을 향해 물러가라고 소리를 질렀더니 다 도망가버린 적이 있다. 수도암 불사가 끝날 무렵에 도둑이 들었다가 내 고함소리에 놀라 흉기를 내던지고 혼비백산해서 도망가기도 했다.

불사하는 와중에도 나는 나무를 해다 쌓아놓는 일을 멈추지 않았다. 담 밑에 쌓아놓은 수천 개의 장작 가운데 단 한 개라도 튀어나오거나 들어가 있는 게 눈에 띄면 전부 밀어버리고 다시 쌓아올렸다.

수좌이면서 불사를 크게 한 사람은 드물다. 공과 사가 분명하고 수행이 뒷받침되지 않으면 불가능한 일이기 때문이다. 나는 신도들이 시주한 불사비를 정확히 구분해두었다. 기둥 값, 기와 값 등을 그때마다 따로 받아 정확히 그 용도에만 썼다. 혹시 여윳돈이라도 생기면 다른 데 쓰는 법이라곤 없었다.

이렇듯 공과 사에 대해 철저히 구분하면서 지낸 가난한 생활은

1980년 신군부에 의해 자행된 10·27법난을 피하게 만들기도 했다. 그 당시 법난의 발길이 본사인 직지사에는 미쳤으나 수도암까진 올라오지 않았다.

나중에 들으니 증산면 지서 주임이 "그곳엔 갈 것도 없다"고 만류했다는 것이다. 승속을 막론하고 공과 사를 명확히 구분해야 질서가 바로 서고 떳떳한 법이다.

불사가 마무리되고 선원의 문을 열 즈음 나는 상좌들을 앉혀놓고 분명히 일렀다.

"많은 스님네들이 모여 공부하기 좋은 수행처를 만드는 게 내 꿈이다. 여기에 큰 선방을 지은 것은 상좌들에게 주려고 한 것이 아니니, 여기에 살 생각은 하지 마라."

그렇게 선언하고는 상좌들을 수도암에서 나가게 했다. 나중에 소임을 볼 사람이 없어서 다시 들어와 선원 대중들을 외호하게 했지만 처음엔 그렇게 분명히 했던 것이다.

한 시주자가 종각을 짓겠다고 나섰을 때, 그것보다는 전기가 필요하다고 설득해서 당시로서는 꽤 큰 돈인 2천만 원을 들여 전기를 가설했다. 그때 청암사와 근방 동네는 모두 수도암에서 선을 따 전깃불을 밝혔으니, 수도암 일대의 전기는 그렇게 해서 들어온 것이다.

길이 없어서 풀숲을 헤치고 골짜기를 걸어 다니다가 선방을 마무리할 즈음에 길을 내기 시작했는데, 이때 참으로 많은 고생을 했다. 길이 하도 험해서 나무를 가득 싣고 오르던 차가 멈춘 적이 한

수도암 선원 불사 중에

두 번이 아니었다. 이 멈춰버린 차를 붙들고 망연히 서 있던 내 모습을 상좌들은 지금도 잊지 못한다고 했다.

군용 트럭을 서너 대 빌려서 짐을 실어 날랐는데, 밤중에 올라오다가 길이 나빠 차가 고장 나면 운전수들은 그대로 드러누워 쉬었다. 그러면 내가 수도암으로 올라가 잠자는 인부들을 깨워서 데리고 와 짐을 모두 내려놓으면 차를 고쳐 움직인 적이 많았다.

연이은 불사에 무쇠라도 당하지 못할 만큼 몸을 혹독하게 써서 드러누운 날도 있었다. 불사를 하면서 얼마나 많이 걸어 다녔는지 결국 다리에 탈이 나고 말았다. 그 뒤 누군가 걷기도 어려울 정도로 힘들어하는 내 모습을 보고 지프차를 화주化主해서 그것을 타고 다니기도 했다.

서너 사람 정도 살기에 적합했던 초라한 절을 오늘날 많은 수행자들이 공부할 수 있는 반듯한 도량으로 만들어놓을 수 있었던 것은 공부하기 좋은 선원을 지어서 참 수행자를 길러내겠다는 신념 아래 전념한 불사였기 때문이다. 수도암을 떠나올 때까지 대적광전과 약광전을 중건하고 선원을 비롯해 관음전, 나한전, 조사전, 주지실을 새로 지었다.

예로부터 수도암엔 돌로 조성된 비로자나 부처님이 영험하다고 알려져 있어 기도하는 스님들이 며칠이나 몇 달씩 머물다 가곤 했다. 어느 날 한 비구니가 기도하러 와서는 법당에서 살다시피 하며 정진을 하기 시작했다.

문 틈새로 드나드는 겨울바람에 노출되어 얼굴과 손발이 다 얼어서 새카매지도록 법당을 떠날 줄 몰랐다. 한쪽 손의 다섯 손가락을 모두 연비하며 구도의 정열을 불사르던 그 스님은, 하루에 한 번 공양하면서 기도를 시작하면 20시간씩 붙박이처럼 서서 기도했다. 얼마나 일념으로 간절히 기도를 했는지, 한번은 법당이 방광을 해서 아랫마을에서 불이 난 줄 알고 쫓아 올라온 일도 있다. 훗날 여수 도솔암을 창건한 도희 스님이었다.

법당에서 기도 정진을 하던 도희 스님이 수도암 불사에 마음을 낸 것은 서까래가 썩어서 비가 오면 지붕이 무너져 내리는 것을 보고 나서였다. 그는 불사를 하는 동안 부산·대구·진주·마산·서울 등지를 다니면서 화주를 해왔고, 수도암에 있을 때는 불사의 원만 성취를 위해 지극정성으로 정진했다. 수도암 불사에 고생을 많이 한 사람이다.

불사를 하는 데 시련도 많았다. 한 해에 집을 세 채씩 짓고 많은 신도들이 불사를 돕자 밖에서 서로 주지를 하겠다고 나섰다. 그렇듯 좋은 터의 도량에서 불종자佛種子 한 사람 키워봐야겠다는 신념 말고는 다른 뜻이 없었기 때문에 그 사람들을 설득할 수 있었다. 선방을 운영하는 것도 선방 수좌들에게 다 넘겨 자체적으로 살림을 하게 만들어놓았다.

"수도처가 누구의 소유물이 아니지 않은가? 따로 임자가 있겠는가? 내가 어디 가지고 갈 것 아니니, 함께 삽시다."

절에 들어와 사는 그 사람들을 따뜻하게 대해주고 묵묵히 일하고 정진하며 일상을 보냈더니 결국 어느 날 절에서 떠나갔다.

참 수좌를 키우기 위한 도량을 만들기 위해 노력했던 많은 사람들의 공이 헛되지 않아 폐사와 같던 수도암은 지금도 매 결제 때마다 생사를 밝히려는 제방 수좌들의 발걸음이 끊이지 않고 있으며, 티끌 하나 없이 정결하고 생기가 흐르는 도량으로 건재하고 있다.

# 부처조차 뛰어넘어야 하는 도의 길

    수도암 대적광전 정면에서 앞을 바라보면 멀리로 해인사가 있는 가야산이 보인다. 가야산 정상의 봉우리가 마치 물속에서 연꽃이 피어오르는 듯해서 수도암에선 '연화봉'이라 불렀다. 선원이 완성되고 불사가 어느 정도 마무리되자 감회에 젖어 연화봉을 바라보았다. 가야산을 떠나온 지 어느덧 10년의 세월이 넘어가고 있었다.

    온갖 어려움을 딛고 마침내 선원을 열면서 내가 다짐한 것은 인재불사를 하자는 것이었다. 나는 평소 진정한 종교혁명은 어떤 형식이나 제도에 있는 것이 아니고, 선지식 한 사람이 자신과 같은 참으로 눈 밝은 사람 하나 만들어내는 것이라고 믿어왔다. 그러한 내 소신이 마침내 실현될 시기에 이른 것이다.

    공부하기 좋은 도량에서 한국 불교의 맥을 이어갈 인재를 키워보고 싶었다. 예나 지금이나 진정한 불사는 불법을 이어갈 사람을 키우는 데 있으며, 스승보다 뛰어난 제자가 나와야 불교가 발전할 수 있다.

1980년 수도암 선방이 개원되자 직지사 조실 관응 스님, 범어사 조실 석주昔珠 스님, 파계사 조실 고송 스님이 같이 와서 첫 결제를 시작했다. 한 생을 반듯하게 수좌로 살아온 세 분의 선지식은 선방에서 후학들과 함께 기거하면서 정진하셨는데 결제가 끝나고 나서 "일생을 통해 이렇듯 환희심 나게 살아본 적이 없다"고 했을 만큼 대중 모두가 열심히 정진했다.

서너 사람 정도 살 수 있던 수도암이 정돈되고 정면 9칸 측면 3칸의 팔작지붕 형태의 반듯한 선방이 들어서자 수좌들이 몰려들었다. 지금부터 30여 년 전인 1980년대 초, 당시 새로 지은 수도암 선방은 전국에서 셋째 손가락 안으로 꼽을 만큼 잘 지어지고 전망이 좋은 곳이었다.

어느 해는 39명의 대중이 한 식구가 될 만큼 제방에서 많은 수좌들이 방부를 들였다. 지금은 한 해 20명 정도의 방부를 받고 있는 걸 감안하면, 당시 수도암의 명성을 짐작할 수 있다.

그런데 문제는 제방에서 모인 대중이 한두 철 살고 나자 제각기 흩어지는 일이 되풀이되면서 선방의 분위기가 안정되지 않는 것이었다. 한곳에 오래 있으면서 정진에만 몰두하게 할 필요성을 느꼈다. 여러 곳의 선방을 옮겨 다니면서 결제를 하게 되면 정신이 해이해지고 '직업적인' 수좌가 되기 쉽다. 그래서 6년 결사를 생각하기에 이르렀다. 옛 전통 수행방식으로 생활하고 정진하면서 용맹정진을 했으면 했던 것이다.

수도암에서 여법하게 한 철을 난 젊은 수좌를 불러 결사 대중을 모아보라고 했다.

"한 철 공부하고 나서 이리저리 옮겨 다니면 깊은 공부를 할 수 없어. 몇 년 동안 한곳에 머물러 공부해야 힘을 얻을 수 있네. 이렇게 선방을 잘 지어놓았겠다, 우리도 부처님께서 설산에서 6년 고행정진 끝에 힘을 얻고 깨달으신 것처럼 생사를 걸고 용맹정진 해보세."

그렇게 해서 내 상좌를 비롯해 제방에서 18명의 수좌가 모였다. 1983년 여름이었다. 그들은 수도암 하안거 결제에 들어가기 전, 경북 현풍면 도성암에서 보내면서 강도 높고 짜임새 있게 시간표를 짜고 예비정진한 다음 수도암으로 왔을 만큼 의욕적이었다.

"6년 동안 산문 밖을 나가지 말고 살아보자."

나는 그들에게 다음 세 가지를 지키면서 정진할 것을 당부했다.

'첫째, 하루에 나무 한 짐씩 할 것. 둘째, 하루 한 번 108배를 할 것. 셋째, 하루에 한 번 한 시간씩 밭을 맬 것.'

나는 발심한 수좌들을 이끌면서 한번 자리에 앉으면 움직이지 않는 불령산의 절구통이 되어갔고, 후학들 또한 수행에 고삐를 늦추지 않으면서 좌복 위를 떠날 줄 몰랐다.

불사에 혹독하게 몸을 부린 데다가 한번 앉으면 일어날 줄 모르는 정진으로 인해서 나의 어깨는 돌처럼 굳어져 있었다.

선원 대중은 상체가 딱 벌어지고 힘이 짱짱해 보여 '저런 힘을 가져 큰 불사를 했구나' 생각했다고 했다. 하지만 나는 때때로 쑥쑥 아리는 어깨에 소금찜질을 하곤 했다.

좌복에 앉아 있는 시간보다 대중을 뒷바라지하는 시간이 많았다. 겨울이면 경옥고를 직접 고아서 신도들에게 나눠주고 그 수입으로 선방 대중들을 외호外護했다. 경옥고는 생지황生地黃, 인삼, 백복령白茯苓, 백밀白蜜 따위를 넣어서 달여 만드는 보약으로 혈액 순환을 고르게 해주는 한약이다. 넓은 부엌에 묵묵히 서서 경옥고에 들어가는 한약 재료들을 혼합하고 달였던 때가 바로 엊그제인 것만 같다.

결사를 시작한 지 한 철이 지나자, 공부할 때 밀어붙여야 한다면서 대중 모두는 하루 14시간씩 정진을 시작했다. 그런 가행정진 속에서도 수좌들 가운데 반수 정도는 언제 잠을 자는지도 모르게 용맹정진을 하고 있었다. 요와 이불이 따로 없이 좌복을 배에 덮고 가사를 입은 채 한두 시간 자고 일어나 다시 자리에 앉는 대중을 보면서 어느 누구도 게으름을 피울 수 없었다. 수도암은 날로 생기를 띠어갔고 베일 것 같은 날카로운 분위기 속에 정진에 정진을 거듭해가고 있었다.

위가 약한 사람은 높은 지대에 적응하지 못해 배앓이를 해가면서도 정진을 계속했다. 솔잎으로 생식하면서 바짝 마른 모습으로 정진을 거듭하는 수좌에게, "마른 데 비해 잘 앉는구나. 허리가 당당하다"며 칭찬해주었고, 나 또한 그들 곁에서 오래 앉아 있곤 했다.

보름마다 삭발하는 날의 소참법문에서 나는 결사 대중들에게 돈오돈수頓悟頓修의 수행을 강조하곤 했다.

"조금 아는 해오解悟 정도 가지고 마치 공부를 다 한 것처럼 행동하면 힘을 발할 수 없다. 천 년 어두운 동굴에 한번 햇살이 들어가면 일시에 밝아지는 것처럼 깨달음은 오로지 단박에 깨치고 단박에 닦는 돈오돈수다. 선종에선 오직 몰록 깨닫는 돈頓으로만 성불하는 길을 가르친다. 깨친다는 것은 한번 깨칠 때 근본 무명을 완전히 끊고, 깨침의 최고 경지인 구경각을 성취하는 것을 말한다. 동정일여, 몽중일여, 숙면일여가 될 때까지 정진하라. 잠 속에서도 화두가 성성해야 몰록 생사를 파하고 본래면목의 자리에 들어가는 것이다. 화두가 오매일여 되기 이전에 내놓는 것은 자신을 속이고 남도 속이는 것이다. 헛것을 본 것과 같다."

한평생 내가 주장한 깨달음에 대한 수행론은 돈오돈수였고 동정일여, 몽중일여, 숙면일여의 세 단계에 이르도록 공부하라는 것이었다.

나는 또한 결제대중들에게 계율을 철저히 지킬 것을 당부했고 이에 조금이라도 비켜가는 날엔 심하게 나무랐다.

눈이 한없이 내려 선방 마루 밑까지 차오른 동안거 결제 중의 어느 날이었다. 해우소로 가는 길만 내놓고 며칠 동안 정진하던 대중은 눈이 그치자, 아침부터 눈을 치우기 시작했다. 수도암에서부터 마을 입구인 수도리까지 눈을 치우고 난 대중은 속이 출출하자 마을 분식집에서 라면 한 그릇씩을 시켜 먹은 모양이다. 점심 공양을 하는 자리에 앉으니 탁한 냄새가 진동했다. 내가 대중을 바라보면서 물었다.

"이게 무슨 냄새냐?"

대중은 숨을 죽였다.

"누가 라면 먹었나?"

20여 명의 선방 수좌들은 고개를 들지 못했다.

"옛 어른 말씀에, 눈이 내릴 때 세 종류의 수행자가 있다고 했다. 가장 우수한 사람은 선방에서 좌선을 하고 중간쯤 되는 사람은 먹을 갈아 붓을 들고 시를 지으며, 가장 못난 사람은 화롯가에 둘러앉아 먹고 떠든다고 했다. 이놈들아! 깊은 산중에 수도한다고 들어와서 가장 못난 사람이 되어서야 되겠느냐? 청정한 모습을 보여야 할 수행자들이 그런 탁한 음식을 먹고 역겨운 냄새를 피워서야 되겠느냔 말이다!"

그날 대중들에게 호통을 친 것은 라면 하나 먹은 것이 큰 문제라기보다는 한 귀퉁이가 무너지기 시작하면 전체가 무너진다는 것을 가르치기 위한 경책이었다. 수행자가 계율을 생명처럼 여겨 지키지 않으면 정진도 무너지게 된다.

"《장자》에 이런 이야기가 나온다. 두 사람이 소를 먹이러 갔다. 한 사람은 시간 가는 줄 모르고 바둑을 두다가, 또 한 사람은 시간 가는 줄 모르고 책을 보다가 소를 놓쳤다. 사람들은 누구의 허물이 덜한가를 놓고 분별하지만 결과적으로 볼 때는 똑같다. 공부하는 사람이 화두를 놓치면 어떤 일을 해도 용납되지 않는 것도 이와 마찬가지다. 어쨌든 화두를 놓치지 마라."

젊어서의 내 성격은 급하고 단순했다. 특히 수행에서 물러나는 기색이 보이거나 계율에 어긋나는 일 앞에선 그 자리에서 감정을 드러냈다. 한번은 결제 중에 한 수좌가 종무소에 있는 전화를 쓰고 있는 것을 보고는 망치로 전화통을 부수고 말았다.

"공부하는 놈이 뭐가 궁금해서 전화통을 붙들고 있단 말이냐?"

수도암 위의 정각에서 홀로 정진하고 있는 수좌에게는 이렇게 일렀다.

"설령, 수도암 후원에 불이 나도 내려오지 마라!"

선방에서 공부하고 있던 젊은 수좌들에게 이렇게 말하곤 했다.

"남 놀 때 다 놀고, 남 잘 때 다 자고, 먹을 것 다 찾아 먹으면서도 공부가 된다면 도인이 뭐 그리 귀하겠는가?"

부처조차 뛰어넘어야 하는 도의 길이 그리 쉬운 길이라면, 저 수많은 조사들이 무엇 때문에 몇 생을 두고 고행하면서 도의 길에 목숨을 바쳤겠는가.

그 시절, 수좌들이 공부에 대한 이런저런 질문을 하면 한마디로 일축했다.

"화두나 들어."

열 번이면 열 번 대답은 한결같았다. 수좌들에게는 나름대로 절박한 질문이어서 항시 같은 내 대답에 미진한 감을 느꼈을지 모르나 공부가 무르익어가면서 그게 정답이었음을 알았을 것이다.

젊었을 때 내 법문을 들었다는 어느 선방의 입승 소임을 보고 있는 수좌에게 이런 말을 들은 적이 있다.

"스님께서 해인사 수좌로 계실 때 저희 석남사 결사 대중에게 조사 어록을 법문하시면서 '이 도리는 깨치지 못하고는 알 수 없다. 그러니 화두 열심히 들어서 깨쳐라' 하셨습니다. 해인사에서 살 때도 같은 법문을 들은 터여서, 이번엔 어떤 시원한 법문을 하실까 기대했는데 매번 똑같은 말씀이셔서 조금은 실망하기도 했습니다. 그런데 나중에 보니 그 말씀이 큰 법문인 것을 깨달았습니다. 오십이 넘은 저도 어느덧 선방 후학들에게 스님께서 하셨던 말씀을 그대로 하고 있습니다."

화두를 공부할 때는 상세히 설명해주는 게 오히려 군더더기요 잔

소리다. 화두를 놓쳤을 때 궁금증이 일어나고 방황하는 것일 뿐, 화두가 항상 명료하면 궁금증이나 답답함이 생길 리 없다. 자신이 부처인지 분명하게 깨닫는 자리가 화두이니, 이를 놓쳤을 때 방황이 생긴다는 것을 제대로 공부했다면 터득할 것이다. 《금강경》에 정통했다는 덕산선감德山宣鑑 선사가 남쪽의 선종에 도전하려다가 떡 파는 노파에게 호되게 망신당했다. 그 뒤 용담숭신龍潭崇信 선사로부터 큰 깨달음을 얻은 뒤 자신이 평생 심혈을 기울여 연구한 《금강경》 주석서를 불태워 없앤 이치와 같다. 그때 덕산 선사는 외쳤다.

"모든 현묘한 변론을 다해도 마치 터럭 하나를 허공에 둔 것 같고, 세상의 중요한 것을 모두 갖추었다 하더라도 이는 한 방울 물을 큰 바다에 던진 것과 같다."

고행정진을 통해 깨닫지 못한 자의 언어란 덕산 선사의 선언처럼 허공 가운데 박힌 터럭 하나요, 바다에 던진 한 방울 물에 불과한 것이다. 나는 후학들에게 말했다.

"말을 좇아 이해하려고 하여 천차만별로 질문과 논란을 던지려 한다면 말재주만 늘릴 뿐 도에서는 더욱 멀어진다. 그러니 어느 때나 쉴 날이 있겠는가?"

후학들을 지도함에 있어서도 공부에만 매진할 수 있도록 격려하고 배려했으나, 올바로 공부하지 않으면 한 치도 용납하지 않을 만큼 엄격했다.

수도암에 선원을 짓고 대중과 함께 정진하자 공부를 물으러 오는 후학들의 발걸음이 이어졌을 때다. 그 가운데 한 비구니가 열심히 참선공부하는 것을 보고 청암사 위쪽 지옥골에 움막을 하나 지어 정진하게 했다. 그는 밤낮을 가리지 않고 맹렬하게 공부했다. 낮에는 좌복에 앉아 화두를 들었고, 밤에는 잠을 자지 않으려고 앉지도 눕지도 않고 온 골짜기를 돌아다니면서 정진했다.

그렇게 열 달 동안을 정진하다 보니 다리는 퉁퉁 붓고 신발 열 개가 떨어져 나갔다. 그러던 어느 날이었다. 소나무라도 뽑아버릴 만큼 힘이 솟구침을 느낀 그가 공부를 점검받기 위해 수도암으로 들어섰다.

그날 아침, 그가 올 것이란 것을 예견한 내가 시자에게 일러놓았다.

"누가 오거든 조사전으로 보내라."

조사전에서 기다리고 있자니, 그가 조사전 문을 박차고 들어왔다. 그러고는 두 눈을 부릅뜨고 소리쳤다.

"화두를 타파했습니다."

"일러보라."

대답하려고 입을 여는 순간, 그의 뺨을 때렸다. 전광석화와도 같은 순간이었다.

화두가 오매일여가 되지 않은 상태에서 알음알이를 가지고 문답하는 것은 공부에 어긋나는 것이므로 그전에는 아무리 좋은 경계가 나타난다 하더라도 병病 하나를 보탠 것으로 보았을 뿐 근본적으로 인정하지 않는 나였다.

"잘못했습니다."

젊은 날 자칫 자만에 빠져 공부를 그르칠 뻔했던 그는 그렇게 경책을 받은 그날로 다시 공부를 시작했다. 그때 20대 후반이던 그는 쉰이 넘은 지금도 한 무문관에서 공부하고 있다고 들었다.

먹을 것, 편안한 것, 자유로운 것을 찾아가면서 말로 공부하려 한다면 천 년을 앉아 있어도 얻는 바가 없다.

그러나 수도암 6년 결사는 대중에게 무리였던 것 같다. 날이 가면서 대열에서 이탈하는 대중들이 생기기 시작했다. 두 철이 지나고 세 철째 접어들자 20명가량 되던 대중이 예닐곱 명으로 줄어든 것이다. 6년이라는 기간이 너무 길고 멀게 느껴지는 수좌들이 늘어갔고, 묵언까지 하게 되자 더 힘들어했다.

어떤 한 대중은 결사를 하러 오면서 6년 동안 먹을 양식인 쌀을 70가마니나 가지고 들어왔다가 '너무 고되다'면서 하루 만에 돌아갔다. 그런가 하면, 몇 달이나 한 철 만에 결사 대열에서 이탈하는 수좌들도 많았다.

결사 대중의 수가 적어지자 중간에 다른 곳에서 온 수좌들의 방부를 받았고, 그로 인해 점점 분위기가 처음 결사하던 때의 긴장되고 의욕적인 분위기에서 멀어져갔다.

선방을 처음 열고 상좌들에게 선원의 살림을 맡기지 않고 대중 가운데서 원주를 뽑아 선원을 운영하게 할 만큼 자율에 맡겼으나 원활하지 못했던 것이다. 심지어 선방의 기강을 세워야 할 입승마저 걸망을 지고 말없이 나가버리고 말았다.

사람을 키우는 일은 결코 수월한 게 아니었다. 참으로 발심한 사람들이 없었다. 목숨을 내놓을 만큼 뜨겁게 화두에 한 생을 거는 수좌가 드물었다. 봉암사 결사 동참 이후, 화두 하나 붙드는 것 말고는 그 어떤 것에도 곁눈질하지 않고 살아왔던 내게는 그러한 후학

참선 도량 수도암. 김천 청암사 수도암은 신라 도선 국사가
창건한 이후, 고승들의 발길이 끊이지 않았던 곳이다.

들을 보는 게 가슴 아팠다.

　삶과 죽음의 문제가 급해서 출가한 사람들은 오나가나 '화두 일념이 잘되는가 안 되는가'에 초점을 맞추어야 하는데 그런 수좌가 드물었던 것이다.

　'선방도 잘 지어놓았겠다, 음식도 잘해주는데 왜 공부를 하지 않는가' 하는 의문이 들지 않을 수 없었다. 철저히 발심해 들어왔다면 공부하기 매우 좋은 여건이 아닌가. 예전의 선승들은 얼마나 고생하면서 공부를 했던가. 나라를 빼앗긴 일제하에서도, 총알이 난무하는 전쟁 속에서도 몸부림치면서 공부를 하려고 노력하지 않았던가. 그러나 걸망을 지고 들어선 그즈음의 수좌들에게는 내가 저 묘적암 시절에 목숨을 내놓고 달려들었던 절박함과 뜨거운 정진이 부족했다. 수좌는 그저 화두 하나만 남겨놓고 순일무잡純一無雜해야 하는데 그렇지 않았다.

　정진하면서 하루에 한 번 나무 한 짐 해오고, 108배 한 번 하고, 밭을 매는 일이 저 봉암사 결사 시절에 견주면 비교도 안 될 정도로 쉬웠지만 그걸 견디지 못했다. 나무를 하기 위해 톱과 낫을 사람 수대로 맞추어 놓았으나 무용지물이 되고 말았다. 공부하는 것보다는 편리한 일상생활에 대한 대중의 요구가 점점 더 늘어나자 나는 더이상 양보하지 않고 고함을 질렀다.

　"이놈의 자식들! 너희들이 공부를 하러 온 것이냐? 너희들과는 함께 살 수 없다."

　'이런 물건들과 백 년을 살아봐도 소용없겠다'는 생각이 절로 들었다. 수좌 한 사람 키우는 게 벼룩 세 말을 코 꿰어가지고서 기르는 것보다 어렵다고 했다. 옛 사람의 말을 떠올리면서 모든 허물을 나의 부덕함으로 돌리며 갈등을 겪고 있을 때, 성철 노장에게서 해인사로 들어오라는 전갈이 끊이지 않고 있었다.

해인사로 갈 것인가, 아니면 공부하는 사람 몇 명이라도 데리고 들어앉아 함께 공부할 것인가를 놓고 고민하다가 결국 수도암을 떠나는 쪽을 택했다. 쓸쓸한 심정으로 수도암 15년의 세월에 종지부를 찍었다. 인연이 다했다는 생각으로 수도암을 떠난 것이 1984년 동안거 즈음이었다.

그로부터 25년이 흐른 지금도 그때 눈 밝은 수좌로 키울 만한 사람이 대여섯 명만 있었어도 그곳에 남아 있었을 것이라고 생각한다. 그만큼, 공부인을 키우는 일을 예나 지금이나 중요하게 생각하고 있는 것이다.

그러나 내가 수도암을 떠나 해인사로 온 것은 오늘날, 총림의 방장이 되고 종단의 종정으로 오르기 위한 시절인연에 따른 것인지 모른다. 공자가 요순시대를 그리워했고 성철 노장이 부처님 당시의 회상인 영산회상을 꿈꾸었듯이 나 역시 그랬다. 해인사로 가서 총림의 안정과 대중화합, 수행가풍의 유지를 위해 일로매진했다.

수도암에서 해인사에 들어가기 전 꿈을 꾸었다. 해인사에서 전국 승려대회가 열리기 전날이었다. 해인사에 새 집과 헌 집이 나란히 있는데 노장은 헌 집 앞에, 나는 새 집 앞에 앉아 있는 꿈이었다. 꿈을 깨고 일어났는데 당최 무슨 일인지 감이 잡히지 않았다.

다음 날 백련암에 올라가 인사를 드리고 노장에게 꿈 이야기를 해드렸더니 아무 말 없이 듣고만 계셨다. 10여 년 후에 방장이 되고 퇴설당으로 거처를 옮기고 보니, 꿈에서 본 바로 그 새 집이었다. 뜰에 돌을 놓은 것까지 똑같았다. 지금 여기 해인사에서 사는, 이것이 전생前生의 일인 것만 같다.

# 다들 어느 선방에 가 있느냐

그대 보지 못하였는가
배움이 끊어진 하릴없는 한가한 도인은
망상도 없애지 않고 참됨도 구하지 않으니
무명의 참 성품이 곧 불성이요
허깨비 같은 빈 몸이 곧 법신이로다
법신을 깨달음에 한 물건도 없으니
근원의 자성이 천진불이라
－《증도가》중에서


수도암 시절, 새벽 3시 도량석 시간만 되면 도량에 어김없이 울려
퍼지는 행자의 저 《증도가》를 들으면서 때때로 감회에 젖곤 했다.
바로 저 20대 시절, 성철 노장은 내게 《증도가》를 배우라고 했었다.
그러나 그때는 마음으로 들어오지 않아 배우지 않았던 《증도가》를
30대와 40대에 걸쳐 살았던 태백산 시절에 마음으로 읽었다.

그때는 혜능 선사를 비롯해 조주·임제·덕산 선사 등 옛 조사들의 삶을 얼마나 감동과 전율로 바라보았던가. 생애와 인격이 그대로 펄펄 살아 움직이는 임제 선사 눈망울은 바라보기만 해도 신심이 서릿발처럼 섰으며, 한평생을 청빈하게 살았던 조주 선사의 삶 앞에선 참으로 존경심이 솟구치지 않을 수 없었다. 그릇이 크고 머리가 명석하여 사람을 진지하게 다루었던 그 스님들을 이상적인 도인의 삶으로 바라보았고 존경했다.

수도암에 15년 동안 있으면서 상좌 하나를 더 두었다. 해인사에서 유나로 잠깐 있을 때 네 사람의 상좌를 둔 후 처음이었으니 10년이 훨씬 넘은 뒤였다. 눈 밝은 수좌 기르기를 원했던 나에겐 뜻 깊은 일이었다.

1980년대 초, 사법고시를 준비하기 위해 책을 들고 온 젊은이에게 방을 하나 내주었다. 수도암에 고시생을 위해 방을 내주는 예는 없었으므로 특별한 배려였다. 그는 이른바 이 땅의 수재들이 모인다는 대학에 다니다가 군을 제대한 뒤였다. 나는 날마다 그를 데리고 산에 올랐다.

나는 성격이 단순해서 시비를 분별해 내 생각을 강요하거나 무엇을 세세하게 물어보는 일이 없다. 묵묵히 산에 오르면서 틈틈이 세상사 이야기를 주고받을 뿐이었다. 사회학을 전공한 그는 사회의 부조리에 대해서 논리적으로 따지고 물었으나 나는 거의 묵묵부답이었다. 합리적이지 않은 질문엔 침묵했다.

하루는 산을 오르던 그가 물었다.

"세상엔 문제가 너무 많습니다. 청와대에도, 국회에도, 법원에도 문제가 산적해 보입니다. 문제 없는 곳이 없어요. 이런 세상을 어떻게 바로잡아야 하겠습니까?"

의협심이 강한 젊은이들의 눈엔 세상은 온통 개혁의 대상이었을 것이다. 그 또한 온갖 모순투성이의 세상을 바로잡아야 한다고 생각하는 것 같았다.

나는 그의 나이인 20대 중반에 태산과 같이 느껴졌던 스승을 만나 공부에 목숨을 걸었고, 10년 동안 홀로 산속에 들어가 농사를 지으면서 정진을 거듭했다. 그의 물음에 대답했다.

"우리가 사는 이곳은 극락세계가 아닌 사바세계다. 그렇기 때문에 그런 일들은 반드시 일어나게 되어 있다. 없기를 바라지 마라. 없기를 바란다 하더라도 없어지지 않는다. 다만, 우리가 할 일은 지혜롭게 그때그때 순리적으로 극복해나가야 하는 것뿐이다."

지혜로운 사람은 자신을 변혁시키는 게 곧 세상을 변혁시키는 지름길임을 안다. 무엇보다 세상사를 꿰뚫고 지나는 이치는 인위적인 힘이 가해진 유위법이 아니라 연기로 관통하는 무위법임을 깨달아야 한다. 수행이라는 것은 그 무위법을 닦기 위한 것이며, 수행의 효용성도 거기에 있다.

달나라에도 가는 세상에 깊은 산속에 들어앉아 단조롭게 사는 내 모습이 젊은 그에게는 새로운 세계로 비쳤던 것 같다. 나중에 그가 함께 선방에서 공부하던 사제에게 "결코 다변은 아니었으나 그 짧은 말씀 속에 세상 사람에게서는 느낄 수 없는 지혜와 안목을 느끼면서, 세상에 이런 분이 있는가 싶었다. 출가하면서 이 선각자를 스승으로 삼아서 목숨을 바치리라 생각했다"고 전했다 한다.

그는 피상적으로만 가졌던 불교에 대한 부정적인 시각을 거두고 불교에 깊은 관심을 갖기 시작했다. 그런 그에게 《능엄경》을 읽게 했다.

《능엄경》은 불교를 가장 철학적이며 논리적으로 밝혀놓았고 깨달음의 본성과 그 깨달음으로 나아가는 과정을 설하며 수행하는 방법을 구체적으로 서술한 경전이다. 본문을 외우면 문리文理가 나서 글의 이치를 깨닫는다는 경전으로 불린다.

불교에 대해 문외한이었던 그는 《능엄경》을 되풀이해서 읽으면서 불법의 핵심을 파악했고 마음의 변화를 일으키기 시작했다.

열 권으로 된 방대한 분량의 《능엄경》을 6개월 만에 다 외워버렸다. 하루에 한 번 《능엄경》 전부를 읽으면서 불교에 깊이 들어가던 그가 하루는 나를 찾아와 말했다.

"고시를 포기하겠습니다."

불교 외에 다른 종교와 철학으로는 삶의 문제를 해결할 수 없다는 것을 확신했다고 했다. 나는 《능엄경》을 읽은 그에게 다른 경전들을 읽게 했다. 발심이 올바로 선 사람이라야 모든 것을 물리치고 한 길을 갈 수 있는 것이다. 발심이 확실하지 않은 상태에서 선방에 가 앉았다가 옆으로 빠지는 후학들을 많이 보았다. 발심을 시키기 위해서는 경전도 보고 어록도 보게 해야 한다. 참선할 근기가 형성되기 전까진 경전을 보고 경전에 한계를 느꼈을 때 수행을 해야 물러나지 않게 되는 것이다.

그는 소설책을 보듯 《열반경》을 비롯해 많은 경전을 읽었다. 세속의 학문만 해온 그에게 수행을 해서 얻은 진리와 세상에서 말하는 진리엔 큰 차이가 있다는 것, 인간이 궁극적으로 도달해야 할 깨달음의 세계가 있다는 것은 커다란 개안이었을 것이다. 세속의 학문에서는 문제점은 잘 지적했으나 대안은 없다고 했던 그가《화엄경》을 보는 것을 앞두고 찾아와서 말했다.

"불교는 책을 보는 것 가지고는 안 되는 종교인 것 같습니다. 참선을 하겠습니다."

나는 그러한 그를 바라보면서 드디어 그가 길을 찾았다고 생각했다.

'이놈은 공부가 벽에 부딪쳐도 책을 뒤지지는 않겠구나.'

그는《능엄경》을 미련 없이 버렸다. 세속의 학문은 말할 것도 없고 경전조차 궁극적 진리를 깨닫게 하는 데 도움이 되지 않는다는 것을 깨달은 것이다. 비로소 외워놓은 경전도 버리고 참선을 해야겠다고 결심한 것이다.

"선방에서 참선하게 해주십시오."

그에게 비로소 내가 권했다.

"이십 수 년 동안 세간에서 살아보았으면 이제 어떤 길을 가야 할지 알지 않겠느냐? 출가해라."

그가 두말없이 대답했다.

"삶의 문제를 근본적으로 해결할 수 있는 것은 불교밖에 없는 것 같습니다. 출가하겠습니다."

불교에 대해서 전혀 이해가 없던 그가 수도암에 고시에 관한 책을 싸들고 들어온 지 3년 만인 1983년 봄 6년 결사를 시작할 즈음이었다.

나는 행자인 그를 수도암 선방에서 공부하게 했다. 수도암 선방이 생긴 이래 행자의 신분으로 선방에 들어간 사람은 그가 처음이자 마지막일 것이다.

행자생활을 마친 그에게 계를 주면서 말했다.

"출가의 목적은 자성을 깨닫는 것이요, 자성을 깨닫는 길은 참선밖에 없다. 화두로 결판을 내라."

그러면서 그에게 가슴에서 결코 빼낼 수 없는 말뚝 하나를 박았다. 나 자신이 목숨을 내걸어 얻었던, 영겁의 세월이 흘러도 변함이 없을 진리였다.

"너는, 참선을 하되 30년을 옆 눈 팔지 마라. 만일 하다가 조금이라도 흐트러지는 생각을 하면 병에 금이 간 것이다. 25년을 잘하다가도 한 생각 비틀리면, 병에 금이 간 것처럼 깨져버리고 마는 것이 이 공부다. 옆 눈 팔지 말고 조금도 흔들림 없이 30년을 하면 갈 데가 없다."

전통적인 선불교 사상을 그대로 간직한 수행자가 사는 방법을 나자신이 그대로 지켰고 그것을 다시 제자에게 일러준 것이었다.

계를 받은 그는 강원에도 가지 않고 수도암에 남아 정진에 박차를 가했다. 수도암과 청암사 사이의 산판도로 중간쯤에 비닐 천막을 쳐놓고 살기도 했다. 천막 안에는 방석 하나만 있을 뿐 아무것도 들이지 않았는데, 한번은 그의 사형과 사제들이 천막에 들렀다가 놀라고 말았다고 한다. 방석을 올려놓은 바위의 밑을 내려다보니 낭떠러지였기 때문이다. 좌선을 하다가 졸면 밑으로 떨어지게 방석을 올려놓고 정진했으니, 목숨을 내놓고 있었던 것이다.

그는 홀로 있으면서도 자신이 정한 일과를 어겼을 때는 3천 배로 참회했고, 새벽에 올라와 《증도가》로 도량석을 하고 공양간에서 만들어주는 주먹밥을 가지고 다시 산으로 올라갔다. 하루 한 끼씩 정확히 먹는 양을 정해놓고 먹었고 밤에도 절에 와서 자는 법이란 없었다.

출가해서 지금까지 그는 전국의 여러 선원에서 정진하면서 산에서 내려오지 않고 있다. 오늘날, 결제 때는 물론 해제 철에도 21시간 가행정진을 하면서 26년 가까이 선방에서 공부하고 있는 그를 두고 그의 사형 사제들은, '수행에 관한 한 은사스님 다음 가는 독종'이라고 입을 모으고 있는 모양이다.

내가 해인사로 들어오려고 할 때 그가 계속 수도암에서 공부하자고 했는데, 그 이야기를 들어주지 못한 게 지금까지 마음에 걸린다. 그때 더 죽도록 공부해보았어야 했는데, 하는 후회도 든다.

독종 소리를 들어가면서 정진하고 있는 나의 상좌는 그뿐만 아니다. 나는 지금까지 상좌 60여 명과 20여 명의 손상좌를 합쳐 모두 80여 명의 권속을 두었다. 내 제자 가운데 절의 주지를 하고 있는 사람은 손으로 꼽을 정도다. 수도암이나 서너 군데 내가 지은 사찰과 토굴 말고는 절 살림을 하는 상좌가 별로 없다. 그마저도 맡기려고 하면 서로 하지 않으려고 미루는 것이다.

한번은 한 상좌에게 수도암의 주지를 맡으라고 하자 공부하겠다면서 도망을 가버렸다. 내가 전화를 걸어 "돌아오지 않으면 네 토굴에 불지른다. 빨리 오너라!" 하고는 전화를 끊은 일이 있다. 소임을 맡지 않으려는 또 다른 상좌에게는 "내가 내일모레면 나이가 팔십인데 네게 이렇게까지 사정해야 하느냐?" 하면서 겨우 수도암 주지 소임을 맡겼다.

절을 하나 가지고 있으면 애착이 붙어서 공부를 하지 못한다. 마구니 하나가 붙는 것과 마찬가진데 무슨 공부를 여실하게 할 수 있겠는가.

절의 주지나 소임을 맡기보다는 오직 공부하기만을 바랐던 내 뜻에 따라 많은 상좌와 손상좌들이 참선 수좌의 길을 가고 있으니, 결제가 시작되면 반드시 내가 곁의 시자에게 묻는다.

"다들 어느 선방에 가 있느냐?"

# 대중교화

출가해서 수십 년 동안 신도들을 가까이 하는 것은 물론 신도들에게 티끌 하나, 단돈 10원을 받는 것조차 철저히 경계했던 내가 신도들에게 마음의 문을 열어 교화를 시작한 것은 수도암 불사가 마무리될 즈음부터였다. 수행자에게서 자연스레 나오는 회향이자 불사하는 일에 헌신한 신도들에 대한 고마움 때문이었다.

불사 중 나는 신도들이 와도 눈길 한번 주지 않을 만큼 무심했다. 집을 짓는 일에 몰두할 뿐 신도들이 오면 오는가 보다, 가면 가는가 보다 그렇듯 무심했다. 그런 나를 두고 신도들이, "스님의 유일한 단점은 너무 냉정한 것이다"라고 했다 한다. 그러나 그렇게 엄하고 냉랭하게 대해도 수도암에 한번 왔던 신도들이 수도암을 다시 찾고 불사를 하는 데 앞장섰던 것은 나의 사심 없는 마음과 수도암 불사에 바친 정성을 느꼈기 때문일 것이다.

어느 날, 의류사업을 하는 한 신도가 와서 물었다. 일찍 남편을 잃고 자식을 키우면서 온갖 시련과 고생 끝에 사업을 일궈 열심히 살아가고 있는 사람이었다.

"스님! 어떻게 사는 것이 잘 사는 길입니까?"

비교적 성공적으로 사업을 하고 있다고 하지만 그 사업을 유지하는 일이 살얼음판을 걷듯 항상 불안했을 것이다.

"백 가지에 부지런하면 복은 손바닥 안에 있습니다. 사람은 부지런해야 합니다. 공부도 부지런한 사람이 하고, 남에게 좋은 일을 하는 것도 부지런한 사람이 합니다. 삶에서 게으른 것은 바로 지옥입니다. 그러나 부지런함엔 반드시 지혜가 따라야지 어리석게 부지런하면 몸만 고달픕니다."

"지혜롭게 살라는 이야기를 무수히 듣고 사는 저희들입니다. 어떤 것이 지혜입니까?"

"정직한 것입니다. 남을 속이지 말고 자신을 속이지 말아야 합니다. 무슨 일이든 올바르게 처리하고 성실하면 간단해집니다. 속이면 일이 복잡하고 어려워집니다. 극락을 다른 데서 찾을 것 없습니다. 성실하고 정직하게 살면 그 자리가 바로 극락입니다."

부지런함과 정직, 그것은 내 일생에서 가장 가까운 도반이자 생활철학이었다. 수도암 불사에 힘을 보탠 신도 한 사람에게서, "묵묵히 일만 하는 스님을 뵙고 돌아갈 때면 '오로지 저 스님만을 좇으면 반듯해질 것이다' 하는 마음이 뭉클대곤 했습니다"라는 말을 들은 적이 있다. 내가 살아오면서 그 두 가지에 한순간도 비껴간 적이 없기 때문이었을 것이다.

세상에 부지런한 사람은 많다. 그러나 부지런하되 정직하게 살아가는 사람은 드물다. 정직하지 않고 부지런하기만 하면 자신의 영

달이나 이익은 얻을 수 있을지 모르나 타인을 위한 큰 삶은 되지 못한다. 얼마나 많은 세상 사람들이 정직이 전제되지 않은 채 지독히 부지런하기만 해서 세상에 피해를 주었는가.

무슨 일이든 부지런하고 정직한 사람이 깊게 들어가게 되어 있다. 그것은 일에 있어서나 수행에 있어서나 마찬가지다. 승속을 막론하고 정직하고 성실한 사람이 부처인 것이다.

사업을 하는 사람들에게 너무 큰 욕심을 내지 말라고 당부했다. 욕심을 가지고 일하면 결코 일이 해결되지 않는다.

"사업을 할 땐 절대로 많은 이윤을 남기려고 하지 마세요. 헛돈을 탐하지 말아야 합니다. 거기엔 반드시 하나하나에 과보가 있어요. 예를 들어 물건 값도 천 원 남길 것을 2천 원 남기면 반드시 그에 상응하는 과보가 따릅니다. 또, 다른 사람을 억울하게 하지 말아야 합니다."

사업하는 사람들에게는 사채를 하지 않게 했다.

"돈을 벌되 하지 말아야 할 것 둘이 있습니다. 그 하나는 살생으로 돈을 벌지 말아야 하는 것이니, 남의 생명을 자신의 돈벌이에 쓰지 말라는 뜻입니다. 또 하나는 돈놀이를 하지 말라는 것이니, 돈에 원망하는 마음이 붙어 곤란한 일이 생기기 때문입니다."

나는 물신이 지배하는 현대사회를 살아가는 신도들에게 지나치게 욕심을 부리지 말고 살 것을 거듭거듭 당부했다.

탐하지 않는 게 백 가지 일을 모두 이기는 방법이다. 내가 이런 말을 하면 신도들은 "그렇지만 어떻게 세상을 살면서 탐하지 않을 수만 있나요? 돈이 없으면 하루도 살 수 없는 게 중생들의 삶인데

요" 하고 반문한다.

욕심이라는 건 한정이 없다. 돈을 모아서 큰 집을 장만하고 땅을 사야겠다는 생각을 하니까 탐하는 마음이 생기는 것이다. 삶에서 도를 중요시하고 도를 밝혀야겠다는 생각을 우선하면 자연스레 입고 먹고 사는 집에 검소하게 된다. 적어도 불자라면 의식주를 늘리고 불리는 일에 우선하는 삶을 살면 안 된다. 욕심이 지나치면 반드시 복잡한 일이 생긴다.

불자는 그릇된 생계를 피하고 참된 진리의 삶을 사는 것을 보람으로 여겨야 한다.

당시 불사를 도왔던 수도암 신도들 중에는 경제 일선에서 일하는 여성 불자들이 많았다. 집에서 자식들을 키워야 하는 일과 직업 사이에서 갈등하던 사람들이 물었다.

"스님! 저는 밥은 먹고 삽니다. 그런데 한창 돌봐줘야 할 어린아이들을 남에게 맡겨두고 일하러 다니는 게 두렵고 수시로 갈등이 일어납니다."

"앞으로는 무기 전쟁 대신 경제 전쟁이 벌어질 겁니다. 국가도 그렇지만 개인도 경제적으로 독립하지 못하면 진정한 독립이 되지 않습니다. 직장 일과 가정 일을 다 하세요. 지혜롭게 하면 됩니다."

그러면서 한 가지 비유를 들어 내 의중을 전했다.

"한 나그네가 어느 마을을 지나다 방치된 커다란 닭을 보았습니다. 주인인 듯한 사람에게 '내가 가져다가 좀 사용해도 되느냐'고 양해를 구하고 닭을 얻었어요. 그러곤 강을 건너려던 나그네는 뱃삯 대신 그 닭을 주고 강을 건넜어요. 다른 사람이 용도에 맞지 않아 버린 물건을 자신에게 필요한 것으로 만들어 쓰는 게 지혜입니다. 능력 있는 날까지 열심히 일하세요. 대신 일한 만큼 돈을 벌면, 내 자식만 자식이라고 생각하지 말고 정말 학비가 없어 학교에 가지 못하는 아이들을 도우세요. 그게 지혜롭게 세상을 사는 길입니다."

자신이 처한 환경에서 능력을 최대한 발휘하고 그에 상응하는 돈을 벌되 자신만 잘사는 데 그치지 말고 남을 돕는 삶을 살아야 한다. 우주 만물은 동체同體다. 남과 내가 하나로 보이는 사람이 참눈을 가진 사람이다. 나보다 못한 사람은 돕고 나보다 잘난 사람에게 기탄없이 배우는 것, 그것이 자비롭고 지혜로운 생활이다.

《채근담》에 이런 구절이 있다.

"책을 읽어도 성현을 보지 못한다면 글이나 베껴대는 사람이 될 것이고, 벼슬자리에 있으면서도 백성을 사랑하지 않는다면 관을 쓴 도둑이 될 것이다. 학문을 가르치되 몸소 실천하지 않는다면 구두 선口頭禪이 될 것이고, 사업을 세우고도 덕을 심으려 하지 않는다면 눈앞의 한때 꽃이 되고 말리라."

세상을 살아가는 모든 사람이 잘 새겨보고 실천해야 할 내용이다. 남을 위한 삶이 곧 자기를 위한 삶이다. 그것을 가르치는 것이 불교다.

30여 년 전, 아이들을 선진국으로 유학을 보내는 일이 흔치 않을 때 유학을 권유하기도 했다.

"아직 중학생인데 어떻게 그 멀리 유학을 보냅니까?"

그렇게 묻는 부모에게 이렇게 말했다.

"집 안에만 사는 새는 지리산이 있는지 모릅니다. 작은 언저리에서 생활하면 시야가 좁아 멀리 보지 못해요. 세계를 이끌어가고 있는 것은 교육의 힘입니다. 선진 문물을 배우면서 시야를 넓고 크게 틔워야 해요. 그리고 사람은 고생을 해봐야 단단해집니다. 아이가 집에서만 생활하면 고생을 모릅니다. 부모를 떠나 밖에 나가서 고생해보면 그 아이의 인생에 많은 도움이 될 겁니다."

젊은 날의 고생을 통해서 자기 절제력을 배우고, 비바람을 견뎌내야 열매가 익는 법이다.

"아이가 공부하는 것을 별로 좋아하지 않습니다" 하는 부모에게는 이렇게 말한다.

"부모는 자식이 무엇을 잘하는지 그 재능을 간파해야 합니다. 그래서 그 재능을 잘 키워주는 게 부모의 역할입니다. 공부하기 싫어하는 아이에게 자꾸 공부를 들이대면 안 됩니다. 옛날 한 아이가 절에 와서 사는데 노스님이 공부를 가르쳤어요. 그런데 그 아이가 공부하는 머리가 없어서 아무리 가르쳐도 진전이 없었습니다. 노스님이 아이의 교육을 포기하고는 속가로 내려보내려고 하는데, 한 객승이 그 아이를 가르쳐보겠다고 했습니다. 객승은 아이를 데려다 글 대신 참선공부를 가르쳤습니다. 그런데 그렇게 글공부에는 둔했던 아이가 참선공부에는 일취월장하여 큰 선지식이 되었더랍니다. 그렇듯 사람은 저마다 재능이 따로 있어요."

자비심으로 남을 돕고 남을 속이지 않고 정직하게 살도록 가르치면 된다. 무엇보다 자신의 근본을 알게 해야 한다. 내가 누구인지 자신을 모르고 사는 것은 눈먼 사람이 어둠 속에서 세상을 사는 것과 같다. 앞이 보이지 않으니 걸핏하면 부딪친다. 부모는 자식에게 생명의 근본인 진여불성을 알도록 지도해야 한다. 그걸 모르고 살면 삶의 보람과 인간으로서의 가치가 없는 것이다.

신심이 반듯하고 신행생활이 착실한 한 신도에게 일렀다. 해인사에 있으면서 수도암을 오갈 때였다.

"해인사에 와서 3천 배를 하고 화두를 받으세요."

"스님, 저는 화두를 잘 간직하지 못할 것 같아요. 덜컥 받아만 놓고 수행하지 않으면 스님의 뜻을 거스르는 것 같아 감히 받지 못하겠어요."

그의 말을 듣고 말했다.

"사람들은 쓸데없는 일에는 열한 번째 망하면 열두번 째 다시 시작하면서 진짜 필요한 일은 처음부터 거절합니다. 우리 생명체 하나하나가 천백억 화신불로 모두 황금덩어리인데 똥덩어리처럼 살고 있는 겁니다. 수행을 통해 자신이 누구인지 알아야 행복할 수 있습니다."

그러나 수행은 억지로 강요할 수 없는 일이다. 생명 있는 모든 것은 저절로 빛을 향하는 것처럼 언젠가는 모두 불성이라는 빛을 따라올 사람들임을 알고 기다려주었다. 시간이 흐르면서 자연스레 신도들이 30, 40명씩 모여 수도암에서 참선을 하기에 이르렀다.

"옛 사람의 말에 '장부란 남녀의 형상을 두고 말한 것이 아니요, 네 가지 법을 갖추면 그를 장부라 한다 하였다. 첫째는 선지식을 가까이 하는 것이요, 둘째는 바른 법을 듣는 것이며, 셋째는 그 뜻을 생각하는 것이며, 넷째는 그 말대로 수행하는 것이다. 이 네 가지 법을 갖추면 참으로 장부라 하고, 이 네 가지 법이 없으면 비록 남자의 몸이라 해도 장부라 할 수 없다."

고려 말 나옹 선사가 재가불자에게 한 말씀이다. 선사의 말씀처럼, 세상에 한번 나왔으니 기왕이면 장부로 살아야 하지 않겠는가.

수도암 공사를 돕는 인부들의 올망졸망한 아이들을 보면서 내가 그들에게 권했다.

"저놈들 중 하나 절로 보내시오. 내가 공부 가르쳐줄 테니까."

그러면 인부들이 깜짝 놀라면서 "절로 보내면 남이 되어버리는데 어떻게 보냅니까?" 하고 묻는다.

대개는 출가한 스님들이 참 훌륭하다며 칭송하다가도 여러 아들 중 하나는 출가시키라고 권하면 하나같이 놀라면서 뒤로 물러난다. 참 알 수 없는 일이다.

# 총무원에서 지낸 한 철

수도암에 15년 동안 살면서 단 한 번 바깥나들이를 했다. 1982년 1월에서 4월까지 총무원에서 3개월 동안 살았던 것을 말한다.

1980년 신군부에 의해 자행된 10·27법난은 종단은 물론 불교계에 커다란 상처를 주었다. 10·27법난은 당시 신군부 측이 정화라는 명분으로 수사 계획을 세우고 1980년 10월 27일, 불교계의 최대 종파인 대한불교조계종의 스님 및 불교 관련자 150여 명을 강제로 연행 수사하고, 이어서 사흘 뒤인 10월 30일 포고령 위반 수배자 및 불순분자를 검거한다는 구실로 군·경 합동병력 3만 2천여 명을 투입, 전국의 사찰 및 암자 등 5천7백여 곳을 대상으로 일제히 수색한 사건을 말한다.

그들은 군홧발로 법당에 들어가 종교가 가지는 신성함을 유린했고, 저항하는 수행자들을 힘으로 짓밟으면서 종교인이 가지는 존엄을 무시했다. 이로 인해 종단은 혼란 속에 있었고 종단의 행정 수반인 총무원장으로 수도암에 있던 나를 지목하기에 이르렀다. 그래서 중앙종회 의장에 선출된 지 1년 만인 1982년 1월 7일 제20대 총무원장에 취임했다. 1981년 1월, 원로회의에서 성철 노장이 7대 종정으로 추대된 지 한 해 만이었다.

종단의 어려움을 접하고 총무원으로 올라간 뒤로 종단을 안정시키고 바로잡는 일에 혼신의 힘을 기울였다. 종단 행정에 경험이 없던 나는 윗사람, 아랫사람 가리지 않고 허심탄회하게 상대방의 의견을 경청했다. 큰 틀 속에서 종단의 미래를 보고 사람을 소중히 여기면서 일하는 사람들을 잘 활용해서 종단을 안정시키는 데에 마음을 두고 바닥부터 살피려고 했다.

직원들 모두 예불에 참석시켰고 새벽이면 전부 빗자루를 들고 나와 사찰은 물론 온 동네를 쓸게 했다.

빠른 시일 안에 종단의 안정을 이루고자 조계사 살림을 처음으로 공개해서 재정의 투명성을 시도했고, 나 또한 총무원장에게 배당된 판공비를 사무비로 쓰라고 사무처장에게 주고는 한 푼도 사사로이 쓰지 않았다.

총무원에 들어가자 무너져가는 종단을 바로 세우고 불교의 발전을 도모하자 단월(시주자)들이 찾아왔다. 종단과 불교의 앞날을 걱정하는 신심 있는 불자들이 모여든 것이다.

하루는 스위스 대사 출신인 장상문 씨가 찾아왔다. 그는 동국제강 창업주로 한국의 유마 거사라 불리며 불교의 발전과 대중화에 큰 힘을 보탰던 장경호 거사의 둘째 아들이었다. 장경호 거사는 1975년에 타계하면서 낙후한 한국 불교의 중흥사업을 위해 써달라면서 사유재산 30억 원을 대통령 앞으로 보낸 재가 수행자였다. 생전에 한 해에 한 번은 결제에 들어갈 만큼 수행이 깊었고, 종단의 발전에 관심과 애정이 깊었던 장경호 거사는 가끔 총무원에 들러, "제가 도와드릴 일이 있습니까?" 하고 물었던 신심 깊은 불자 기업인이었다.

그의 아들 장상문 씨는 당시 공직에서 물러나 부친의 유지를 이어 현대식 포교당 대원정사와 신행단체인 대원회를 이끌면서 불교의 대중화와 생활화, 포교화 사업에 박차를 가하고 있던 중이었다.

"스님께서 총무원에 계신다면 저희가 적극적으로 돕겠습니다. 염려하지 마십시오. 뒷받침해드리겠습니다."

그를 비롯해 많은 단월들이 몰려들기 시작하자, 내가 총무원에 들어갈 때 텅 비어 있던 통장에 종단을 이끌어갈 자금이 모이기 시작했다.

"앞으론 사찰도 신도들에게 경제적인 것을 의존해서는 안 됩니다. 사찰 자체 내에서 경제력을 갖추어 신도들에게 도움을 받는 것에서 주는 것으로 바뀌어야 합니다. 수행자는 진리뿐만 아니라 경제적으로도 신도들을 도울 수 있어야 합니다."

당시 총무원의 일을 보았던 젊은 소임자 스님의 말이었다. 나는 그의 말을 경청했고, 그러한 조언을 그 후에도 잊지 않고 실천하려고 노력했다.

행정을 보면서 내가 극히 싫어했던 말은 "그 일은 이러저러 해서 안 됩니다"였다. 화를 좀처럼 내지 않던 내가 그런 일이 있을 때 단호하게 꾸짖었다.

"안 되는 것을 되게 하라. 사람이 사는 데 안 되는 것이 어디 있는가. 안 된다는 소극적인 판단이 일을 안 되게 하는 것이다. 수행자는 잘못된 것을 바르게 돌이켜서 실행할 수 있어야 한다. 적당히 타협하고 물러서면 그게 어디 수행자인가."

그러나 이상과 현실 사이에서 많은 괴리를 느끼고 총무원에 발을 들여놓은 지 석 달 만에 사표를 내고 말았다. 사표를 낸 그날로 옷보따리 하나만 들고 다시 산으로 돌아왔으니 그렇게 총무원에서의 한 철 결제를 회향한 것이다.

나처럼 쉽게 종회의장이 되고 총무원장이 된 사람도 드물고, 그렇듯 쉽게 툴툴 털어버리고 그 자리를 내려놓은 사람도 드물 것이다. 종단의 어려움으로 인해 타의로 잠깐 동안 총무원장을 지낸 시기는 출가 후 젊은 시절에 공부가 되지 않아 애를 먹었던 것 다음으로 심적으로 힘들었던 때다.

총무원장으로 석 달 동안 있으면서 비어 있던 통장에 당시로선 큰돈인 2억 9천만 원의 잔고가 들어 있는 통장을 인계하고 나왔다. 들어온 공금을 한 푼도 축내지 않고 후임자에게 그대로 넘겨주었던 것이다. 소임자가 공심으로 청빈하게 잘 살면 불교 발전을 위한 후원금을 쾌척할 사람이 많은데 그러한 기회를 잃는 것을 안타까워하면서 산중으로 돌아왔다.

종단의 발전은 결국 사람을 키우는 것에 있음을 통감했으니, 총무원에서의 현장 체험은 눈 밝은 사람 하나 키워야 한다는 내 신념을 새삼 확인하게 했다.

자리를 얻으려고 꿈에도 한번 기웃거려본 적 없이 평생 수좌로만 살아온 사람으로서 나처럼 종단의 자리를 골고루 다해본 사람도 드물 것이다. 종단이 위기에 처할 때마다 방패막이를 했던 증거일 것이다. 불교 행정의 수반인 총무원장을 비롯해, 종단의 입법기관인 종회의장, 총림의 수반인 방장, 불교계 상원의장격인 조계종 원로회의 의장을 거쳐 오늘날 종정에 이르렀으니, 평생 종단의 중요한 자리는 거의 모두 지나온 셈이다.

4

## 회향 回向

24시간 가운데 자신이 활동할 때도 화두가 되어야 하고, 꿈에도 화두를 해야 하고, 숙면에 들어도 화두가 되는 것을 기본으로 해서 그걸 스승으로 삼아야 한다. 그렇게 해서 삼매에 이르면 갈 데가 없는 것이다. 그런 다음 인연이 닿으면 바람소리, 돌을 던지는 소리, 혹은 상갓집 상주의 울음소리를 듣고도 깨칠 수 있게 된다.

# 수행자답게 사는 법

1984년 가을, 불령산 수도암을 뒤로하고 가야산 해인총림으로 돌아왔다. 스물넷이던 1948년 가을, 그렇듯 해인총림에 가고 싶어 백양사를 떠나온 지 36년 만이었다. 6·25전쟁 때 잠깐 피난을 온 적이 있고, 1967년 해인총림이 개설되면서 선방 유나로 잠시 머문 적은 있었으나, 그것은 해인총림과의 인연이 무르익기 전이었다. 1984년 이후 오늘날까지 머물고 있으니 해인총림과의 시절인연은 그 이후인 셈이다.

지금까지 25년여 동안 해인사에 머무르면서 수좌(1984~1994), 주지(1986~1994)를 거쳐 방장(1996~현재), 조계종 원로회의 의장(2000~2002)과 조계종 종정(2002~현재)으로 추대되었으니, 해인총림과의 인연은 실로 깊다 할 수 있다.

해인총림으로 돌아오자 나는 곧 수좌 소임을 맡으면서 동안거 결제에 들어 대중들과 함께 앉았다. 이때의 수좌는 총림의 선원에서 방장을 대신해 선을 지도할 수 있는 소임자를 말한다.

주지와 겸직하며 10여 년 동안 수좌 소임에 있으면서 후학들의 정진을 독려했다. 예순 살의 나이에 대중들과 함께 선방에 앉았는데 그때만 해도 앉았다 하면 너덧 시간을 꼼짝하지 않았다. 곁에 있던 수좌들이 그러한 내 모습을 보고 신심이 나서 내 옆에 오래 있으면 당장 공부를 마칠 수 있을 것 같다고들 말했다.

　수도암 선원을 짓고 불사를 하면서 몸을 혹사해 심한 견비통에다 다리도 불편했으나 대중들을 이끌고 정진하는 자리에서 초인적인 힘을 발휘할 수 있었던 것은 일평생 도에 대한 굳건한 신념과 내 스스로 설정해놓은 원칙에서 단 한 번도 물러서지 않고 살아왔기 때문이다.

　총림의 선원에서 오랜만에 대중들과 함께 앉은 나는 오래 눕지 않고 적게 먹으며 맹렬하게 수행하는 모습을 보였다.

　해인사에서는 한 해에 두 번 하안거와 동안거 결제 중 일주일 동안 용맹정진을 한다. 특별히 개인적인 사유가 없는 한 총림의 방장에서부터 학인들까지 모두 동참해 24시간 잠을 자지 않고 맹렬히 정진하는 것을 전통으로 한다. 참가한 대중은 어간에서 하판까지 시간별로 장군죽비를 잡는다.

　평소에는 벽을 보고 정좌했다가 용맹정진 때는 서로 마주 보고 앉는데, 이때는 총림의 방장이라도 졸음을 견디지 못하면 학인의 장군죽비를 피하지 못한다. 수도암에서 돌아온 그해 동안거 용맹정진 중에 이 장군죽비를 맞지 않은 유일한 사람은 나뿐이었던 것으로 안다. 해인사에 들어온 이후 지금까지 내가 조는 모습을 본 선방 대중은 단 한 사람도 없을 것이다.

선가에선 무엇보다 수마를 경계하게 하고 있다. 성철 노장은 '세상에서 가장 무거운 것은 졸음 올 때의 눈꺼풀'이라고 했을 만큼, 수좌들에게 졸음은 천적과 같다.

"용맹정진한다고 하면서 졸고 있으면 어디 그게 용맹정진인가? 수좌라는 사람들이 요를 깔고 베개 베고 자는 것은 맞지 않다. 피곤하면 입은 채로 잠깐 누웠다 일어나면 된다. 옛 스님들은 목침을 둥글게 해서 베었다. 목침이 둥글면 자꾸 미끄러져서 오래 자지 않게 되기 때문이다."

평소에 수좌들에게 내가 일갈했던 말이다.

비바람을 견딘 나무라야 산에서 수백 년을 견딜 수 있다. 수행자 또한 그런 인고의 고행 기간 없이는 수행자의 표본이 될 수 없는 것이다. 선정에 들면 몸이 용수철처럼 부드럽다고 했다. 수행자라면 가볍고 유연하게 자리를 털고 일어설 수 있어야 한다. 수행하는 모습 자체에서 태산준령과 같은 자세를 보일 수 있어야 후학들에게 수행에 대한 매력을 느끼게 하고, 공부를 휘몰아가는 모습을 보여줌으로써 출가자인 자신들이 무엇을 향해 가야 하는지를 돌아볼 수 있게 해야 한다.

'화두 떨어지면 죽는다'고 생각하면 졸 수가 없다.

몇 시간 후에 화두를 묻는데 답변을 못 한다면 죽는다고 하는데 화두를 놓칠 수 있겠는가. 또, 만일 한 시간 화두가 없으면 사형언도를 받는다고 할 때, 과연 졸 수 있는가.

공부하는 상좌들은 물론 후학들에게 내가 일평생 강조한 것은 화두참구, 즉 수행정진뿐이었다.

수행자가 사는 방법은 간단하다. 자나깨나 화두 하나로 살면 되는 것이다. 수행자의 생명은 화두에 있다. 도의 길에는 많은 것이 필요 없다. 화두에 생명을 걸면 그것으로 그만이다.

남이 방일할 때 방일하지 않고, 남이 잠잘 때 잠자지 않고, 쓸데없는 소리할 때 쓸데없는 소리 하지 않고, 남들이 건들거릴 때 건들거리지 않고, 누가 보더라도 '저 사람은 보통 사람이 아니구나' 할 정도로 노력해야 한다.

방선을 알리는 죽비만 치면 도반과 어울려 뒤에 가서 얘기하고, 낮잠 자고, 허리 아프다고 드러눕는 이런 태도를 가지고는 천 년을 앉아 있어도 공부 못한다.

용맹정진하는 기간 잠을 자지 않고 정진한다고 해서 용맹정진이 아니다. 자신이 있는 그 자리, 그 시간에 화두가 끊어지지 않는 것이 진정한 용맹정진이다. 똥을 누거나 드러눕거나 자거나 오거나 가거나 화두를 떠나지 않는 것이 용맹정진이다.

공부하는 수좌라면 '자성을 깨치지 못하고 죽으면 지옥'이라는 절박한 사실 하나 말고는 일절 다른 것에 관심을 두지 말아야 한다. 깨치지 못하고 죽으면 자신이 어디로 가는지 모른다. 가야 할 방향을 모르고 깜깜한 것이 지옥이다. 나는 묘적암에서 공부하려고 할 때 쌀 두 가마니를 놓고 문을 잠가버리고 살았다. 쌀이 떨어지도록 변화가 오지 않으면 굶어 죽지 세상으로 나와 돌아다니지 않으려고 했다. 그런 절박한 심정으로 앉아 있었다. 누구든지 그렇게 하면 될 수 있다.

화두에 푹 빠져야 한다. 그래야 진수를 얻는 것이다. 세속의 일도 자신이 하는 일에 푹 빠져야 거기에서 진수를 얻는 것인데, 하물며 도의 길에 있어서야 더 무엇을 말하겠는가.

출가정신의 근본은 철저한 발심에 있다. 출가자는 어떤 명리를 얻으려고 산문에 들어온 것이 아니다. 오로지 부처님께서 깨친 법을 배우고 자신 또한 도를 깨치기 위해서 절에 와야 한다. 그 생각만 철저하다면 딴 데로 미끄러질 수 없다. 발심이 철저하지 않으면 어중간한 데로 흘러버린다. 결코 결실이 없다.

또한 재물과 이성 앞에서 눈동자가 흐리지 않는 사람이 참된 수좌요, 장부다. 출가의 길에서 이성을 사람으로 보아선 크게 실수한다. 설사 죽은 어머니가 살아와도 냉정해야 한다. 수행자는 재색財色, 즉 물질과 이성에 대해 철저히 중무장하지 않으면 출가의 길을 제대로 갈 수 없다.

수행에 진취가 없으며 밖으로 아무리 수행을 잘했다고 해도 그것은 진정한 수행자의 삶일 수 없다. 많은 수행자들이 이 두 가지에 걸려 넘어졌다.

지혜로운 사람은 자신과 인연이 되지 않는 물질을 받지 않아야 한다. 혹 그런 것이 들어오면 눈이 동그래져서 돌려줘야 한다.

내가 발심해서 공부하기 바쁜데 명예가 보이겠는가, 이성을 가까이 할 수 있는가? 또 돈이 눈에 보이겠는가, 술이 눈에 들어오겠는가?

발심해서 공부를 철저히 열정적으로 하면 계율조차 논할 필요가 없다. 생사윤회에 대한 두려움을 알고 발심만 철저히 하면 계정혜가 자신에게 그대로 구족해버리기 때문이다. 공부하지 않고 계행만

더듬으면 그건 외도다.

성철 노장이 입적하실 때까지 내가 10여 년간 수좌 소임을 보면서 후학들에게 당부하고 또 당부했던 것은 오직 수행에 매진하라는 것이었다.

# 화합 총림

1986년, 해인사에 들어온 지 1년여 만에 주지 소임을 맡게 되었다. 1980년대 중반 당시, '근래 해인사 60년 동안 주지 임기 4년을 제대로 마친 사람은 아무도 없다'는 말이 있을 정도로 해인사 주지직의 이동은 심한 편이었다. 주지 소임자가 몇 개월 혹은 한두 해 만에 사퇴를 하는 등 해인사는 안정을 이루지 못하고 있었다.

유난히 문중이 여럿인 데다가 수백여 명의 대중들이 살아가는 곳인 만큼 말이 많고 시비가 끊이지 않았다. 그런 상황에서 총림의 방장인 성철 노장님의 "네가 주지를 맡아서 오래 좀 해봐라"는 간곡한 부탁이 있었다.

주지가 된 내가 가장 먼저 관심을 가지고 착수한 것은 해인사 도량을 정돈하는 일이었다.

당시 문화재에 대한 정부 시책이 '건물을 그대로 두고 보수하는 것은 가능하나 헐고 다시 짓는 것은 허용할 수 없다'는 것이어서 불사佛事에 큰 난관이 있었다. 그리하여 나는 사찰과 관공서가 함께 수

궁할 수 있는 '해체 복원'이라는 의견을 내어 문화재위원들을 설득하고 보수 허가를 받은 다음 불사를 시작했다.

종무소 사운당, 강원채인 궁현당과 관음전을 짓고 다시 구광루 1, 2층을 문화 공간으로 중수하고 식당채인 정수당을 신축했다.

그때에도 선원의 수좌 소임을 겸직하면서 새벽과 저녁 시간엔 반드시 선방에 들어가 정진하는 것을 원칙으로 했고 낮에도 한두 시간은 정진했다. 주지 소임을 맡는 동안 항상 일이 많았으나 내게 가장 큰 불사는 수행이었다. 나는 그 원칙을 지켰고 선방에는 항상 좌복이 마련되어 있었다. 관음전이나 궁현당 등 집을 지을 때 나와서 살펴보고 한 것은 기실 두 번째 불사일 뿐이었다.

절은 수행하는 곳이다. 수행하는 사람이 있을 때 다른 무엇을 하는 것은 옳지만 수행하는 사람 없이 생활 위주로 하는 것은 승가가 아니다. 부처님께서 평생 고행정진한 가섭 존자에게 법을 전했듯이 절에서 중심이 되는 것은 수행이어야 한다. 출가수행자들에게 수행이 없으면 시비가 끊이지 않게 마련이다.

수행자가 철저히 공부를 하다가 평온히 풀어버리면 걸음걸음에 자연히 헛공부를 하지 않게 되고 구절구절에 헛말을 늘어놓지 않게 된다. 그러므로 수행자는 걸음걸이 하나에서도 빈틈을 보이지 않아야 한다. 선방에서 앉아 있을 때의 모습과 불사를 위해 동분서주할 때의 걸음걸이에는 똑같이 허점이 없어야 한다. 귀신이 와도 빈틈이 보이지 않아 잡아가지 못할 정도가 되어야 한다.

나는 보통 사람들이 소홀하게 여기는 것에서도 결코 소홀한 적이 없다. 작은 하나가 무너지면 큰 것도 무너지게 된다는 것을 잊지 않왔기에 이익을 위해서 적당한 타협을 하지 않았다. 그것은 내가 한 평생 빈틈없이 견지해온 일에 대한 철학이기도 했다. 본사 주지를 지낼 때 종무소 주요 소임과 말사 주지는 한 번도 나의 상좌를 임명한 적이 없던 것도 그런 이유였다.

오랜 세월, 가야산의 사자 역할을 하면서 총림의 구심점이 되었던 성철 노장께서 1993년 11월에 입적하셨다. 산중의 어른이 부재할 땐 여러 가지 어려움과 갈등 요소가 있게 마련이다. 대중 5백여 명이 있는 산중이었으니 당연한 일이었다.

방장이 되기 전 주지직을 내놓고 잠시 포천 법왕사에 머문 적이 있다. 해인사에서의 시시비비를 떠나 불사가 진행 중이던 그곳 가건물에서 생활하면서 정진했다. 돌이켜 보면 묘적암에서의 정진 이후, 태산이 무너져도, 천둥벼락이 내리쳐도 전혀 동요를 보이지 않고 살아왔다. 소신껏 한번 결정한 일엔 흔들림 없이 밀어붙였다. 옆에서 벼락이 친다 해도 눈 하나 깜박하지 않는 중심이 섰던 것은 하는 일에 사사로움을 개입시키지 않았기 때문이다.

1996년 해인사 방장이 된 이후, 산중에 큰 어려움이 있을 때마다 정진하는 마음으로 모든 것을 극복해나갔다.

"정진하는 마음으로 탐욕을 버리면 된다. 자신의 전부를 버렸을 때만이 햇살처럼 밝게 진실이 드러나는 법이다."

총림의 소임자들에게 수시로 했던 말이다.

산중의 안정을 위해 가능한 한 주지 소임도 4년의 임기를 채울 수 있도록 배려했다. 소임자가 자주 바뀌면 대중의 마음이 안정되지 않기 때문이었다.

내가 총림에서 이루고자 한 것은 안정과 화합이었다. 불필요한 욕심은 물론 일을 하기 위해 필요한 욕심조차 내지 않았으니, 그것이 사중의 화합을 이뤄낸 힘이었을 것이다.

총림의 일을 하는 사람들에게 수시로 당부했다.

"반드시 사람들과 화합해야 한다. 그러나 내 것을 주장해선 화합을 할 수 없다. 상대방에게 내 것을 내주지 않으면 화합이 될 수 없다. 쟁점이 생기면 줘라. 내 뼈와 살을 다 내주어서 화합이라는 골수를 채워라."

화합은 수행자가 내적으로 갖추어야 할 가장 큰 덕목이었고 총림을 통솔하는 내 신념이기도 했다.

2002년 봄, 종정이 되었을 때 화합을 중심에 둔 내 소신을 이렇게 전했다.

"내근극념지공內勤克念之功하고 외홍부쟁지덕外弘不爭之德하라고 했다. 안으로는 부지런히 남모르게 수행하고 밖으로는 다투지 않는 덕을 쌓는다는 말이다. 이렇게 안팎이 잘 조화되는 삶을 유지하고자 하는 것이 산승의 생활철학이다. 정직하게 살고 성실하게 살며 늘 자기의 분수를 알고서 스스로 돌아보고자 애쓴다."

해인사 불사 이후 또 한 번의 불사를 했는데, 대구 팔공산 자락에 있는 도림사 불사가 그것이다. 일평생 세 번의 큰 불사를 한 셈이다.

10여 년 전, 수원 봉녕사 주지를 지냈던 묘전 스님이 시주자 한 사람을 소개하면서, '인연 있는 단월이 우리에게 땅을 시주하려고 하는데 스님이 받아서 절을 세우면 어떠시냐'고 의향을 물었다. 묘전 스님에게 들어온 시주를 불사할 능력이 없다며 내게 돌리려 했던 것이다.

처음에는 나이도 많고 그럴 힘이 없다고 사양했으나, "방장스님은 그래도 불사할 힘이 있지 않으십니까?" 하고 계속 청하는 바람에 땅을 받게 되었다.

6만여 평의 땅을 내놓은 안영주 보살은 신심 깊은 대학교수 출신으로 일찍 남편과 자식을 잃고 조상에게 물려받은 선산을 가지고 있다가 절터로 시주한 것이다.

사과나무와 가시덤불로 덮인 산을 깎아 터를 만들어 인법당을 지어놓고 살다가 2006년 선방 등 극락전, 요사채를 완성해서 대가람의 위용을 갖추었다.

"배고픈 사람 천 명 먹여 살리는 것보다 깨달은 사람 하나 나오게 하는 것이 가장 큰 불사다."

아직도 내겐 화두공부에 뜻을 둔 제방 납자들에게 선방을 열어 눈 밝은 사람 하나 키우는 게 여생의 단 하나 염원이다. 예나 지금이나 선원을 열어 대중을 뒷바라지하는 게 쉽지 않다. 현재 팔공산 도림사에 선원을 열기 위해 애를 쓰고 있는데 여의치 않다.

# 대신심, 대분심, 대의정

이따금 수좌들이 "수행이 아닌 다른 방법으로도 깨달을 수 있습니까?"라는 질문을 한다. 이에 대해 나는 "없다"고 분명히 대답한다.

수행자의 목표는 견성성불見性成佛이며, 견성성불은 자성自性을 사무치게 깨닫는 데 있다. 자성을 깨닫는다는 것은 곧 자신이 부처임을 아는 것이다.

세상에 자기 자신이 누구인지 모르고 산다는 것은 캄캄한 어둠속에서 평생 사는 것과 같다. 그러므로 수행자는 사무친 발심과 사력을 다한 수행으로 자성을 밝혀 눈을 떠야 한다.

자신이 실제로 수행을 해야 한다. 도의 길은 따지고 분석하는 데있지 않다. 그저 온몸으로 부딪쳐 체득해야 하는 것이다.

화두에 눈을 떠야 비로소 불교에 접하는 것이다. 남의 이야기를 듣고는 천 년이 가도 불교를 알 수 없다. 물을 직접 마셔봐야 뜨거운지 차가운지 아는 것처럼 수행도 자신이 맛보았을 때 실감하는 것이다.

참선을 하려면 반드시 세 가지 중요한 것을 구족해야 한다. 첫째, 크고 굳은 믿음(大信心)이 있어야 한다. 나에게도 불성이 있으며 나도 성불할 수 있다는 믿음을 가져야 한다. 그래서 백정도 성불할 수 있었고 선재동자도 53선지식을 찾아 나선 것이다.

선가에서는 스승 없이 깨닫는 것을 외도라고 했다. 스승에 대한 철저한 신뢰 역시 신심에서 나온다. 수행을 하면 윤회에서 벗어난다는 믿음이 스승을 향한 믿음으로 그대로 이어진다. 그래서 시봉하고 밥을 해드리고 승복을 빨아드리고 약을 달여드리는 것이다. 공부하려는 그 마음 하나로 얻어맞아가면서도 구정 선사처럼 솥을 아홉 번이나 새로 걸어가면서 참고 또 참아야 한다.

둘째, 기필코 깨닫고야 말겠다는 분발하는 마음(大憤心)이 있어야한다. 마치 부모를 죽인 원수를 만났을 때 당장 한 칼에 두 동강을 내려는 것과 같다. 아난 존자가 절벽 위에서 한 다리로만 서서 정진한 것도 결집장소에서 쫓겨난 분심 때문이었다. 경허 스님이 턱 밑에다 송곳을 꽂아놓고 공부한 것도 졸음에 대한 자기 분심 때문이었다. 해가 질 때마다 발을 뻗고 울었다는 옛 선사도 하루 공부가 헛된 것으로 끝난 데서 오는 분심 때문이었다. 인간적 배신을 되새기면서 복수하듯 돈을 모아 부자가 된 사람도 세속적 의미에서는 분심이라 하겠다. 그러나 근본적인 분심은 공부에 대한 분심, 생사해탈에 대한 분심이어야 한다.

셋째, 크게 의심하는 마음(大疑情)이 있어야 한다. 의심은 공부의 생명이다. 왜? 바로 그것이다. 어머니가 외아들 생각하듯, 고양이가 쥐를 잡듯 오직 화두만을 생각하는 것이다. 하지만 대신심이 되면 대분심·대의정이 일어나고, 대분심이 일어나면 역시 대신심과 대의정이 일어나며, 대의정 역시 대신심과 대분심이 있으면 저절로 일어나게 되어 있다. 대신심, 대분심, 대의정이 단계적이거나 서로 분리된 것이 아니라 동시적이며 함께 나타나는 것임을 알아야 한다.

수행의 지름길은 올바른 수행방법으로 철저히 하는 데 있다. 수행자에겐 참선해서 깨치는 길 말고는 전부 삿된 길이다. 단 한 시간 화두를 해도 먹잇감을 눈앞에 둔 매처럼 공부해야 한다. 그런 정신, 그런 모습으로 앉아 있어야지, 혼침에 빠져 있거나, 눈 감은 채 꿈꾸고 앉아 있으면 천 년, 만 년을 해도 소용없다. 눈빛이 번쩍거리도록 앉아 있어야 한다.

수행자는 순수해야 한다. 누가 뭐라 해도 나는 화두 하나에 생명을 바치겠다는 순수함이 있어야 한다. 순수함만큼 강한 힘은 없다. 수만 갈래의 강물이 바다로 흘러가듯 순수 하나에 모든 것이 들어 있다. 그러므로 수행자는 순수하지 않으면 생명을 잃는다.

수행을 하긴 하는데 확신이 한결같지 않다고 호소하는 사람들도 보았다. 그러나 실제로 자기가 참선을 해서, 어느 정도 가면 스스로 확신하게 되어 있다. 수행은 하지 않고 형식만 찾고, 말로만 하고 시비나 하고 다니면 소득이 없다. 실질적으로 공부하면 오는 게 있다. 혜능 대사의 《육조단경》을 보면, 수행을 열심히 하면 그 사람이 바로 부처라고 했다. 화두를 놓치지 않고 계속하는 그 사람이 부처인 것이다. 수행을 지속하는 사람은 부처 될 사람이기 때문에 엉뚱하게 딴일을 하지 않는다. 그러므로 수행하려고 부단히 노력하는 사람이 곧 부처인 것이다.

화두와 일념이 되면 속지 않는다. 일념의 경계는 자신이 끊임없이 노력하는 데서 온다.

수행을 하다가 경계가 오면 일체 잡념이 끊어져버린다. 돈오하면 망상이 끊어지고 무명도 뽑히고 지혜광명만 남게 된다. 옛 중국이나 우리나라 정치인들이 국사國師에게 나랏일을 물었던 까닭이 여기에 있는 것이다.

그런데 번뇌 망상이 뿌리째 뽑혀나가는 것은 돈이나 권력으로 되는 게 아니라, 오직 고통스러운 수행으로만 가능한 것이다. 다른 방법은 없다.

요즘 젊은 사람들의 신심은 진정한 신심이 아니고 호기심이다. 어떤 때는 신심이 났다가 어떤 때는 신심이 떨어지는 것은 진정한 신심이 아니다.

신심은 부처님 정법을 믿고 올바른 스승에게 지도받고 올바로 수행하는 것을 말한다. 일시적으로 왔다 갔다 하는 것을 작대기 신심이라고 한다. 작대기를 밭에 꽂아놓으면 밑이 썩으면서 자빠지게 되어 있다.

선종에선 사람 천 명 죽는 것을 보지 않고 사람 하나 키우는 데 역점을 둔다. 방법이 그렇다. 근기가 약한 사람이 있다 보니까 간화선看話禪에 허물이 있는 것 같지만, 앞으로 천 년이 가도 간화선엔 허물이 없다. 선지식들이 제시한 방법대로 하지 않는 데 허물이 있는 것이지 절대로 그 자체에 허물이 있는 것이 아니다.

요즘 사람들은 무엇을 자꾸 따지고 분석하는데, 불교를 그렇게 알려고 하면 점점 멀어질 뿐이다. 혹자는 '화두가 그 시대의 환경에 의해서 생겨난 것인데, 시대가 변한 지금에도 맞는 것인가' 하고 궁금해한다. 하지만 그것은 공부를 해보지 않는 사람들의 이야기다.

화두참선에 대해서 이러니저러니 말하지 말고 직접 뛰어들어보라. 천 년이 가고 만 년이 흘러도, 허공이 다한다 해도 간화선에는 허물이 없다. 덤벼들어 공부하지 않는 자들에게 허물이 있을 뿐이다.

중국의 향엄香嚴 선사는 스승 위산潙山 선사에게 묻고 대답하기를 병 속의 물을 쏟아내듯 하였다. 스승은 그의 학문이 건성일 뿐 근원을 깊이 통달한 것이 아님을 알고 있었다. 그러나 그의 말재주를 꺾을 수가 없었다.

그러던 어느 날 아침 위산 선사가 이렇게 물었다.

"지금껏 그대가 터득한 지식은 남에게 듣고 보았거나 경전이나 책자에서 본 것일 뿐이다. 나는 그것을 묻지 않겠다. 처음 태어나 동서를 분별하지 못할 때의 본분사本分事를 한번 일러보아라. 내가 그대의 공부를 점검하고자 하노라."

향엄은 대답하지 못한 채 고개를 숙이고 말없이 있다가 다시 이러쿵저러쿵 몇 마디 했으나, 모두 아니라는 대답을 들었다. 이에 "한마디 일러주십시오" 하고 청했다. 그때 위산 선사가 말했다.

"내가 대신 말하는 것은 옳지 않다. 그대 스스로 말해야 그대의 안목이기 때문이다."

향엄은 방으로 들어가 모든 경전을 뒤졌으나 한마디도 그 대답에 부합되는 말이 없었다. 그것을 탄식하면서 마침내 경전들을 모두 불질러버렸다. 그때 어떤 학인이 가까이 와서 마음에 두고 있던 책을 가리키면서 자기한테 한 권만 달라고 졸랐다.

"내가 이것 때문에 평생 피해를 입었다. 그대가 요구해도 그 피해를 아는 나로서는 줄 수 없다."

그렇게 대답하고는 한 권도 남기지 않고 몽땅 태워버리고 난 향엄이 말했다.

"금생에 제대로 된 불법을 배우지 못했다. 내가 이제까지 나를 당할 자가 없다고 생각했는데 오늘 위산 선사에게 한 방망이 맞고 나니 깨끗이 그 생각이 없어졌다. 이제 그저 정진하면서 여생을 보내야겠다."

향엄은 스승에게 하직을 고하고는 그곳을 떠났다. 그동안 알음알이를 다 비워버리고 본분자리를 찾겠다는 각오로 책을 태워버리는 결단을 했던 것이다. 이는 본분자리가 말이나 문자에 있지 않다는 것을 제대로 안 것이라 하겠다.

경전의 말씀은 집착을 가장 경계한다.

부처님의 제자들은 부처님을 최고로 받들고 귀의하지만 때로는 부처님을 꾸짖기도 한다. 이것은 모두가 자기 자신에게 철저하여 남에게 의지하지 않으며, 자기 스스로 깨치는 것을 귀하게 여기고 남이 깨우쳐주기를 바라지 않기 때문이다. 자기 자신을 버리고 남의 말을 쫓다 보면 자기 자신마저 잃게 된다.

그래서 간화선을 완성한 대혜종고大慧宗杲 선사는 실제로 수행은 하지 않고 흉내만 내며 남을 속이는 야호선野狐禪을 물리치면서 스

승 원오극근 선사가 편집한 종문宗門의 제일 서적이라는 《벽암록》
을 손수 불태웠던 것이다.

임제종을 연 선가의 대종장, 임제 선사에게 어떤 납자가 물었다.

"무엇이 경전을 불사르는 것입니까?"

"인연이 비고 몸과 마음과 대상이 공空함을 보고서 반드시 일념
一念이 되어 초연히 아무 일 없으면 그것이 경전을 불사르는 것이
다."

수행자는 경전을 불사르겠다는 각오로 정진해야 한다.

법은 말이나 글로써 보일 수 없다. 그 모습이 적멸하기 때문이다.
그런데도 이렇게 드러내 보여줌은 비유하자면 절벽에서 돌이 떨어
지는 것과 같다. 즉, 보는 사람은 다른 곳으로 한눈을 팔 수 없는 것
이다. 반드시 한 생각의 앞뒤가 딱 끊겨 전체를 짊어지고 가는 것이
참다운 정진이며 참된 법으로 부처님께 공양하는 것이다.

다시 말하지만, 불법 수행은 실제로 뛰어들어 참구하는 것에 그
가치가 있다.


趙州露刃劒

寒霜光煥煥

擬議問如何

分身作兩段

조주 스님의 드러난 칼날이여

찬서리 빛나고 빛나도다

아직 머뭇거리다가 어떤 것이냐고 묻는다면

찰나에 몸이 쪼개져 두 조각이 나리라

오조 법연五祖法演 선사의 게송이다. 이 게송의 뜻을 알면 무자화
두를 알게 되는 것이다.

# 마하가섭과 같은 두타행

옛 어른들께서 '기한飢寒에 발도심發道心'이라고 하셨다. 이 말씀은 세월이 가도 수행생활에 지침이 되어야 한다. 물질이 풍부한 지금 세상에 그 무슨 말이냐 할는지 모르지만 아무리 물질만능의 시대라 해도 도를 배우려면 가난부터 배워야 한다.

풍요로운 환경에서는 이뤄지는 게 없고 옳은 정신이 개척되지 않기 때문이다. 풍요로움 속에서도 가난을 취할 수 있어야 진정한 수행자다.

우리는 젊어서 늘 맨주먹으로 살았어도 뒷날을 걱정해본 적이 없다. 그런데 요즘 사람들은 그렇지 않은 것 같다.

출가수행자의 생활 방식은 부처님 당시부터 네 가지 형태로 실천되었다. 첫째, 걸식으로만 음식을 얻어먹었다. 그래서 부처님께선 수천 대중을 데리고 날마다 탁발을 나가 걸식을 하셨다. 둘째, 남이 버린 베 조각으로 옷을 만들어 입었다. 셋째, 나무 아래서만 공부를 하며 지붕이 있는 곳에선 잠을 자지 않았다. 넷째, 소의 오줌똥으로 만든 약만 사용했다.

이를 일러서 두타행頭陀行, 즉 고행이라고 한다. 고행은 청빈한 수행을 말한다. 부처님 당시 두타행의 제일은 마하가섭 존자였다.

어느 날 부처님께서 가섭 존자에게 말했다.

"가섭은 두타행을 오롯하게 하면서 늙도록 쉬지도 않는구나."

몸이 자꾸 약해지는 그를 불쌍히 여기시고는 또 이렇게 말했다.

"그대는 오랫동안 뼈를 깎는 수행을 해왔으니 좀 편히 지내도록 하라."

이런 말을 듣고도 가섭 존자는 고행 정진을 계속했다. 이를 보고 다시 부처님께서 말씀하셨다.

"그대가 일체 중생에게 의지처가 되어줄 수 있다면 나 여래가 이 세상에 있는 것과 다름없으리라. 그대처럼 두타행을 하는 사문沙門이 있다면 내 법이 머무를 것이고 그렇지 않다면 없어질 것이다. 그대는 진실로 대법大法을 짊어질 만하구나."

결국 고행 정진을 가장 많이 한 가섭 존자가 부처님의 법을 전해 받고 인도의 초조初祖가 되었다. 백번 말해도, 수행자에겐 청빈한 수행 그것만이 생명이다.

선인들은 나무 밑에서 잠을 잔다는 것을 이렇게 해설했다. 덮는 이불을 '여일 리離 부처 불佛'이라고 해서 이불離佛, 즉 부처를 여읜다고 표현했다. 지붕이 있는 곳에서 이불을 덮고 편안한 잠을 자면 공부와는 더욱 멀어질 수밖에 없음을 경계하였던 것이다.

수행자에게 청빈한 수행이 있느냐 없느냐에 따라 법이 머무르고 없어짐이 달렸기에 이미 2천6백여 년 전에 모범을 보인 것이다. 두타행을 잃어버린 말법시대의 후환을 일찌감치 알고 후학에게 그 교훈을 몸소 실천으로 남긴 것이라 하겠다. 의식주에 탐착하지 않고 오로지 공부에만 관심을 가졌음을 알 수 있다.

가섭 존자는 일도 열심히 했다.

가섭 존자가 어느 날 겨울을 나기 위해 벽에 바를 진흙을 열심히 이기고 있었다. 그때 마침 어린 사미가 이것을 보고 의아해서 물었다.

"존자께서는 어찌 이 일을 손수 하십니까?"

"내가 하지 않으면 누가 하겠는가?"

이러한 가섭 존자의 두타행은 중국 선사들에게도 그대로 이어졌다.

우리 종문의 개조開祖이신 육조 혜능 스님도 방앗간에서 허리에 돌을 달고 방아를 찧으면서 나무 쪼개는 고행을 묵묵히 수행 삼아 했던 것이다. 고행의 또 다른 모습인 일을 매개로 법이 오가는 것은 우리 선종의 독특한 공부방법이다.

내가 봉암사 결사에 동참해 정진할 때만 해도 나무하고 밭 매고 장작 패고 얼마나 일이 많았던지 화두를 챙기지 않고는 도저히 배겨낼 재간이 없을 정도였다. 돌아가신 자운 노장과 함께 고개 너머 충청도 땅으로 탁발도 자주 나갔다.

지금 생각해보아도 그 힘든 때가 가장 공부가 잘되었다. 생각해보면 선배 스님들은 대근기를 갖추고 있으면서도 깨치지 못하거나 사무치지 못한 날에는 밥 짓고 절구질하며 일상생활 속에서 자기를 숨기고 아무리 천한 일이라도 감히 꺼리지 않았다.

일이 많았던 지난 어려운 시절에는 일을 열심히 하면서도 많은 공부인이 나왔는데, 요즈음은 일이 없어져 공부할 시간은 더 많아졌는데 공부인이 더 드물어졌다. 만공 스님께서도 대중울력이 없어지면서 공부하는 사람이 나오지 않는다고 탄식하시곤 했다.

송나라 때 천목중봉天目中峰 선사도 이를 한탄하여 남겨놓은 말씀이 있다.

"슬프다. 요즈음 도를 닦겠다는 사람들은 그저 도를 닦는다고 그 자체로써 명분을 삼기는 한다. 그러나 행동을 보면 배고프지 않아도 밥을 먹고 피곤하지 않아도 잠을 잔다. 그런가 하면 모든 것을 다 받아들이고 제멋대로 시주물을 쓴다. 천하에 어찌 노력하지 않고 거두며 심지 않고 수확하는 것이 있겠는가?"

오늘날의 우리에게도 많은 교훈이 되는 말씀이다.

사람은 옛날과 지금이 있지만 법은 멀고 가까움이 없다. 비록 시대가 달라져 울력 일거리 자체가 없어져버린 오늘이지만 그럼에도 늘 검소한 삶과 두타행 정신을 그대로 살려나가야 한다.

누군가 토굴을 지었다기에 가본 적이 있다. 냉장고 문을 열어보니 없는 게 없었다. 기름 하나만 해도 들기름, 콩기름, 참기름 등 종류별로 모조리 갖추어놓았다.

시대가 변해도 수행자의 검소한 생활 방식은 바뀌면 안 된다. 공부하는 사람은 돈이 주머니에 있더라도 어렵게 사는 옆 사람들에게 주고 빈손이어야 한다. 차비가 없으면 걸어 다니거나 얻어 타고 다녀야 공부할 수 있다. 수행자가 주머니에 돈이 있고, 방이 따뜻하고 음식을 배불리 먹고 앉아 있으면 공부와는 멀어지는 것이다.

다시 말하지만, 풍요로움 속에선 결코 공부를 이룰 수 없다. 억지로라도 가난해야 한다. 수행자는 시시때때로 삭발한 머리를 만져보며 '내가 왜 출가했는가'를 물어야 한다. 물음이 확실하면 깊고 정확한 답이 나오는 법이다.

어는 무릎 에어내도 불 생각을 전혀 잊고
주린 창자 끊어져도 먹을 생각 말아야 할 것이니
번쩍하면 백 년인데 공부하지 않고 어이할 것인가
한평생이 얼마이기에 닦지 않고 방일한가

원효 대사의 말씀으로, 초심자일 때 배웠던 《초발심자경문》에 나오는 글귀다. 처음 발심해서 부처님처럼 되겠다고 절에 들어왔던 그 마음으로 돌아가야 한다.

| 결제 법문 중

# 계율은 곧 스승이다

"계는 받는 것이 아니라 지키는 것이다."

생전에 성철 노장께서 하신 말씀이다.

수행자는 무엇보다도 계를 지켜 청정해야 한다. 물을 오물 그릇에 담으면 오물과 섞여 오물물이 되고 맑고 깨끗한 그릇에 담으면 맑은 물이 되는 것과 같다. 맑고 깨끗한 그릇처럼 이 세상을 담을 덕성을 가진 완벽한 수행자가 되어야 한다.

종정 취임 후, 나는 종단이 나아가야 할 방향을 계율과 교육에 둘 만큼 두 가지를 중요하게 여겼다. 계율은 총림 예법의 근본이며 교단이 청정해야 모든 이들의 귀의처가 될 수 있기 때문이다.

애초에 계율을 지키지 않고 부처님의 심종心宗을 전수했다는 소리를 나는 아직 들어보지 못했다. 계로 인하여 정定이 생기고, 정으로 인하여 혜慧가 생기기 때문이다. 계는 기초이고 도道는 집이라고 했다. 그런데 이 두 가지가 없다면 이 한 몸을 어디에 의탁하겠는가?

계율이 무너지면 공부도 못 하고 사람 구실도 못 해 전체가 다 깨져버린다는 것을 명심해야 한다.

신라시대의 자장 율사는 그윽한 수행으로 가피를 나타내 모든 사람들이 믿고 존경하였다. 이를 알고 왕이 여러 차례 대궐로 불렀으나 산에서 나오지 않았다. 이에 왕이 크게 노해 대신에게 이번에도 나오지 않으면 왕명을 거역하는 죄로 목을 베어오라고 명령했다. 칼을 가지고 간 대신이 왕의 말을 전하고 하산할 것을 권유했으나 자장 율사는 태연히 이렇게 말했다.

"차라리 하루만이라도 계율을 지키며 살지언정 파계하고 평생을 살기를 원치 않는다."

오늘날의 납자들도 가슴 깊이 새겨야 할 말씀이다.

나의 노파심인지 몰라도, 요즘 사람들은 행行에 걸림이 없다는 것을 막행막식으로 잘못 이해하고 있는 것 같다. 행에 걸림이 없다는 것은 이치에 걸림이 없다는 뜻이다. 이성과 접하고 고기를 먹고 술을 마셔도 괜찮다는 게 아니다. 조선의 대표적인 도인으로 알려진 진묵 스님은 곡차라고 하면 마시고 술이라고 하면 마시지 않는 것이 평소의 계행이었는데, 어느 날 식초 한 말을 곡차로 알고 마시고 선정에 들 수 있었다. 그 정도 되어야 행에 걸림이 없다고 할 수 있는 것이다. 도를 튼 사람 이외에는 이런 것을 실감하지 못한다.

도선道宣 율사는 중국의 율종을 성립한 분이다. 도선 율사가 젊었을 때, 스승에게 계율 강의를 한 번 듣고는 즉시 사방으로 유람을 떠나고자 했다. 그러자 스승은 "먼 길은 가까운 데서부터 시작해야 한다"고 꾸짖고는 수행의 출발은 계율에 있음을 일러주고는 계율에 대한 똑같은 강의를 열 번이나 반복했다. 도선 율사가 하근기도 아니요, 율장의 내용이 난해한 것도 아닌데 무엇 때문에 오래 머물게 하면서 열 번이나 듣게 했을까? 이는 계율로 말미암아 도의 근본이 이루어지는 것이니 골수까지 깊게 스며들게 하여 그 견고함을 변치 않게 하고자 했기 때문이다.

계를 잘 지키면서 열심히 수행하던 도선 율사가 한밤중에 산길을 오르고 있었다. 어두워 앞이 제대로 보이지 않아 실수로 돌계단에 걸려 넘어졌다. 땅에 부딪치려는 순간, 어디서 나타났는지 갑옷을 입은 장군이 그를 받쳐주었다. 하도 이상해서 "누구십니까?" 하고 물었더니, "저는 호법신장입니다. 스님께서 계의 덕이 높기 때문에 호위하기 위해 하늘에서 내려와 이렇게 따라다니고 있는 중입니다"라고 대답했다. 계는 이처럼 항상 자기의 몸을 지켜주는 공덕이 있는 것이다.

혹 어떤 사람은 선종의 초조인 달마 대사께서 홀로 전하신 선법禪 法은 문자도 쓰지 않았는데 무슨 계율 이야기를 하였겠느냐고 반문할지도 모르겠다. 달마 스님께서 계율을 말씀하지 않은 데는 두 가지 이유가 있다. 즉, 근본 종지宗旨만을 투철하게 하며 제자들을 믿었기 때문이다.

달마 대사는 오로지 심인心印을 전하는 것으로써 종을 삼았다. 오직 바로 가리키는 것에만 힘을 기울였다. 다시 말하면 돈오를 가르쳤다. 단박에 깨달음의 자리에 그대로 들어가게 했을 뿐, 단계를 차례로 거치도록 하지는 않았다. 그 종지가 이와 같았기 때문에 계율을 말한다면 오히려 잘못이기 때문에 말씀을 하지 않았을 뿐이다.

제자들을 믿었다는 것은 일반적으로 달마 스님 문하에는 모두가 상근기의 인재들만 모였기 때문이다. 전생부터 부처님의 지혜를 익혔으며 또한 최상승의 근기를 갖추지 않은 사람이 하나도 없었다.

이런 사람들은 이미 계정혜戒定慧의 삼학을 닦았기 때문에 새삼스레 계율의 중요성을 말할 필요가 없었다. 그런데도 계율을 고의로 어기는 제자는 없었다. 총림 최초의 법규인 '백장청규'를 만든 백장 스님은 허다한 위의威儀와 예법을 세워 사소한 일상에 이르기까지 빈틈없이 계율을 만들었다. 이것은 달마 대사의 사람의 본성을 바로 가리키는 종지에 비교해봐도 전혀 어긋남이 없다.

어떤 스님은 총림의 예법이 세세한 것을 비난하기도 한다. 그러나 이것은 계율이 총림 예법의 근본이라는 것을 제대로 이해하지 못했기 때문이다. 근본 없이 지엽만 존재할 수는 없다.

선배 스님들도 도체道體를 잃으면 계의 힘이 소멸하고 계의 힘이 소멸하면 총림의 예법도 잃게 된다고 하였다. 예법을 잃고서야 어떻게 천하의 인심을 도로 돌아가게 할 수 있겠는가?

정진도 결국 계가 바탕이 되어야 제대로 힘을 얻을 수 있다. 그래서 성철 노사께서는 수좌들이 지켜야 할 다섯 가지 계율을 총림 대중에게 가르치셨다.

첫째, 네 시간 이상 자지 말라.

둘째, 잡담하지 말라.

셋째, 정진 중에 문자를 보지 말라.

넷째, 포식하지 말고 간식하지 말라.

다섯째, 일을 하라.

출가해서 나는 한평생 잠 때문에 낭패를 본 적은 없다. 본디 잠이 적은 탓이기도 했지만 공부에 마음이 바쁜데 어찌 충분히 잠을 잘 수 있겠는가? '깨치지 못하고 죽으면 지옥'이라는 생각으로 이불 한번 변변히 덮고 자지 않았다.

방선 중에 잡담을 하거나 문자를 보는 것은 정진을 방해하는 마장이니 삼가야 한다. 음식은 도를 이루는 약으로 알고 알맞게 먹어야 한다. 포식은 수마를 불러 공부를 방해하는 독이 된다.

나는 태백산에 들어가서 10년 동안 홀로 살 때 밥 한 공기에 김치만 먹고 살았어도 건강을 유지해가며 공부하고 일했다. 나무를 하루에 한 짐씩 하는 것도 거르지 않았다.

잘 것 다 자고 먹을 것 다 먹고 시간 나면 잡담하고 그렇지 않으면 시비하고, 도대체 어느 겨를에 공부하겠는가?

해제하면 여기저기 돌아다니면서 막행막식하고 수행자의 본분을 잃고 있지는 않은가 돌아봐야 한다.

"계를 스승으로 삼아 정진하라."

부처님께서 입적 직전 유훈으로 남긴 말씀이다. 언제 어디서나 출가삭발한 수행자의 본분을 잊지 않고 세속에 물들지 않고서 홀로 묵묵히 걸어갈 때 수행자의 자존심이 서는 것이다.

세간의 눈으로 보면, 휘황찬란한 세상에 산속에 들어앉아 세끼 밥 먹고 사는 것에 만족하고 사는 것이 어디 그게 사람이겠는가 할는지 모른다.

그러나 그렇게 등신 소리, 바보 소리 들어야 공부할 수 있다.

# 오매일여

　어떤 일이든 사소한 것이라도 시작했으면 끝내는 습관을 들여야한다. 수행도 마찬가지다. 수행의 근본 생명도 시작했으면 끝내는 거기에 있는 것이다.

　한 비구니가 내게 와서 화두를 배웠는데, 말도 점잖게 하고 총명했다. 공부한다고 자주 오기에 "나한테 아무리 와도 소용없다. 화두를 철저히 공부해서 경계가 달라졌을 때 와라. 그전엔 자꾸 찾아와야 소용없다" 했더니, 한 3년 소식이 없었다.

　그래서 환속한 줄 알았는데, 하루는 찾아오겠다는 편지가 왔다. 그가 와서 하는 말이 도반 서넛과 함께 어느 섬에 가서 공부를 했다고 한다. 섬도 아주 가난한 곳으로 가서 빈집을 하나 얻어 꽁보리밥에 된장 하나 놓고 먹으면서 정진했다는 것이다.

　그러다가 가을인가, 문을 열어놓고 공부하는데 문이 저절로 닫혔고 마침 벽시계가 울렸다. 그때 마음에 변화가 온 것 같다. 그런 상태를 두고 깨달은 것으로 오판할 수 있으나 확실한 깨달음을 얻지는 못했더라도 망상이 없어진 경계에 이른 것은 분명하다.

그런 이야기를 하면서 그가 "부처님께서 깨친 것이 바로 이런 건가 봅니다"라고 했다. 그때 내가 화두 경계를 물으니 즉각 대답을 했다. 하지만 그것은 구경究竟의 경지는 아니었다. 그럴 때 공부를 계속하지 않으면 다시 망상이 생기는 경계였다. 그래서 "공부를 더 하라"고 권했더니, 자신이 공부한 게 옳다면서 공부를 더 이상 하지 않으려고 했다. 스승의 말을 듣고 공부하면 시간문제인데, 믿지 않고 고집을 부렸던 것이다. 젊었을 때라면 몽둥이를 들었을 테지만 이제 기운이 없어 그럴 수도 없고 해서 그냥 돌려보냈다.

그 뒤로 한번은 내가 전화를 했다.

"그럴 바에는 나에게 오지 마라. 내 말을 듣지 않는데 내게 와서 뭐 할 것인가?"

그러면서 책 한 권을 보냈다. 성철 노장이 번역한 깨달음에 관한 책이었다. 읽어보고 답장하라고 했더니 '다시 공부하겠다'는 답이 왔다.

그런데 시간이 흐른 뒤 다시 찾아와서 하는 말을 들어보니 엉뚱한 소리를 했다. 올바로 공부를 못 한 것이다. 화두를 설파하는 것은 마음이 바뀌지 않으면 도저히 무슨 소리인지 모르게 되어 있다. 그래도 더 밀어붙이면 될 것 같아, "이제 춘풍에 돛단 듯 공부할 때가 되었으니 다시 열심히 정진해라" 했더니 다시 잠잠했다. 요즘은 외국에 가 있는 모양이다. 다른 선지식들을 찾아가면 "공부를 잘한다"고 하는데, 나만 인정해주지 않는 게 섭섭했을 것이다. 하지만 이제는 시기를 놓친 때라 괜히 허송세월하고 있는 것이다.

요즘 어떤 사람들은 화두를 받아서 공부하다가 말고 다른 데 가서 다시 화두를 받는다. 이렇게 이리저리 오가는 것을 아는 사람은 화두를 가르쳐주지 않는다. 일부 어떤 스승들은 찾아간 사람에게 들던 화두를 버리고 자신한테 와서 배우라고 한다는데, 그것은 올바른 지도 방법이 아니다. 수행을 전제로 출가를 했으면 본인이 눈 밝힐 때까지 수행해야 한다. 참선을 해서 자신이 먼저 눈을 뜨기 전엔 포교도 불사도 있을 수 없다. 지도할 능력이 없는 사람은 화두를 가르치지 말아야 한다. 자기 재산이 없는데 무엇을 가르칠 것인가? 눈을 뜨지 못한 채 불교를 알린다고 변방으로 돌아다니는 것은 출가의 본래 뜻이 아니며, 나도 치고 남도 치게 된다.

　무엇보다 먼저 생사발심을 해야 한다. 발심한 만큼만 수행하게 되어 있다. 또 발심을 했더라도 주위 환경을 잘못 만나면 다른 데로 미끄러지게 된다. 주위 환경도 자신이 만드는 것이다. 스승을 믿고 수행관이 철저하면 어떤 환경에 처해도 올바로 갈 수 있다. 승속을 막론하고 수행에 뜻이 있는 사람은 옳은 스승을 만나기를 깊이 발원해야 한다. 발원이 간절하고 자신의 안목이 열려야 올바른 스승을 만날 수 있다.

　화두수행을 잘하려면 하루 24시간 화두를 여의지 않아야 한다. 일상에서도, 꿈에서도, 잠 속에서도 화두와 일념이 되어야 한다. 화두와 일념이 되는 사람은 24시간 잡념이 없다. 잡념이 없게 되면 차원이 달라져버린다. 그런데 일상에서나 꿈에서까지 화두가 떠나지 않더라도, 잠이 푹 들었을 때 화두가 안 되면 영겁의 생사를 면할 수 없다고 했다. 이는 성철 노장께서 말씀하신 삼분단三分段 법문이다. 부처님도 《능엄경》에서 오매일여寤寐一如를 말씀하셨다.

그런데 어떤 사람들은 잠이 깊이 들었을 때는 물론 꿈에서도 화두와 일념이 될 수 없다고 한다. 그냥 깨쳐서 한 소식 하면 되는 거지, 뭘 그런 걸 하느냐고 반대하는 사람도 있다. 그러나 눈 밝은 종사들은 오매일여를 주장했고, 수행해본 사람은 이 말을 알아듣는다.

어쨌든 24시간 가운데 자신이 활동할 때도 화두가 되어야 하고, 꿈에도 화두를 해야 하고, 숙면에 들어도 화두가 되는 것을 기본으로 해서 그걸 스승으로 삼아야 한다. 그렇게 해서 삼매에 이르면 갈 데가 없는 것이다. 그런 다음 인연이 닿으면 바람소리, 돌을 던지는 소리, 혹은 상갓집 상주의 울음소리를 듣고도 깨칠 수 있게 된다.

화두가 골수에 사무치도록 공부하는 게 가장 쉬운 방법이다. 간절하고 또 간절하게, 노력하고 또 노력하는 그 길 이외에는 없다.

내 성품이라고 하는 것은 원만구족해서, 무엇 하나 보태거나 덜어낼 것이 없다. 항상 밝은 법이다. 성품을 바로 깨치면, 한밤중처럼 캄캄한 데서 살다가 아침에 해 뜬 것처럼 밝은 세상으로 나오는 것이다. 경전에도 자성이 밝은 것을 백천일월百千日月에 비유했다. 그만큼 밝은 것을 말하는데 삼분단에 이르도록 공부하면 반드시 그런 경계가 오게 된다.

고려의 태고 스님은 스승이라고 할 만한 사람을 찾지 못하고, 조사 어록을 보고 '만법귀일萬法歸一 일귀하처一歸何處, 만법은 하나로 돌아가는데 그 하나는 어디로 돌아가는가'라는 화두로 깨달았다고 한다. 그때 태고 스님은 '부처님께서 이런 법을 깨쳤나 보다' 하고 자신감에 넘쳐 한가롭게 지내다가 중병을 앓게 되었다. 그런데 병

앞에 서니 그간 공부해서 깨친 게 하나도 효과가 없었다. 고통스럽고 어두워 갈피를 잡지 못했다. 그래서 잘못 알았다고 판단해 다시 조주의 무자 화두를 17년 동안 공부해서 마침내 깨달았다는 이야기가 전하고 있다.

공부가 잘 안 된다고 내게 찾아와 하소연하던 한 수좌에게 이렇게 말했다.

"지금 이 자리에서 화두를 들어라. 지금 화두가 없으면 화두를 챙기고 나가라. 지금 그 자리에서 화두가 없으면 송장이다. 밥을 먹다가 화두가 없으면 밥을 먹지 말고 화두를 챙기고, 화장실에 가서 일을 보다가도 화두가 없으면 일을 보지 말고 화두를 챙겨라."

지금 조계종단에서는 자신이 공부하겠다는 마음만 철저하면 공부를 두세 번 하고도 남을 만큼 좋은 환경이 만들어져 있다.

나는 서른 전 선방에 다닐 때는, 저녁 9시에 대중들이 잠자리에 들면 살며시 밖으로 나가 누각에 앉아 좌선하고, 졸음이 오면 걸어다니면서 공부했다. 토굴에서 살 때 째각거리는 시계소리가 죽음으로 가는 소리 같아서 벽에 걸린 시계를 떼어 밖에다 놓아두고 일부러 시간을 보지 않고 살기도 했다. 공부는 더딘데 시간 가는 게 가슴 아팠기 때문이다.

요즘 사람들은 시간을 낭비하는 것을 너무 쉽게 생각한다. 이 시간이 가면 다시 오지 않는다. 늙어서 칠팔십이 되어 기운 없을 때를 생각해보라. 젊음의 시간은 두 번 오지 않는데 황금 같은 시간을 너무 가치 없이 보내고 있다.

목숨 바쳐 오직 정진하는 것만이 수행자가 살 길이다.

一拳拳倒黃鶴樓

一踢踢飜鸚鵡洲

有意氣時添意氣

不風流處也風流

한 주먹으로 황학루를 거꾸러뜨리고

한 번의 발길질로 앵무주를 뒤집네

의기가 있을 때 의기를 더하니

풍류가 아닌 곳 또한 풍류로다


임제 선사의 게송이다. 자성을 깨쳐 저 게송처럼 자신감 있게 나아가길 바란다.

# "가봐!"

선가에선 말로는 미치지 못하는 밑바닥을 나타내고자 하는 것을 양구良久라고 한다. 단상에 올라 법문을 하기 전 선사들이 묵묵히 앉아 있는 모습이 바로 그것이다. 이는 또 무언의 상태를 말하는 것으로, 학인들에게 회광반조回光返照시킬 때 선사들이 종종 드러내는 행동이기도 하다.

당나라의 구지俱胝 화상은 평생 동안 누가 와서 무엇을 묻든 손가락 하나만을 세워 들었다. 임종 때 대중에게 "내가 천룡天龍 스님에게 일지선一指禪을 얻은 후 평생 동안 사용해도 모두 써버리지 못했다" 하고는 손가락을 곧추 세운 후 돌아갔다. 비마秘魔 스님은 일생 동안 나무집게 하나만을 사용했고, 타지打地 스님은 묻기만 하면 한 차례 땅을 내리쳤을 뿐이다.

무업 스님은 일생 동안 혹 누가 묻기만 하면 "망상을 피우지 말라"고 했을 뿐이다. 그리고 이르기를 "한 곳을 꿰뚫으면 천 곳 만 곳을 일시에 꿰뚫고, 한 기연機緣을 밝히면 천 기연 만 기연이 일시

에 밝혀진다"고 했다. 이처럼 옛 어른들은 심오하고 은밀하게 학인
들을 제접했다.

"가봐."

이 말은 내가 상좌들에게 가장 많이 한 말이며 거기서 조금 더 보
탠 말은 "가, 밥먹어라"였다. 천성적으로 말수가 적기도 했지만 수
행자에게 "수행정진하라"는 말밖에는 모두 군더더기다.

태백산 도솔암에서 오랫동안 정진하고 내려온 상좌가 내게 절을
하고 앉았다. 수좌들 사이에선 태백산 봉화 홍제사에서 한 시간 거
리인 도솔암이 춥고 배고프기 위해 들어가는 곳으로 통한다. 샛길
도 인적도 끊긴 절해고도와 같은 도솔암에서 6년 동안 단 한 번도
내려오지 않고 정진한 상좌에게 말했다.

"더 하지 않고 벌써 내려온 거냐?"

묵묵히 앉아 있는 상좌에게 내가 다시 말했다.

"가봐."

잘 먹지를 못해 이가 우수수 쏟아져버리자 이 치료를 받기 위해
잠시 내려왔던 상좌는 그 말을 듣고 잠시 서운했을 것이다. 그가 다
시 도솔암에 올라가 10여 년을 더 공부하고 내려왔다. 공부를 하면
서 상좌는 내가 했던 단 한마디의 "가봐"라는 말 속에서 '하다 말
다 하는 공부는 열 걸음 나아갔다가 아홉 걸음 후퇴하는 것'이라는
뜻임을 알았을 것이다.

그가 다시 내려와 삼배를 하고 앉았다. 젊은 날 그곳에서 정진했
던 나는 도를 이루기 위한 염원이 뼈에 사무치지 않으면 그곳에 머
물 수 없음을 누구보다 잘 알고 있다. 한참 침묵을 지키던 내가 말

했다.

"가, 밥 먹어."

손상좌 하나가 7년 동안 묵언정진을 하고 회향하는 날, 가사장삼을 수하고 절을 올리는 그에게 "수고했다"고 한마디 하고는 다시 있다가 "가봐"라고 한 게 전부였다.

상좌나 손상좌들에게 "가봐"라는 그 한마디 속에 들어있는 내 심중이 전해졌다면 다행이다. 이는 '공부하는 수좌에게 무슨 말이 필요 있는가? 오로지 정진하라'라는 뜻이다. 다만 말이란 것은 조용한 수면에 돌을 던지는 것과 같을 뿐이다.

한 해에 한 번 내 생일에 상좌들이 모이면 늘 하는 한마디가 있다.

"밥값 해라."

그 말 말고는 세월이 가도 더하거나 덜하는 것이 없다. 내가 상좌들을 앉혀놓고 늘 하는 이야기는 하나였다.

"너희들이 머리 깎고 먹물 옷을 입었으면 첫째는 참선을 해야 한다. 그다음은 포교, 그다음은 참선하는 스님들이나 포교활동을 하는 스님들을 뒷바라지해라. 수행자는 세 가지 가운데 하나는 하고 살아야 밥값을 하는 것이다."

수도암 선방 대중을 외호하면서 살고 있는 상좌에게 "밥값 해라"는 말에서 조금 더 보탠 적이 있다.

"옛날에 사중에서 호롱불을 켜면 개인 돈으로 산 호롱불은 위에, 사중 돈으로 산 호롱불은 아래에 놓았다. 개인 기름이 아래로 흘러내리면 사중 것이 되어서 괜찮지만 사중의 기름이 개인 것으로 흘러내리면 안 되었기 때문이다. 선방에 가서 좌복에 앉아야만 공부가 아니다. 원주 소임을 잘 보는 것도 다 공부다. 공심空心으로 열심히 살아라."

1년에 한 번 수도암을 방문해도 나는 말이 없다. 묵묵히 공양을 하고 묵묵히 도량을 거닌다. 상좌들도 대개는 나를 닮았는지 말이 없다. 그렇게 말을 하지 않아도 1년에 한 번 내가 수도암에 가서 머물면 도량의 기운이 다르다는 느낌을 받는다고 한다. 훈훈하고 든든하다는 것이다.

"감정적이거나 즉흥적으로 말씀하거나 행동한 적은 일생에 단 한 번도 없을 것이다."

저희 사형사제들끼리 그렇게 얘기하는 모양이다.

총림의 소임자들도 '이래라저래라 하는 말이 없어 더 긴장되고 두렵다'고 한다. 산중의 중요한 결정을 하는 임원회의를 할 때도 말없이 가만히 듣고만 있다가 마무리를 지을 때 의견 한마디만 하고 있다.

"남에 대한 이야기 하지 말고 화두 들어라."

상좌들은 물론 총림 대중에게 가장 많이 했던 말일 것이다.

시비하지 말고 정진하라. 먹을 게 없으면 얻어먹으면 되고, 잠잘 데가 없으면 한데서 자면 된다.

수행은 말이 아니고 실천이다.

# 맹상군의 눈물

많은 사람이 내게 "참선이 무엇입니까?" 하고 묻는다. 그때마다 나는 이렇게 대답한다.

"참선이 무엇이냐고 묻는 그대 자신의 실체, 즉 자성自性을 바로 알면 그것이 참선이다."

참선은 특별한 게 아니라 자성, 즉 자신의 성품을 아는 것이다. 불법과 자성은 둘이 아니다. 수행해서 그것을 증득하지 못하면, 부처님의 말씀을 통째로 외워도 소용없다.

예를 들어 여기 두 사람이 앉아 이야기를 나누고 있다고 하자. 죽은 송장은 말을 알아듣지 못하고 얘기할 수도 없다. 그런데 두 사람은 말을 주고받는다. 그 말을 주고받는 실체가 자성이다. 그것을 모르고는 부처님 밑에서 공부했다 해도 소용없다.

승속을 떠나 사람이 살아서 반드시 해야 할 것은 자성을 깨치는 일이다. 자성을 깨치는 것을 다른 표현으로 '마음을 밝힌다. 불성佛性으로 돌아간다. 자신을 바로 본다'라고 한다.

중생과 부처의 차이는 저 자성을 깨쳤느냐, 깨치지 못했느냐에 있을 뿐이다.

세상의 많은 사람들이 퇴설당을 방문했다. 불자는 물론 타종교인, 일반인들이 찾아왔고 국가의 최고 권력인 대통령, 정치가, 재벌도 다녀갔다. 그들은 이름과 지위가 달랐으나 공통점이 있다면 행복을 추구한다는 것일 것이다.

유정, 무정의 모든 존재는 행복을 추구한다. 행복은 무엇에서 찾을 수 있는가. 바로 저 자성을 깨달아 삶에서 자유자재로 쓸 때 얻어진다. 자성을 깨닫는다는 것은 사물에 대해 분별하지 않는 무심無心을 증득하는 것이다. 무심을 증득하면 거기에 지혜의 빛이 생기고 대자유가 생기는 것이다.

세간과 출세간에서 추구하는 행복의 의미는 다르다. 흔히 세간에서 추구하는 재물욕, 이성욕, 식욕, 명예욕, 수면욕의 다섯 가지 욕망은 일시적 행복이지 영원한 행복은 아니다. 영원한 행복은 자기 자성을 확실히 깨치는 것에 있다. 무명의 세계가 완전히 소멸되어 지혜의 광명만 있기 때문이다.

'세속에서 열심히 일하면서 살고 있으나 만족감이 느껴지지 않는다'면서 '과연 어떻게 살아야 하느냐'고 묻는 사람이 많다.

'나'라는 자신을 아는 근본문제를 해결해야 안정과 평화가 오는 것이다. 근본을 여의고 지말枝末을 따르면 분주하기만 하지 마음에 안정을 얻을 수 없다.

수행에 자신을 내던져 자성을 증득해야 영원한 행복을 누릴 수 있다. 부처님 말씀에 '사람마다 다 불성을 가지고 있다'고 했다. 그

불성을 깨달아 자유자재로 쓸 때 영원한 행복을 누릴 수 있다. 그러면 어떤 일을 해도 자신이 있고 생기가 있다. 생동감 있게 흔들리지 않고 평생을 살 수 있는 것이다.

사회생활을 하면서 물질만을 중요시하고 참된 인생관이 없으면 혼미 속으로 빠져 결코 좋은 결과가 오지 않는다.

자기 자신을 모르는 사람은 암흑 속에서 하루 24시간을 사는 것처럼 재미가 없다. 생각해보라. 앞이 보이지 않아 늘 까닥하면 부딪치고 사는데 무슨 재미가 있겠으며 행복할 수 있는가?

세상 사람들이 지금 그렇게 살고 있다. 사물의 한쪽만 보고 전체를 보지 못하는 사람이 되면 안 된다. 그러므로 자신을 확실히 아는 사람이라야 전체를 볼 수 있고 다른 사람을 교육시킬 수 있다.

자성을 깨치면 완전히 자신의 생애가 밝음으로 비춰버린다. 그림자가 없고 어두운 구석이 없이 모두 밝아버려서 조금도 걸림이 없다. 마음을 깨치기 전에는 아무리 선한 일을 하고 잘 산다고 해도 생사윤회의 고통을 벗어날 수 없다.

수행을 하면서 제대로 살면 혼돈에 휩쓸리지 않고 복잡해도 한가롭다. 부처님의 정법을 믿고 바른 스승을 만나 수행해나가면 깨닫지 못했다 해도 행복한 것이다.

마음 하나 밝히면 모든 문제가 해결된다. 마음이 어두워버리면 일체 고통이 다 들어가고, 마음이 밝으면 모든 어두움이 사라져버린다. 그걸 몰랐을 땐 모르지만 자신이 그걸 자각하고 나면 마음 밝히는 일은 세세생생 몇 겁을 다시 살더라도 포기할 수 없는 조건이다.

마음을 확실히 밝힌 사람은 무엇에도 매昧하지(빠지지) 않는다.

시원찮게 공부한 사람은 중간에 매하게 되나, 확실히 안 사람은 몸을 바꾸어 아무리 오랜 생을 살더라도 매하지 않는다.

다음 생에 수행자가 아닌 다른 무슨 일을 하더라도 걸림 없이 자유로운 삶을 살 수 있는 것이다. 국왕 노릇을 한다고 하더라도 국민을 위해 봉사하고 헌신하는 삶을 살 뿐 개인의 명리나 권력에 매하는 일은 결코 없다.

내가 세간의 불자들에게 많이 들려준 법문 가운데 하나가 중국의 맹상군孟嘗君 이야기일 것이다. 그의 이야기를 통해 세간의 복이라는 것이 끊임없이 윤회하는 생사生死라는 과제 앞에서 얼마나 허무한 것인가를 들려주었다. 다양한 사람들이 찾아와서 삶을 물었을 때 가장 많이 들려주었던 이야기다.

보통 사람들은 아침에 술을 마시고 종일 자다가 죽는 것처럼 취생몽사의 인생을 산다. 재물이 많은 사람들은 그 많은 재산을 두고 죽는 것이 안타까워서 하루라도 더 살려고 갖은 애를 쓰고, 권력을 가진 사람들은 영원히 그 힘을 놓지 않으려고 수단 방법을 가리지 않고 산다.

그러나 천하의 진시황도 죽었고 부자의 대명사였던 미국의 부호 록펠러도 죽었다. 이렇듯 재물도 권력도 영원하지 않다. 한 사람이 독점하는 바 없이 어떤 때는 이 사람이, 어떤 때는 저 사람이 갖는 것이다. 죽음 앞에 이 모든 것이 무상하므로 무엇에도 집착하지 않아야 한다는 것을 빨리 깨달아야 한다. 대부분은 이런 이치를 모르고 살다 죽는다.

그런데 부귀와 권력을 겸했던 중국의 맹상군이라는 사람은 이 사실을 일찍이 깨달았다. 그는 황제의 조카였다. 문장을 잘하고 호걸이라 그의 집에는 수백 명의 식객과 과객이 있었다. 어진 부인에다가 자식들도 걱정시키는 일을 하지 않아, 천하의 호걸을 뽑으라고 하면 단연 맹상군일 만큼 대단한 사람이었다.

그런데 하루는 검은 보퉁이를 등에 멘 풍류객 한 사람이 그의 집에 들렀다. 궁궐처럼 호화로운 집에 잘생긴 맹상군의 얼굴을 보자 속으로 감탄하면서 풍류객이 문득 물었다고 한다.

"군께서는 평생 울어본 적이 있습니까?"

무엇 하나 부러울 것 없는 저런 천하의 호걸이 울어본 적이 있겠나 하는 생각을 하면서 물어본 것이었다. 맹상군은 그때 "평생에 이마 한번 찡그려본 적도 없소이다"라고 대답했다. 이에 풍류객이 다시 물었다.

"그럼 제가 군을 한번 울려보면 어떻겠습니까?"

이에 맹상군이 너털웃음을 지으면서 대답했다.

"울 일이야 있겠습니까만, 그래도 한번 울려보시오."

이때 풍류객이 보따리를 끌러 옥퉁소를 불고 나서는 시를 한 수 읊었다.


空手來空手去
世上事如浮雲
成古墳人散後
山寂寂月黃昏
빈손으로 왔다가 빈손으로 가니

세상사 뜬구름과 같아라
고분을 만들고 사람들이 흩어진 후에
산은 적적하고 달은 황혼이더라

우리는 세상에 올 때 빈손으로 왔다가 빈손으로 간다. 세상에 영원한 것은 없다. 과객의 시는 죽은 뒤 시신을 묻고 나면 산은 적적하고 황혼인데, 산속 무덤에 홀로 누워 있을 그대를 생각해보라는 뜻이었다.

이 시를 듣고 평생에 단 한 번도 울 일이라곤 없었던 맹상군은 그만 울어버렸다. 인생사가 덧없음을 깨닫고 그 자리에서 통곡했다는 것이다. 인생사의 덧없음이 함축된 저 시를 듣고 울어버릴 수 있는 사람은 대단히 현명한 사람이다. 대개는 코웃음을 치고 말거나 알아듣지도 못한다. 인간의 불행은 이를 자각하지 못하는 데 있음을 반드시 깨달아야 한다.

무상을 뼈저리게 느껴야 비로소 공부가 시작되는 것이며 인생의 깊이를 비로소 아는 것이다.

맹상군의 이야기는 세속에서 아무리 최고의 복을 누린다 해도, 자성을 깨달아 생사의 문제를 풀지 못하면 결코 행복할 수 없다는 법문이다.

# 내가 즐겨 읽은 책

옛날 어느 선사가 토굴에 홀로 사는데, 아침에 공양을 하고 나면 항상 짐을 모두 싸서 걸망에 넣고 마당에서 왔다 갔다 했다. 그리고 저녁이 되면 짐을 다 풀어놓았다가 다시 아침이면 걸망에 짐을 넣고 집 앞을 오갔다.

누가 그 모습을 보고 물었다.

"어디 가십니까?"

그 물음에 선사가 대답했다.

"언제 가려는지 아는가?"

이처럼 우리는 내일 죽을지 언제 죽을지 모른다. 그런데 천년만년 살 것처럼 소유하려 하고 집착 또한 놓을 줄 모른다. 자식에 대해 매달리고 재물, 권력, 명예에 대해 집착하다가 결국은 백 년도 못 채우고 죽는다.

그렇다면 이 무상하고 유한한 삶에서 어떻게 사는 게 잘 사는 삶인가.

먼저 자신이 하는 일에 철저해야 한다. 나는 홀로 살 때도, 대중 생활을 할 때도 내가 하는 일에 철저했지 어중간하게 산 적이 없다. 철저하게 살면 사는 것이 편안하고 수월하다. 무엇을 하든 자신이 하는 일에 몰두해야 한다. 옆에서 남이 뭐라고 하든 그 일에 푹 빠져야 한다. 그것이 다른 사람보다 잘되는 길이다.

한 중학생이 "스님, 공부를 잘하려면 어떻게 해야 하나요?" 하고 물어서 "남보다 열 배 더 노력하면 잘할 수 있다"라고 대답한 적이 있다. 무슨 일이든 남보다 열 배 이상 노력한다면 심신이 가벼워지고 자신이 일하는 분야에서 귀한 존재가 되어 있을 것이다.

누구든 자신이 처한 현실에서 최선을 다해야 한다. 피하려고 해도 안 되고 원망을 해도 안 된다. 될 수 있으면 자신의 본분을 잃지 않고 그 안에서 배우고 의연하게 자신이 할 일을 해야 한다.

"도에 들어간 자는 어떤 일에도 원망함이 없이 참고 견디며, 순리대로 인연을 따르며, 아무것도 구하지 않으며, 진리에 맞게 살면서 도를 실천한다."

달마 대사의 가르침이다.

남들과 더불어 살아가려면 미운 사람을 잘 보려는 노력을 별도로 해야 한다. 내게 잘하는 사람은 말할 것도 없고 잘못하는 사람에게도 잘해야 한다. 아무리 훌륭한 사람도 하지 않아야 할 일을 더러 할 수 있다. 그러므로 누구에게든 좋은 점만 배우는 것이지 전체를 다 배울 수는 없다.

요즘, 부부가 살다가 서로 헤어지는 경우가 많다는데 상대방을 미워하는 마음 때문에 그런 것이다. 항상 상대방을 먼저 배려하고 나를 뒤로하면 다툴 일이 없다.

얼마 전 손님이 왔기에 곶감을 내놓았다. 누가 와도 오미자차 한 잔 내놓으면 그만인데, 그날은 오래 이야기를 나누게 되어서 곶감을 대접했다. 사람이 셋이기에 가장 큰 것은 나이가 어린 학생에게 주고, 다음 것은 그의 어머니에게, 그리고 가장 작은 것은 내가 먹었다.

나는 홀로 있어도 가장 작은 곶감부터 꺼내 먹는다. 다른 과일도 마찬가지로 제일 작고 헐한 것부터 먹는다. 나중에 보면 가장 잘생기고 큰 과일이 남는다. 주로 혼자 있으니까 결국 큰 것도 내가 먹는 것인데 습성을 그렇게 들여놓았기 때문이다. 내가 다른 사람보다 제일 작은 것을 먹을 때 함박웃음이 나오지만 제일 크고 좋은 것을 먹을 때는 불평이 생기고 전쟁이 벌어지는 법이다. 자식을 교육시킬 때도 그렇게 훈련을 시켜야 한다.

무슨 일이든 당장 일소될 수는 없다. 지혜가 깨이면 점진적으로 나아질 것이다.

지혜란 무엇인가? 자성을 밝히는 것이다. 자성을 밝혀 본래의 마음으로 돌아가면 선도 없고 악도 없는 것이다. 불교에선 선악이 모두 스승이다. 근본으로 들어가보면 선악이 둘이 아니다. 선악이 융합되어 버린 것이 중도中道다. 악을 봐도 그것이 선과 하나라는 것을 알아야 중도를 실천하는 것이다.

夢幻空華 何勞把捉

得失是非 一時放却

꿈속의 허깨비와 헛꽃을 어찌 애써 잡으려 하는가
얻고 잃음과 옳고 그름을 일시에 놓아버려라


삼조 승찬 대사의 《신심명》에 나오는 글로, 얻는다거니 잃는다거니, 옳으니 그르니 하는 분별을 모두 놓아버릴 때 중도가 드러나는 것이요, 자성을 밝히는 것이다.

지혜가 없고 무명의 어둠이 짙다 보면 탐내고 성내고 어리석은 마음을 내게 된다. 마음을 밝혀 본심으로 돌아가면 탐내고 화내는 마음, 어리석은 마음이 없다.

불교에서는 용서라는 말이 성립되지 않는다. 잘못했다고 사과하면 된다. 남을 용서한다는 것은 자신이 상대방 위에 서 있고 자신이 잘했다는 생각에서 나온다. 인자무적仁者無敵이라고, 참으로 어진 사람에게는 적이 없다.

불가에선 자신의 분수를 모르고 남을 흉보는 것을 도둑질이라고 한다. 농담이라도 남의 이야기를 하거나 흉을 보지 말아야 한다.

사람은 자신을 수시로 돌아볼 줄 알아야 한다. 그러한 반성을 통해 자신을 알아야 실수가 적고 매사를 올바르게 처리하게 된다. 또한 사회가 편안해지고 정돈된다.

전생과 현생에 익혀놓은 나쁜 습관으로 사는 사람은 깜깜한 무명 속에서 살게 된다. 그러나 공부하다가 마음의 변화가 오면 무명은 사라지고 지혜만 환하다. 늘 정신이 깨어 있어 옳은 일만 한다.

재가 수행자들은 곧잘 "스님은 공부하실 때 어떤 책을 읽으셨습니까?" 하고 묻는다.

나는 참선에 묻혀 사느라고 책을 많이 읽지 않았으나 《한산시》, 《증도가》, 《신심명》, 《육조단경》, 《돈오입도요문론》 등을 좋아해서 여러 번 읽었다. 속서로는 《채근담》을 좋아했다.

화두를 열심히 들면서 이러한 글들을 읽어보면 신심이 나고 마음의 때를 씻는 느낌이 들 것이다. 새벽에 일어나 108배를 한 다음, 이산혜연 선사의 발원문을 외우고 경을 읽은 다음, 일상생활을 하면 하루가 훨씬 명쾌하고 시원할 것이다.

경전을 되풀이해서 읽다 보면 신심과 환희심이 나고 마음이 스스로 밝아오고 깨끗해진다. 이런 좋은 글을 읽다 보면 글의 내용이 자신의 것으로 흡수된다.

최근에 퇴설당을 찾은 어떤 불자에겐 《유마경》과 원효 대사의 《십문화쟁론十門和諍論》을 권했다. 정치 일선에서 물러난 그에게 도움이 될 것 같아서였다.

행복에 이르는 길이 있는데 사람이 걷지 않을 뿐이다. 행복은 자신이 누구인지 아는 것에 있으며 그것은 수행을 통해서만 가능하다. 수행이라는 길을 꾸준히 걸어보라. 오래 하다 보면 틀림없이 들어가는 곳이 있다. 반드시 깨칠 수 있으며 깨치면 부처가 되는 것이다.

# 방 거사와 재가 수행자의 견성

맹상군의 이야기가 세상의 부귀영화가 덧없음을 깨달아 수행에 전념한 사람의 예라면, 중국의 방 거사 이야기는 재가불자로서 일가족 모두가 견성을 한 예다.

방 거사 이야기 또한 내가 수행을 하려는 이들에게 자주 들려주었던 이야기다. 도를 이루려는 생각만 철저하면 재가에서도 깨달을 수 있다는 것을 전해주고 싶었다. 철저하다는 것은 바닥까지 훑는다는 말이니, 지극하면 열린다는 말과 같다.

인생에서 자신을 아는 일, 즉 자성을 깨쳐 도를 이루려는 일이 가장 수승하고 급하며, 무엇과도 바꿀 수 없는 중요한 일임을 아는 사람은 철저히 그 길을 간다. 방 거사가 그런 사람이었다.

방 거사는 지금으로부터 1천2백여 년 전 사람이다. 본명은 방온龐蘊으로 그가 살았던 때는 중국의 마조 선사와 석두 선사가 선풍을 크게 드날리고 있었다.

석두 선사는 육조 혜능 대사에게서 공부한 당대의 선지식이다.

마조 선사 또한 천하에 선풍을 드날린 도인이었다.

재가 수행자로서 방 거사는 석두 선사를 친견하고 마조 선사 문하에서 수행하여 그 법을 이었을 만큼 공부를 잘한 사람이었다. 그러나 그는 법을 얻고도 출가하지 않고 재가에서 거사로 일생을 보냈다.

재가에서 공부하지 못할 사람은 머리를 깎고 들어와도 하지 못한다. 어디에 있든 발심만 철저하면 공부는 성취되는 것이다. 그는 세상에 있으면서도 선사들의 날카로운 기봉을 통쾌하게 꺾었고 천하에 내로라 하는 선사들과 당당하게 맞서 부동심을 이루었음을 보여준 인물이었다.

그는 학문으로 입신한 부귀한 집안에서 태어나 젊어서 유학을 공부하고 단하丹霞 선사와 함께 과거를 보러 가는 중에 발심했다. 도중에 어떤 행각승을 만나게 되는데 행각승이 단하 스님에게 물었다.

"어디로 가시는 길입니까?"

"과거를 보러 가는 길입니다."

"참으로 공부가 아깝습니다. 어째서 부처를 뽑는 곳엔 가지 않습니까?"

"부처를 어디서 뽑습니까?"

"강서江西에 계시는 마조 대사에게 가십시오. 대사님이 지금 거기에 머물며 법을 설하시는데, 도를 깨달은 이가 이루 헤아릴 수 없습니다. 그곳이 바로 부처를 뽑는 곳입니다."

단하 스님과 방 거사는 숙세로부터 근기가 수승한 사람들이었다.

두 사람은 바로 길을 떠나 마조 선사에게 가서 예배하였다. 단하 스님은 그 자리에서 출가를 했으나 방 거사는 집으로 돌아왔다. 후세 사람들은 가족을 버리고 출가할 수 없었기 때문일 것으로 추측하고 있다. 귀가한 방 거사는 집 위에 암자를 세우고 수행에 힘쓰다가 석두 선사를 친견하기 위해 집을 나섰다.

석두 선사를 친견하자 그가 물었다.

"만 가지 법이 있는데, 이 만 가지 법과 짝하지 않는 사람은 어떤 사람입니까?"

그러자 석두 선사는 그만 손으로 방 거사의 입을 막아버렸다. 어록에는 "거기서 그는 막힌 것 없이 밝게 깨달은 바가 있었다"라고 적혀 있으나, 마음의 변화가 오긴 왔어도 확실히 깨치지는 못했다.

불법에 눈이 밝아진 방 거사는 석두 선사를 모시면서 한동안 수행을 계속했다. 그러던 어느 날, 석두 선사가 방 거사에게 물었다.

"자네는 스님이 될 것인가 아니면 재가 수행자로 살아갈 것인가?"

이에 거사는 "원컨대 좋을 대로 하겠습니다"라고 대답했다. 그러나 그는 결국 출가하지는 않았다.

그 뒤 그는 강서로 가서 마조 대사를 친견하고 여쭈었다. 석두 선사에게 물은 것과 같은 질문이었다.

"일체의 존재와 짝하지 않는 자, 그것은 어떤 사람입니까?"

"자네가 저 서강西江의 물을 한입에 마시고 오게. 그러면 내가 얘기 해주지."

그 바람에 거사는 확실히 구경을 깨쳐버렸다. 돈오를 해버린 것이다. 어록엔 "마조 스님의 말이 끝나자마자 홀연히 불법의 이치를 깨달았다"고 적고 있다.

깨달음을 얻은 후 그는 마조 스님 밑에 2년간 머물면서 가르침을 받고 집으로 돌아와 수만 수레에 이르는 재물을 금으로 바꾸었다. 그러곤 큰 목선 하나에 가득 금을 싣고 강 한가운데로 간 그는 금을 모조리 물속에 가라앉혀버렸다. 요즘 같으면 극빈자에게 주지 않고 아깝게 버렸다고 비난할 것이다. 그러나 깨친 종사들은 그런 사람이 없다며 방 거사를 굉장히 칭찬한다.

실제로 깨치지 않은 사람들은 방 거사의 진정한 공적을 모른다. 누구든지 주면 좋은 줄 알지만 주면 탐심에 불만 지르는 것이다. 그 많은 재물을 한 사람에게 다 준다 해도 받은 사람이 만족할 수 없는 게 재물의 속성이다.

그가 자신의 전 재산을 물속에 가라앉히려고 했을 때, 많은 사람들이 이구동성으로 불쌍한 사람에게 주든지 불사에 사용하라고 했다. 그러나 그는 "내가 이미 원수라고 생각해버리는 것인데 어찌 다른 사람에게 주겠는가? 재물은 몸과 마음을 근심하게 하는 원수다"라고 대답했다.

승속을 막론하고 재물을 탐하는 마음을 가지고는 결코 진정한 수행을 할 수 없다. 그것은 모래알로 밥을 지으려는 것과 같다.

재산을 모두 버리고 난 방 거사가 일평생 죽세공을 하고 살았으니 이는 아무나 흉내 낼 수 없는 삶이다.

물질이 사람을 따라야 하는데 사람이 물질을 따라다니면 세상이 망하게 되어 있다. 물질에 빠져 패가망신하면 만고의 장강 물로도 더럽혀진 이름을 씻어낼 수 없다고 했다. 요즘 사람들은 발이 땅에 있어야 하는데 하늘 위로 올라가 있다. 정신보다 물질의 가치를 우선하는 전도된 삶을 살고 있기 때문이다. 몸뚱이를 끌고 다니는 내가 누군지 반드시 알아야 제대로 된 삶을 살 수 있는 것이다.

그런 면에서 볼 때 이미 오래전 재산을 모두 버리고 공부에 전념한 방 거사의 수승한 수행은 실로 만고의 귀감이 되고 있다.

그는 재산을 정리한 다음 가족들을 데리고 산속으로 들어갔다. 부인과 아들딸을 데리고 조리를 만들어 팔아서 생활을 꾸려나갔다. 그리고 부인과 자식들에게 참선을 가르쳤다.

그가 당시 읊은 게송에 "아들은 있어도 장가들지 않고 딸은 있어도 시집가지 않는다. 온 집안이 화목하게 부처님의 진리를 서로 얘기한다"고 한 것으로 보아 온 식구가 함께 공부했음을 알 수 있다. 그리고 수년 뒤에는 가족 모두가 깨달음을 얻었다. 온 가족이 견성한 그의 가족은 죽음 앞에서도 자유자재함을 보였다.

내가 이렇게 방 거사 이야기를 하는 것은 깨닫겠다는 발심만 철저하면 방 거사 가족처럼 모두가 공부를 성취할 수 있다는 것을 전하고 싶기 때문이다.

7년 가뭄 끝에 단비가 내리듯 간절하게 노력을 거듭할 때 무언가 이뤄지는 것이다. 방 거사 그가 입멸한 때가 808년 7월 8일이라고 하니, 정확히 1천2백 년 전의 사람인데도 내게는 마치 요즘 사람처럼 그의 삶이 느껴진다.

사람은 옛날과 지금이 있지만 법에는 멀고 가까움이 없다. 그러므로 지금 시대에도 생각을 바르게 하고 공부만 열심히 하면 방 거사와 같은 가족이 얼마든지 나올 수 있다. 그래서 나는 재가 수행자들이 찾아오면 방 거사의 이야기를 꼭 들려주곤 한다.

제대로 수행하는 재가자들이 드물어 아쉬워하던 참에 요즘 보기 드문 한 가족을 만났다.

5, 6년 전 하안거 해제일 즈음해서 수도암에 가 있는데 공부하고 있는 한 사람이 찾아왔다. 침착하고 진지해 보이는 40대 중반의 재가 수행자였다.

경계를 들어보니 공부를 하느라 애쓰고 있는 흔적이 역력했다. 재가자로 그만큼 가기 어려운 일이었다. "들고 있는 화두가 뭐냐"고 물으니, "부모로부터 태어나기 이전의 본래면목이 무엇인가"라고 했다.

내가 그에게 말해주었다.

"화두 들기를 시계 태엽 조이듯 조여가라. 일념으로 하다 보면 맞닿는 곳이 있다."

공부를 시작한 지 10년 이상 된다는데 아주 강도 높게 공부를 하고 있었다. 화두공부를 하면서 10년 이상 하루도 거르지 않고 1,080배를 기본으로 하고 있고 3천 배, 5천 배, 1만 배를 수시로 하면서 화두를 들고 있다고 했다. 신심이 깊고 밝아 보였다.

화두공부하는 사람이 무슨 절을 그렇게 하느냐고 물었다. 그가 대답했다.

"처음 절을 시작하면서 육신이 있는 한 일생을 두고 매일 부처님께 1천 배의 공양을 올리겠다고 약속했습니다."

도심에 선방을 마련해서 재가불자들과 함께 수행하는데, 특히 청소년과 청년 불자들에게 1백만 배를 권하고 그들과 함께 절 수행을 하고 있다고 했다. 청소년과 청년 불자들에게 초점을 두고 수행을 함께한다니, 대중 교화에 대한 원력이 깊은 사람이었다.

나중엔 그가 하루 1만 배씩 3백 일을 하고 났기에 "경계에 걸리지 마라. 꿈에 불보살을 본다 해도 그것은 사도邪道다. 화두가 숙면 일여가 될 때까지 공부하라"고 말해주었다. 말이 그렇지 하루에 1만 배를 한다는 것은 이미 인간의 힘을 넘어선 일이다. 밥 먹고 용변 보는 시간 외엔 절만 해야 하는 고행정진인데 보통 사람이 할 수 있는 일은 아니다. 처음엔 그렇듯 절을 하는 그를 보고 "애쓴다, 몸이 기계도 아닌데……" 했는데, 그의 뜻을 알고는 "힘들겠지만 지금처럼 잘 살아라" 하고 격려해주었다.

처음 나를 만나고 집에 돌아가 그는 일기에 이렇게 적었다고 했다.

"내가 살아 있는 의미의 전부가 오늘에 있다."

평생 부처님께 절하면서 "부처님, 훌륭한 스승을 만나 공부 잘하게 도와주십시오" 했다는데, 소원을 이루었다고 생각한 모양이다.

가족이 흔한 외식 한번 한 적 없고, 항상 차를 마시면서 각자 공부해서 앞으로 사회에서 할 역할과 진리에 대한 대화를 했다고 한다. 대화의 내용 중에 세상 이야기, 즉 옷 이야기라든가 돈에 관한 이야기 같은 것은 없었다고 하니, 참으로 요즘 세상에 보기 드문 사람들이었다. 아내가 깊이 공부하는 것을 곁에서 돕고 여식이 출가하는 것을 격려한 그의 남편 또한 참 보살이었다. 전생에 선근 깊은 수행자들이었을 것이다.

　퇴설당으로 가족 네 사람이 왔기에 방 거사 가족 모두가 견성한 이야기를 하면서 출가를 간곡히 권했더니, 모두 잠잠했는데 아들 녀석이 척 나서면서 "네 그러겠습니다" 하는 것 아닌가. 그런데 얼마 전 씩씩하게 대답하던 아들 대신 딸이 먼저 출가를 했다. 외국 유학을 가서 공부하다가 보따리를 싸들고 들어와 출가를 한 것이다. 출가에 시기가 있음을 들어 유학을 접고 빨리 출가하라는 내게 두 주먹을 불끈 쥐고, 앞으로 지식인들을 교화하려면 그들의 지식을 뛰어넘을 수 있어야 하니 공부를 더 하고 돌아와서 출가하겠다고 주장하더니, 대학 공부 도중 돌아온 것이다. 화두를 주었더니 유학 중 겨울 방학 동안 들어앉아서 화두공부에 집중하는 듯 국제전화로 내게 많은 것을 물은 뒤였다.

　출가를 하겠다고 큰 소리로 답했던 아들은 지금 외국 대학에 유학 중인데, 어느 해 겨울방학에 내가 퇴설당에 한 보름 데리고 있었더니 매일 1천 배씩을 하고 마지막 날 1만 배를 하고 돌아갔다. 출가를 하겠다고 큰소리쳤으니 어디 두고 볼 일이다.

　수행은 출가자의 전유물이 아니다. 발심해서 철저히 공부만 하면 얼마든지 방 거사 가족처럼 견성할 수 있다.

# 바보처럼 꾸준히 가라

1996년, 해인총림 방장에 취임한 후, 해인사 퇴설당에 들어왔다. 그리고 2002년 3월, 대한불교조계종 제11대 종정이 되었다. 종정은 본종의 신성을 상징하며 종통을 승계하는 최고의 권위와 지위를 지닌다고 했다.

해인총림 방장으로 취임한 지 6년 만이며, 저 열네 살에 백양사 청류암으로 입산한 지 66년 만이었다. 5년 후인 2007년 원로의원들에 의해 다시 제12대 종정에 오르게 되었다. 또한 2006년 해인총림 방장도 다시 되어 퇴설당에 머물고 있다.

방장이나 종정 같은 자리엔 도무지 뜻을 두어본 적이 없다. 젊어서부터 항시 생각해왔던 것은 초야에 묻혀 나무하고 농사나 지으면서 조용히 사는 것이었는데 여기까지 왔다.

취임 소감을 묻는 이들에게 이렇게 답했던 기억이 난다.

"한산자는 항상 변함이 없어서 홀로 스스로 가고 생사가 없다. 개명불개체改名不改體라, 이름은 바뀌었지만 본바탕은 조금도 변한 것이 없다. 근본자리에서 본다면 이름이 하나 더 붙었다고 해서 이 산승이 뭐 달라진 게 있겠는가. 다 소용없는 것이다. 화두를 들고 스물네 시간 정진하는 것이 수행자의 참모습일 뿐, 그 밖에 아무것 도 필요 없음을 알아야 한다. 그냥 해온 대로 죽을 때까지 공부할 것이다. 공부들 해라. 그래야 자신도 살리고 세상도 살릴 수 있다."

수행자의 삶은 단순해야 한다. 출가자는 삶과 수행이 하나여야 한다. 삶과 수행이 따로 떨어져 있으면 수행자라 할 수 없다. 일생 을 하루처럼 오로지 법을 위해 자신을 바친 사람만이 단순한 삶을 사는 것이다.

120세를 살았으나 일평생이 단순 고졸했던 고불古佛 조주 스님. 종풍과 선기禪機가 일세를 풍미했으나 군더더기 없이 단순하고 맑 은 삶을 살았던 조주 스님은 내가 가장 닮고 싶은 도인이었다.

열네 살의 나이로 남전 선사의 문하에 들어간 이후 40년 동안 스 승을 시봉했고, 여든 살에 처음 주지직을 맡아 절 살림을 살 때도 겨우 밥을 먹을 수 있는 그릇 몇 개뿐이었다고 한다.

앉아서 참선하는 선탑禪榻의 다리가 부러지면 타다 남은 장작을 비끄러매어 사용할 만큼 청빈한 삶을 살았다. 방棒과 할喝을 쓰는 대신 평상적인 가운데 간결하고도 소박한 언어로 가르침을 전하고 있는 조주 선사의 삶을, 나이 들어 다시 돌아보게 된다.

나는 다구를 펴놓고 누구와 함께 한가롭게 앉아 차 한 잔 마신 적 이 없으며 신도들과 함께 그 흔한 산사 순례나 여행 한번 가지 않고 일평생을 살았다.

최근에 누가 "스님! 혹시 영화 보신 적 있으십니까?" 하고 물었다.

내 단순한 삶을 미루어보아, 아마도 분명 평생에 한 번도 없었을 거라 생각하고 묻는 것 같았다. 나는 지금까지 세 편의 영화를 보았다. 두 번은 부산에서 성철 노장님과 함께 무슨 동물들 살아가는 이야기인가 그런 영화를 본 게 생각나고, 한번은 서울에서 신도들이 가보자고 해서 보았는데 무슨 영화인지 기억이 잘 나지 않는다.

외국 여행도 한번 해보지 않았다. 눈을 뜨면 다닐 일이 없다. 외국 문물이 궁금하지 않느냐고 묻는데, 난 궁금한 게 별반 없다. 여기 산속에 있어도 다 알기 때문이다. 중국에 도인이 하나 나왔다면 한번 가보고 싶은 생각은 있다. 그런데 아직 그런 소식이 안 들리는 걸 보면 도인이 나오지 않은 모양이다.

평생에 제주도에 가느라고 비행기를 세 번 타보았다. 두 번은 절 상량식에 참석하려고 갔고 한 번은 쉬러 가자고 해서 갔다. 달나라에도 간다는 세상에 이렇게 한평생 산중에 살고 있으니 세상에서 보기엔 답답하게 느낄 수도 있을 것이다. 그러나 나는 산중에 사는 이것이 말할 수 없이 자유롭다.

얘기가 통할 사람이 있어야 하는데 그런 사람을 아직 만나지 못했다. 아쉬움이 있다면 그것이다.

나는 남을 잘 믿어서 누가 뭐라고 하면 의심하지 못하고 살아왔다. 그래서 성철 노장님께서 "남에게 잘 속는 제1인자가 법전"이라고까지 하셨는데, 그래도 남을 속이는 것보다 속는 게 낫지 않은가.

천성적으로 남을 속이지 못하고 살아왔는데 요즘 조금씩 거짓말이 늘었다. 나이 아흔에 가까이 가고 있다 보니, 사람들이 찾아오면 몸이 안 아파도 못 만난다고 할 때가 있다. 이렇게 조금씩 하는 거짓말이 참말이 될까 봐 우려된다. 앞으로 갈 날이 얼마 남지 않았는데 불필요한 말을 자꾸 하게 되고 해서 가급적 사람 만나는 일을 줄이려고 한다.

얼마 전, 이제 막 산문에 들어온 젊은 행자의 머리를 밀어주었다. 삭발하고 내게 삼배를 올리는 아이에게 당부했다.

"진정한 신심이 있어야 한다. 적게 자라. 잡담하지 마라. 오직 부지런함이 공부를 이룬다. 게으르지 말고 정진해라. 영원한 진리만이 행복이다."

내가 일평생 후학들에게 당부한 것은 끊임없는 수행과 그에 따른 피나는 노력이었다. 그리고 눈 뜬 사람 하나 만들어보고 싶은 원력이 한평생 가슴에서 뭉클대었기에 후학들에게 하는 나의 당부는 한결같았다.

"절집에선 끊임없이 노력하는 자만이 공부할 수 있다. 일시적인 호기심 가지고는 안 된다. 한번 마음을 먹으면 천 년 간다고, 한번 결심한 것을 절대 흐트러뜨리지 않고 목표를 달성할 때까지 꾸준히 가는 사람이 해낸다. 특별한 방법이 따로 없다. 재주만으로는 안 된다. 바보처럼 꾸준히 가라."

과거와 현재와 미래의 삼세 모든 부처님과 대중들을 연결할 다리 역할을 할 수 있는 사람이 하나 있어야 한다. 남은 세월, 단 하나 바람이 있다면 조촐한 선원에서 정신이 또렷한 참 수좌를 키워보고 싶은 것이다. 그러나 내일모레 아흔을 앞둔 산승에게 가능한 일인지 모르겠다.

이렇듯 조용히 살다가 육신의 몸을 벗으면 몇 겁을 살더라도 다시 수행자가 되어 마음 밝히는 일에 생을 걸리라. 다음 생에도 바른 스승을 만나 바르게 불법을 닦는 수행자로 살면서 일체 중생과 한 식구처럼 살고 싶다. 돌아보니 새삼, 수행을 더 철저히 하지 못한 것이 아쉽다.

뒤에 오는 사람들의 공부에 조금이나마 도움이 될까 싶어 입을 열었는데, 쓸데없는 말이 너무 길었다.

# 법전 스님 연보

1925년(1세)          전라남도 함평군 대동면 연암리에서 아버지 김원중, 어머
                    니 최호정의 3남 1녀 중 셋째 아들로 태어남.

1938년(14세)         전남 장성군 백양사 청류암으로 입산.

1941년(17세)         전남 영광군 불갑사에서 설호雪浩 스님을 계사로, 설제雪醍
                    스님을 은사로 수계 득도.

1947년(23세)         백양사 강원 대교과정을 마침. 백양사 고불총림 동참.

1948~50년(24~26세)   경북 문경군 봉암사에서 시작한 봉암사 결사에 동참, 하안
                    거, 동안거를 남. 은법사 성철 스님을 만남. 봉암사 결사
                    해체 후, 경남 고성군 문수암에서 하안거 중 6·25전쟁을
                    맞음.

1951~54년(27~30세)   경남 통영군 안정사 천제굴에서 성철 스님을 시봉하면서
                    하안거와 동안거, 범어사에서도 안거를 남. 성철 스님에게
                    도림道林이라는 법호를 받음.

1955년(31세)         대구 파계사 성전암을 수리하고 성철 스님을 모심. 문경
                    원적사와 상주 갑장사에서 안거.

| | |
|---|---|
| 1956년(32세) | 문경 대승사 묘적암에서 동안거에 들어 홀로 정진함. |
| 1957년(33세) | 파계사 금당선원에서 정진하면서 파계사 성전암의 성철 스님에게 인가를 받음. |
| 1958년(34세) | 태백산 홍제사에서 하안거, 동안거. |
| 1959~66년(36~42세) | 문경 갈평 토굴 및 태백산 도솔암, 사자암, 백련암, 대승사, 김용사 금선대, 지리산 상무주암 등 제방 선원에서 정진함. |
| 1967~68년(43~44세) | 해인총림에서 하안거, 동안거. |
| 1969년(45세) | 해인총림 하안거에서 유나 역임. |
| 1969~84년(45~60세) | 경북 김천시 증산면 수도암에 주석하면서 가람 중수와 선원을 복원하여 제방의 납자를 제접함. |
| 1981년(57세) | 대한불교조계종 종회의장 역임. |
| 1982년(58세) | 대한불교조계종 총무원장 역임. |
| 1983년(59세) | 수도암에서 6년 결사를 시작함. |
| 1984~93년(60~69세) | 해인총림 선원 수좌 역임. |

| | |
|---|---|
| 1986~93년(62~69세) | 해인사 주지 역임. |
| 1993~96년(69~72세) | 해인총림 부방장 역임. |
| 1996년(72세) | 해인총림 제7대 방장으로 취임. |
| 2000년(76세) | 조계종 원로회의 의장 역임. |
| 2002년(78세) | 대한불교조계종 제11대 종정으로 추대. |
| 2003년(79세) | 법문집《백척간두에서 한 걸음 더》출간. |
| 2006년(82세) | 해인사 제8대 방장으로 재추대. 대구광역시 동구 진인동에 도림사 창건. |
| 2007년(83세)~현재 | 대한불교조계종 제12대 종정으로 재추대. |

**일러두기** _____

이 책을 읽는 분들의 이해를 돕기 위한 본문에 나오는 불교 용어, 주요 인물, 개념, 경전 등에
대한 설명은 김영사 홈페이지 자료실(www.gimmyoung.com/truth)에서 보실 수 있습니다.